CLÁUDIA CRUZ SANTOS

A VIDA OCULTA DAS COISAS

A vida oculta das coisas
1ª edição: Novembro 2021

Autora:
Cláudia Cruz Santos

Preparação de texto:
3GB Consulting

Revisão:
João Paulo Putini e Lays Sabrina

Projeto gráfico:
Jéssica Wendy

Ilustração de capa:
Susa Monteiro

DADOS INTERNACIONAIS DE CATALOGAÇÃO NA PUBLICAÇÃO (CIP)

Santos, Cláudia Cruz
A vida oculta das coisas / Cláudia Cruz Santos. -- Porto Alegre : Citadel, 2021.
288 p.

ISBN 978-65-5047-128-6

1. Ficção portuguesa I. Título

21-5326 CDD P869

Angélica Ilacqua - Bibliotecária - CRB-8/7057

Produção editorial e distribuição:

CITADEL
Grupo Editorial

contato@citadel.com.br
www.citadel.com.br

CLÁUDIA CRUZ SANTOS

A VIDA OCULTA DAS COISAS

CITADEL
Grupo Editorial
2021

SUMÁRIO

POR QUE SE ESCREVE UMA HISTÓRIA?

Porque se tem uma história para contar. E porque se acredita que tanto quem a escreve como quem a lê pode usá-la para se afastar dos outros homens ao mesmo tempo que mergulha nas peculiaridades da humanidade.

Adoçar o português em que este livro foi escrito, de modo a torná-lo mais próximo dos leitores brasileiros, foi tarefa espinhosa apenas possível graças à generosidade de Alberto Silva Franco e de Hélio Pinheiro.

Os dois não se conhecem, apesar de serem ambos brasileiros e juízes, porque estão separados por mais de cinco décadas e por cerca de 2.500 quilômetros, mas une-os o essencial: o respeito profundo por todas as pessoas e um incansável empenho na busca da justiça. Para ambos, a minha amizade e a minha gratidão.

LISTA DOS
PERSONAGENS

Viriato – É engenheiro da computação e tem pouco mais de trinta anos. Sua vida pacata sofre um primeiro revés quando a avó tem um acidente, e fica depois virada do avesso quando conhece Carolina e, logo a seguir, Alma, duas mulheres que estão longe de ser o que parecem.

Alice – É a avó de Viriato, octogenária, mas ainda cheia de vitalidade. Apesar de sentir que começa a perder algumas capacidades de comunicação com os outros, esforça-se por não deixar de compreender o mundo que a rodeia.

Mariana – A mãe de Viriato; fica viúva ainda jovem, quando o marido morre afogado na Córsega durante férias dedicadas ao seu passatempo, que era o mergulho. Quando o filho se torna adulto e sai de casa, procura uma forma de lidar com a solidão e acaba por se mudar depois da aposentadoria, com quatro amigas, para um conjunto de pequenas casinhas construídas em torno de uma habitação central, num terreno que as cinco compraram no interior do país.

Manuela, Mônica, Leonor e Adelaide – As quatro amigas de Mariana, todas muito diferentes umas das outras, mas unidas em torno do propósito comum de não se deixarem vencer pelo isolamento e pelo abandono.

Alberto – É o dono da empresa onde Viriato trabalha e tem com este uma relação de amizade que por vezes se torna quase paternal. O homem mais velho orienta o mais jovem em momentos de crise, geralmente com conselhos pouco úteis, porque as suas representações da vida são muito diferentes.

Carolina – A desconhecida que cruza com Viriato no hospital onde também está internado, em fase terminal, o seu avô. Começa por ser apenas a imagem do desespero, mas por trás dessa imagem existem segredos.

Alma – Vivia no Nordeste do Brasil, criada numa favela por uma mãe quase adolescente. Aos quinze anos apaixonou-se por um português que dizia ter negócios na Europa e que a trouxe para Portugal, prometendo-lhe que se casariam em breve. O seu destino acaba por ser muito diferente daquele que esperava, porque é explorada sexualmente por uma rede de tráfico de pessoas.

Asali – Nigeriana, seu nome significa "mel doce". Era casada e tinha dezessete anos quando o marido se casou com outra mulher e passou a viver com a nova família. Tornou-se a única responsável pelo sustento da filha quase recém-nascida, Bashira, e a prostituição surgiu-lhe como a possibilidade de sobrevivência. Chega a Portugal pela "Rota do Mediterrâneo", passando do norte de África para a Itália, onde trabalhou em várias casas, até vir parar no norte de Portugal. Não consegue fazer chegar dinheiro à família e aceita, sob ameaças de feitiçaria, ser tratada como escrava.

Luba – Foi raptada numa zona rural da Romênia quando ia para a escola e foi levada à força para a Itália, sempre drogada e escondida em caminhões. Na Itália, procurou resistir, mas foi espancada e violentada por vários homens, como forma de quebrar a sua resistência. Acabou por chegar a Portugal e é a mais revoltada e traumatizada das três mulheres forçadas a prostituírem-se. Consome drogas.

Renato – É o dono de vários estabelecimentos de diversão noturna por onde Alma e outras mulheres vão passando. Cria cães de raça e tem por eles um afeto maior do que aquele que dispensa às pessoas. Sobre as mulheres traficadas que se prostituem nas suas casas, diz que são o seu negócio mais lucrativo: "a droga só se vende uma vez, mas uma mulher pode vender-se muitas vezes, desde que não se estrague muito".

Cármen – Ex-prostituta, colombiana, é a companheira principal de Renato e a responsável pela disciplina e apresentação das outras mulheres, tornando-se, às vezes, mais temida por estas do que o próprio "marido". Tem duas obsessões que acha que estão interligadas: o envelhecimento e a perda do lugar predominante na vida de Renato (e na organização criminosa que ambos dirigem).

1

CAPÍTULO UM

A GELADEIRA

— Já existem geladeiras que fazem compras. Compram os ovos, os pacotes de leite, os iogurtes, as garrafas de água. Estão ligados virtualmente a supermercados, identificam a falta do produto e fazem de imediato a encomenda. — O jornalista excitado que dava a notícia na televisão saltitava entre caixas e caixotes, peças de nova tecnologia já reluzentes na exposição e outras ainda semi-instaladas, procurando simultaneamente manter-se no centro da imagem e permitir que a câmera do colega captasse o máximo daquela feira de novidades japonesa, que era afinal um entreposto entre o presente e o futuro.

O telefone tocou alguns minutos mais tarde, e quando Viriato se distraiu da televisão e estendeu o braço para pegá-lo, não podia saber ou sequer imaginar que aquele momento marcaria, na sua vida, a exata fronteira entre um antes e um depois. Uma outra espécie de entreposto, portanto. Estava estendido no sofá da sala do seu apartamento pequeno, e os raios de sol alaranjados, que as persianas brancas filtravam com doçura, anunciavam, com sutileza, o quase fim daquela tarde de um sábado de primavera.

Viriato preguiçava — ou jiboiava, como preferia dizer-lhe Mariana, a mãe, antes de mudar-se para aquela coisa a que ela e as amigas chamavam de *tipi* — enquanto olhava para a televisão com maior interesse do que seria de supor-se. Tinha-se deitado tarde na noite anterior, ou, com mais exatidão, cedo na madrugada de hoje, depois de uma sexta-feira igual às outras todas. Um banho rápido ao chegar em casa depois do trabalho, jantar com os amigos e em seguida os primeiros copos no bar da moda, onde uma moça bonita com saltos altos e calças justas cantava música popular brasileira com o sotaque errado. O resto da noite tinha passado na discoteca recém-inaugurada, aquela que todos queriam ver e onde sobretudo todos queriam ser vistos, a atração principal que era a janela gigante que ocupava a parede virada para a nascente e que fora cuidadosamente pensada para dar aos visitantes a sensação de que planavam sobre o mar. Maria Rita, claramente já com muitas horas de dança nas pernas e uns quantos *mojitos* a mais engolidos através de canudinhos de cores vivas, tinha-lhe perguntado se não era a cauda de uma sereia aquele revoltear súbito que vira nas águas, o fulgor prateado, os pingos voadores e depois o baque de um corpo que mergulha com suavidade rumo às profundezas escuras.

— Fez-me sempre confusão, o mergulho das sereias — balbuciara a amiga vacilante —, a explosão de cores nos cabelos amarelos, azuis ou avermelhados decorados com conchas brilhantes, o verde dos olhos e o encarnado dos lábios a perderem-se no negrume do fundo do mar.

Confusão e, talvez, algum medo, reconhecera depois. Tinha medo do escuro. Dormia sempre com uma luz acesa e, se por acaso a eletricidade falhava, acordava de imediato sobressaltada. Logo ela, a felizarda sem pesos na consciência que apagava durante nove horas seguidas para acordar leve e fresca na manhã seguinte. Contava a todos que esse seu pânico e essa sua capacidade estranha para detectar a ausência de claridade, mesmo enquanto dormia o sono mais profundo, talvez tivessem uma explicação remota. Nascera numa madrugada de inverno no auge de um temporal tão intenso que a luz tinha falhado na sala de partos, e acabara por vir ao mundo iluminada apenas por velas, a sua mãozinha logo presa na mão maior da sua mãe muito jovem e aterrorizada. Mas, como respostas a essas suas confidências, só costumava obter manifestações de surpresa pela inexistência de um gerador funcionando na dita clínica. *As pessoas estão cada vez mais céticas*, pensava nessas ocasiões, *e cada vez querem saber menos dos outros, mesmo quando fingem que querem e perguntam como estamos.*

Viriato, que já tivera mais paciência para os devaneios de fim de noite de Maria Rita, tinha-lhe respondido que devia ser só um peixe. Um peixe grande.

— Já o vi mais inspirado. Não lhe parece uma resposta prosaica demais, mesmo vinda de você? — A decepção notava-se na voz, mas sobretudo nos lábios, no riso vincado que de repente encolhia.

Tinha conseguido não lhe responder que também ele já a vira em melhor forma.

Os olhos acinzentados da amiga pareciam-lhe baços, e o sorriso, algo forçado, sem os chilreios de costume. Mas Viriato não era dado nem a conflitos nem a excessos de franqueza, por isso calou-se.

Antes de o telefone tocar, enquanto olhava semiespantado para a televisão, não estabelecia nenhuma ligação entre a sua quase preocupação com a amiga e a reportagem, que tinha começado logo que acabaram as imagens da feira japonesa, sobre mulheres mais ou menos jovens que tinham resolvido deixar as suas vidas confortáveis no Ocidente para voarem para a Síria com o propósito de se juntarem ao Estado Islâmico — ou ao autoproclamado

Estado Islâmico, como os jornalistas rigorosos ou cautelosos preferiam dizer nos telejornais.

A moça, de cabelos lisos e loiros, cílios encurvados e pele tão branca que quase parecia uma boneca, explicava em inglês a um repórter incrédulo que antes se sentia sobretudo entediada. A propriedade rural dos pais, com muitos hectares, o colégio onde era sempre a rainha do baile, os filhos dos vizinhos que a tomavam como exemplo, os professores e as amigas que a idolatravam, tudo isso fazia parte do mesmo tédio, esse tédio gigantesco e invencível que começara a deixá-la adormecida durante o dia, nas aulas, no recreio, na sala de jantar lá de casa, até na academia.

O que tinha atiçado a Bela Adormecida, quase como se fosse o beijo do príncipe Filipe, tinham sido os primeiros vídeos que vira sobre essa irmandade conhecida como Isis ou Dawlah, no computador que tinha no quarto, com a porta bem fechada e com o volume no mínimo, porque agora tinha um segredo que começava a tornar-se um objetivo e que não queria macular com os aborrecimentos daquela sua vida morna. Tinha visto homens jovens, morenos e determinados, com as suas Kalashnikovs bem levantadas e mistérios nos olhos escuros e sorridentes. Fotografias de mercados recheados de produtos exóticos, tecidos de tons vibrantes, frutas de aspecto suculento, crianças que correm descalças e livres, grupos de mulheres que parecem unidas por laços invisíveis, cumplicidades para ela incompreensíveis, a promessa de casamento com um daqueles jihadistas corajosos, a possibilidade de se tornar a mãe de uma nova geração sabedora do rumo que pretende dar ao mundo. Propósitos claros, valores definidos, sonhos e recompensas. Uma causa.

O jornalista perplexo perguntava à moça loira se não lhe tinham chegado testemunhos das atrocidades contra as mulheres praticadas pelos homens do Estado Islâmico, casamentos forçados, violações, restrição da liberdade de ir e vir, de se vestir o que se quer, escravidão, castigos físicos e execuções.

— Só mentiras inventadas pelos publicitários do mundo ocidental, somos todos os dias intoxicados com essas trapaças. Coisas de infiéis — a jovem franze com desprezo o seu narizinho perfeito de *cheerleader* texana —, o meu país está cheio de espiões e de dedos-duros, desta vez podem ter-me apanhado no aeroporto, mas não vão conseguir impedir-me de sair para sempre. Sei que vou me juntar aos meus irmãos.

Nada daquilo que os agentes do FBI lhe tinham dito e mostrado, os mesmos agentes que se tinham feito passar por militantes do Isis e descoberto online o seu projeto de viajar para o território ocupado, seria suficiente para beliscar as suas convicções. E os castigos do pai ou as lágrimas da mãe teriam ainda menos efeito.

— Você está sendo enganada por publicidade intencionalmente dirigida às mulheres ocidentais. Para os homens, fazem filmes sobre a fé e sobre a guerra. E sobre as novas oportunidades, que são o chamariz perfeito para os decepcionados e os desesperados. E temos tantos homens jovens desesperados... Imagina quantos dos nossos presos se converteram já à Jihad e querem juntar-se ao Isis? A propaganda dirigida às mulheres é diferente. É a que você viu. Garotas suecas ou australianas, suaves e luzidias, que testemunham a recém-descoberta felicidade, o quanto se sentem úteis, compreendidas e acompanhadas. O amor e o casamento, que serão para sempre, com um homem viril que saberá protegê-las. E de vez em quando, muito de vez em quando, a promessa de participação no treino e no combate armado. Você sabe que quando não se quer mais ser só uma organização terrorista e que se passa a ser um Estado é preciso criar famílias, fixá-las num território, garantir que nasçam crianças, promover a estabilidade? Você quer ser só uma reprodutora em um mundo onde não é vista como uma igual porque é mulher? — O homem que trabalhava para o governo tinha usado muitos argumentos para fazê-la voltar para o seu país e para a sua casa, onde na realidade já não estava apesar de não ter conseguido ainda o que pretendia. Sair. Fugir.

A moça já não estava onde ainda estava. E na verdade mal ouvia o que lhe era dito, ansiosa por ter sob os dedos o teclado do seu computador, partilhar com os seus muitos irmãos aquilo que lhe tinham feito, o fato de ser agora uma prisioneira, mais uma vítima da esmagadora e opressiva maldade do mundo ocidental. Eram tantos, tantos aqueles que agora lhe enviavam mensagens no Facebook e no Twitter, espécies de inesgotáveis banhos de amor a qualquer hora, milhares de novos amigos ou seguidores, uma emoção permanente. Tinha sido sempre popular na escola. Mas agora era mais do que isso. Sentia-se *importante*. Queriam-na e precisavam *dela*. Estava sempre ligada, durante o dia e durante a noite; mesmo quando tirava o som do telefone e tentava dormir, continuavam chegando as reconfortantes vibrações, a luzinha apagava e acendia como se fosse sempre Natal e a árvore iluminada nunca se arrumasse na garagem (*Natal? — que disparate*, pensava em seguida, *tenho de começar a desligar-me desses embustes todos*). E depois passou a ter outro tipo de conversas com os seus irmãos, também por formas mais discretas, em redes mais seguras. Estava sempre disponível no WhatsApp ou no Kik, mas gostava mais de se comunicar pelo Telegram, onde as mensagens eram encriptadas e até havia a possibilidade de autodestruição depois de serem lidas. Gostava especialmente daquilo que lhe contavam outras mulheres americanas, tão parecidas com ela e tão satisfeitas com o novo rumo que tinham dado às suas vidas.

— Mas você não está ouvindo nada do que lhe digo? — O agente do FBI estava treinado para não desistir. Percebeu que tinha de recorrer a outros métodos. Mostrou à moça a entrevista dada por uma sueca de dezesseis anos que tinha conseguido fugir do território ocupado pelo Estado Islâmico e que dizia que as mulheres ficavam presas em casas que quase nunca tinham água ou luz, reduzidas a uma vida de escravidão. — É que, se você pensa que a deixam combater ao lado dos homens, está mesmo muito enganada. Em princípio isso só pode acontecer em duas hipóteses: se houver uma missão na qual ser mulher facilita a atuação como bombista suicida, ou se a integrarem na brigada Al-Khansaa, uma espécie de corpo policial totalmente feminino que investiga e pune a desobediência de outras mulheres. Alguma dessas ideias a atrai? Explodir em mil pedacinhos numa tarde de sol, numa praça de Paris ou de Londres? Ou chicotear ou até mesmo matar outras mulheres acusadas de infidelidade aos maridos? Ou de não terem usado devidamente a burca? Ou de terem saído sozinhas à rua? Ou de usarem sapatos com salto?

Viriato continua a olhar para a televisão, cada vez mais fascinado, a adolescente americana a ser substituída por uma economista inglesa por volta dos 35 anos cuja principal preocupação, antes de voar para a Síria, tinha sido com quem deixar a sua gata siamesa cega de um olho e avessa às mudanças. Não tinha se lembrado da mãe, que vivia sozinha na casa branca de dois andares, nem dos colegas de trabalho no grande edifício envidraçado mesmo no centro da cidade, não tinha pensado na única amiga com quem ia à academia sempre menos vezes do que as combinadas, não tinha se recordado dos vestidos curtos, em vários tons de azul e castanho, que lhe enchiam o armário, nem da caixa de preservativos que guardava na mesinha de cabeceira e que só abria naquelas noites de sábado, cada vez menos frequentes, em que não vinha sozinha para casa. Também não tinha pensado nas revistas de viagens de onde recortava os seus sonhos de aventura para depois ficarem colados, à espera, num caderno grande de folhas grossas e amareladas. Nem nas suas poupanças ou no seguro de saúde. Deixara tudo sem olhar para trás. O apartamento que era só seu, a promoção iminente no trabalho, a possibilidade de mostrar as pernas e o cabelo, a liberdade de sair à rua sem sutiã, o cheiro de café na no bistrô das manhãs frias, a decisão súbita de ir ao cinema sozinha mesmo para a última sessão porque nessa noite havia um filme que queria ver e estava sem sono.

Está tão mergulhado nas histórias dessas mulheres que não ouve o telefone ao primeiro toque. Aparece-lhe no visor um número desconhecido e ainda pensa em não atender, mas depois reconsidera e estica o braço a custo, pesaroso por ter de se distrair da bizarria daquelas histórias que não compreende.

— É o Viriato? A sua avó teve um acidente, mas está consciente. Pode vir aqui depressa? A ambulância não deve demorar muito a chegar.

— Um acidente? Mas o que aconteceu? A minha avó está onde?

A resposta ouve-se mal, a voz do interlocutor chega-lhe de muito longe e com ruídos que cobrem as palavras:

— Caiu na frente da garagem da casa de vocês aqui na praia. Quebrou um dente.

Essas palavras lhe provocam certo alívio. O neto de Alice pensa que, se foi só um dente, a queda não pode ter sido muito grave. Apressa-se, ainda assim, e procura as chaves do carro, calça os sapatos e corre para a saída. Enquanto pensa, como agora de vez em quando lhe sucede, na sua dificuldade, porventura estranha na idade adulta, de imaginar a vida sem a avó.

2

CAPÍTULO DOIS

O TIPI

Viriato só se lembrou de telefonar para a mãe, Mariana, muitas horas depois de ter chegado com a avó ao hospital. Não o fizera por mal. O esquecimento tinha seguramente na base a consciência da inutilidade desse contato. Pelo menos naquele momento. A mãe estava longe, naquela espécie de acampamento para onde tinha ido viver, no sul do país, mais para o interior do que na beira daquele mar de que antes tanto tinha precisado. Talvez não estivesse sendo totalmente justo, claro. Não se tratava de campismo. Nem sequer daquilo a que agora, com alguma pretensão, se chamava *glamping*. Mariana se referia carinhosamente à casinha como *tipi*, sobretudo porque isso correspondia à sua vocação étnica, mas também por achar que havia alguma inspiração índia na pequena casa de madeira, circular na base e alongada no topo, com o seu tapete rústico e o seu único colchão grande, que só não estava apoiado no chão porque um estrado baixo, também de madeira, o impedia.

Tinha se aposentado cedo e resolvido deixar a sua cidade ventosa e tantas vezes cinzenta, onde os dias eram anunciados pelos gritos e pelos voos das gaivotas, e essa decisão não chegara a ser uma surpresa para ninguém porque correspondia a um projeto que havia algum tempo vinha arquitetando com suas quatro amigas mais próximas, aquelas que a tinham acompanhado em todos os momentos, todas tão diferentes umas das outras, quer na aparência, quer no essencial. Tinham dobrado a meia centena de anos, cada uma delas, e notado que, de uma forma ou de outra, estavam sozinhas. Ou estariam, se não fossem as outras. Por isso tinham começado, nos seus encontros semanais, a definir um plano. Queriam passar juntas o resto das suas vidas. Manuela, a mais pragmática, depois de se divorciar do terceiro marido, com quem também não tivera filhos, tinha dito, em seguida a um jantar de inverno bem regado a vinho tinto, algo que deixara as restantes pensando:

— Não sinto a falta dele. A única coisa que me preocupa é morrer sozinha em casa e só encontrarem o meu corpo três ou quatro dias depois.

A frase tinha ficado presa na cabeça de Mariana, que lhe começara a dar voltas, e desses revolteios tinham nascido cada vez mais dúvidas e interrogações. Pela primeira vez na vida, confrontou-se profunda e duradouramente com o significado da solidão, o que não deixava de ser estranho, tendo em conta que isso lhe devia ter sucedido muito antes, quando enviuvara ainda jovem. Mas nesse momento estava concentrada demais em ajudar Viriato a sobreviver à perda para se ocupar da forma como ela repercutiria na sua própria vida. E nunca se sentia totalmente sozinha quando abraçava o rapaz antes de lhe puxar o cobertor da cama e quando lhe afagava depois os cabelos até sentir o fechar dos olhos e o espaçar da respiração.

Se Manuela tinha medo da solidão — Manuela, tão bem-sucedida, tão rica, tão elegante, sempre tão eficaz no controle da sua própria vida, a primeira em qualquer fila, a que ocupava os melhores lugares no avião e no teatro, a que nunca errava na escolha quando olhava para o cardápio do restaurante, tão magra como era aos dezoito anos e capaz de correr em cima dos seus saltos finos de doze centímetros como se estivesse descalça —, então, seguramente, tratava-se de coisa que todas deviam recear.

Os sinais da sua segunda grande mudança tinham começado já fazia algum tempo, quando entrara na loja de decoração da avenida e se apaixonara por uma cadeira Charles e Ray Eames em madeira escura com almofadas de couro suave num tom mais claro de tabaco, os apoios perfeitos para os braços, a peça adicional para repousar as pernas, o ninho perfeito que fazia pensar em tardes frias, mantas de lã, livros, luz quente e xícaras de chá. Tinha ficado intrigada. Era a primeira vez que tinha um sonho de consumo diferente de uma espreguiçadeira em cima da areia de uma praia com um mar de água límpida ou de um vestido comprido e decotado que lhe rodopiasse à volta das pernas. "*Estou envelhecendo?*", tinha perguntado a si própria.

Lembrava-se do primeiro momento em que se tinha dado conta de que estava despindo uma pele velha (na verdade a sua pele antes muito jovem, e ainda antes disso de adolescente e de criança, que parecia ter secado e começado a descascar, para dar lugar àquela pele arrepiada, transpirada e assustada de jovem mãe). Sim, a mudança essencial tinha acontecido com o nascimento de Viriato, sabia bem disso. Fora o tempo em que descobrira o medo de adoecer e o receio de morrer, não por si própria, não porque estava naquele tempo muito agarrada à vida e entusiasmada com ela, mas só por ele, só por não conseguir lidar com a possibilidade de ele ter de crescer sem ela. Vigiava-lhe a respiração enquanto dormia para ter a certeza de que continuava vivo, seguia-o pela casa toda enquanto ele aprendia a dar os primeiros passos, chorava sempre que, nos primeiros dias de escola, a porta se fechava na sua cara e o seu menino ficava abandonado num mundo novo do qual estava excluída. Ora tinha medo de não conseguir trabalhar com o sucesso suficiente para proporcionar-lhe uma vida confortável, ora receava sair para o trabalho deixando o seu menino desacompanhado e desamparado. Tudo lhe parecia um problema, e todos os problemas lhe pareciam inultrapassáveis, montanhas gigantescas atravessadas nos seus dias e que não podiam ser nem escaladas nem contornadas.

Teria sido fácil para Mariana justificar todos esses medos invocando a morte do marido. Mais fácil, mas desonesto, claro. Porque estava absolutamente ciente de que tinha começado a recear tudo bastante antes de ter perdido José. Fora com o nascimento de Viriato que tinha passado a temer as mudanças, ainda que intuísse que essa nova atitude significava, em si mesma, uma enorme mudança. A perda do seu eu antigo, a Mariana destemida que achava que tudo era possível e que tudo correria bem, substituída por essa nova Mariana sempre assustada e cautelosa.

O filho tinha herdado do pai a paixão pelas viagens. Viriato não era um rapaz intrépido no dia a dia, mas se transformava num aventureiro por ocasião das férias, sempre que entrava num avião e partia rumo ao desconhecido. Começara a fazê-lo com os pais quando era ainda muito pequeno, e Mariana tinha tentado manter essa tradição mesmo quando José já não estava com eles, para pesquisar os melhores destinos, colecionar carinhosamente os mapas ou organizar em álbuns os registros fotográficos de dias felizes.

Não tinha conseguido durante muito tempo, porque o filho queria escalar vulcões na Islândia, quando ela só estava disponível para percorrer as ruas e visitar alguns monumentos em cidades como Paris, por isso acabara por desistir e tinha se conformado com a ideia de que Viriato partia uma vez por ano com pessoas que gostavam tanto como ele de nadar no lago Balaton ou de atravessar de jipe o deserto do Saara. Acompanhá-lo era inútil, não por causa dos incômodos que para ela aquilo representava, mas porque se sentia um estorvo e porque sabia que o seu sacrifício seria, ainda assim, inidôneo a protegê-lo dos muitos riscos que imaginava. Tivera de aceitar, por isso, aqueles dez ou quinze dias por ano de angústia, em que contava, ansiosa, as horas que faltavam para ter o rapaz, de volta, em casa. Na verdade, eram mais dias, porque os que antecediam a partida talvez fossem os piores. Mariana tinha pesadelos terríveis nessas ocasiões, tão estranhos que os seus detalhes não se atenuavam para depois se dissiparem, como costuma acontecer com os sonhos, quer sejam bons, quer sejam maus. Não, aquelas imagens resistiam. Em uma delas, por ocasião de uma viagem do rapaz à América do Sul, sobressaía um rio enorme de água muito suja, um rio que parecia profundo e turbulento, do qual saía subitamente uma vaca, logo seguida por um lagarto gigante que caminhava na vertical e que era, na realidade, o seu filho, Viriato, transformado naquela coisa — transformado *naquilo* — por força de mistérios insondáveis.

Mariana tinha se apercebido dessa mudança pretérita, portanto, e aceitara sem estridências a sua inevitabilidade. A cobiça que depois sentira pela cadeira desenhada por Charles e Ray Eames lhe anunciara, tantos anos volvidos, a iminência de uma nova transformação. Acolhera-a com placidez, apesar de não ter comprado a cadeira, sobretudo porque não havia espaço suficiente para ela no *tipi*. Acabara por preferir uma poltrona pequena e baixa, a que a sua mãe chamava *senhorinha*, que cabia em qualquer lado e que tinha forrado com um tecido suave e florido. E agora, quando se sentava nela, lembrava-se da mãe e da avó ali aninhadas antes dela, curvadas sobre um livro ou um trabalho de crochê, e isso lhe aquietava o coração e dava ao mesmo tempo uma sensação de aconchego e de harmonia, como se uma simples poltrona pudesse atribuir um sentido à vida, como se houvesse afinal uma vida nas coisas, que nos pudesse ajudar a aceitar a nossa própria vida.

As cinco mulheres, Mariana e as amigas, tinham começado, pouco depois da célebre afirmação de Manuela ("o meu único medo é morrer sozinha em casa e só encontrarem o meu corpo três ou quatro dias depois"), ainda que com graus diferentes de empenho, a procurar um lugar — não, não queriam um lar, sobretudo um daqueles, note-se a ironia, que vinham acompanhados de qualquer explicação como "condomínio de luxo para a terceira idade". As suas disponibilidades econômicas não eram as mesmas. Mas quer lhes bastasse dar sem esforço uma ordem no banco para o pagamento do terreno ou da casa (como era o caso de Manuela e da mãe de Viriato), quer tivessem de vender o apartamento pequeno e o carro (como veio depois a suceder com Mônica e com Adelaide), quer precisassem pedir auxílio ao pai nonagenário (como aconteceu com Leonor), todas acabaram arranjando uma solução.

Foram ocupando pouco a pouco as casinhas pequenas, primeiro apenas alguns dias por mês e ainda preocupadas com as explicações que lhes eram pedidas sobre aquilo, que, para uns, era uma excentricidade, e, para outros, um capricho disparatado. Ou apenas uma tontice de velhas que queriam fingir que ainda eram novas, como tinha dito um dos ex-maridos de Manuela (já nenhuma se lembrava bem de qual, apesar de o comentário ter acabado por ser mais um estímulo, ainda que não decisivo, para o novo projeto). Foram chegando com diferentes estados de espírito e diversas capacidades para se rirem de si próprias, algo receosas daquilo que o excesso de proximidade poderia fazê-las descobrir sobre as outras, mas o que mais acabou por surpreendê-las foi o que cada uma começou a descobrir sobre si mesma.

Mariana tornara-se especialmente íntima de Leonor, que ocupava a casinha mais próxima da sua e que a fascinava sobretudo pelo talento incomum que vinha desenvolvendo depois da turbulenta separação de Antônio. Leonor tinha adquirido a capacidade de hibernar: quando lhe convinha, a temperatura do seu corpo começava a baixar, sentia um adormecimento dos membros e logo em seguida um torpor dos sentidos — os ruídos mais próximos chegavam-lhe como se viessem de longe, os cheiros tornavam-se imperceptíveis, a sua pele deixava de ser sensível ao toque. Mas Leonor tinha explicado a Mariana que a percepção que esta tinha sobre aquela sua habilidade era inexata:

— Não, Mariana, não aprendi a fazer isto depois de conseguir separar-me do Antônio. Não foi por tê-lo deixado, foi por ter passado tanto tempo com ele que precisei aprender a hibernar.

Leonor tinha encontrado Antônio quando já havia dobrado fazia algum tempo a barreira dos trinta anos e quando achava que era definida pelos outros ora como uma falsa magra, ora como uma feia bem arranjada. Tinha deixado para trás os tempos duros da escola em que a falta de dinheiro não lhe permitira endireitar os dentes, fazer dieta — a comida dos pobres do Ocidente é sempre mais calórica do que a dos ricos — nem clarear o cabelo, mas nunca lhe tinha acontecido ser o foco do desejo ou do amor de um homem, por isso a chegada de Antônio na sua vida lhe pareceu uma mistura de disparate com milagre, como se o universo tivesse dado uma guinada e tivesse se desorganizado de repente.

Conheceram-se na festa de aniversário de uma colega de trabalho de Leonor. A mulher era apenas mais uma entre os muitos presentes, Antônio era a estrela convidada para abrilhantar o encontro, o homem com quem todos queriam trocar opiniões e tirar fotografias que depois seriam rápida e avidamente partilhadas nas redes sociais.

Tinha o cabelo escuro e ondulado, a sua cabeça estava um palmo acima de todas as outras, a barriguinha, ainda incipiente, desaparecia sob a camisa azul e larga com mais dois botões desapertados do que seria esperável, o sorriso achinesava-lhe os calorosos olhos castanhos e fazia-lhe covinhas logo a seguir nos cantos dos lábios.

Leonor sentiu-se primeiro incomodada com a atenção que Antônio lhe tinha começado a dedicar, e só algum tempo depois lisonjeada. Os trejeitos de surpresa que vislumbrou nos rostos das colegas que os observavam ajudaram-na a espantar a timidez, e quando deu por si estava partilhando, com o recém-conhecido, histórias tão antigas que já nem sabia que ainda se lembrava delas. Compreendiam-se, e isso fez com que os outros fossem se tornando invisíveis à medida que eles se faziam simultaneamente mais espessos e mais transparentes um para o outro. Ou, pelo menos, assim julgou Leonor naquela ocasião.

Tiveram de passar alguns anos para descobrir que estava enganada, que havia em Antônio muito mais do que aquela superfície tranquila e brilhante, que sob ela se escondia um poço de água escura e turbulenta onde nadavam animais ferozes. Os primeiros tempos foram felizes. Leonor sentia-se aquecida, protegida, sempre acompanhada pelas atenções do companheiro.

— O Antônio ocupava-se de mim, Mariana, tomava conta de mim. Perguntava-me se não ia ter frio quando de manhã achava que eu tinha escolhido um casaco fresco. Telefonava-me na hora do almoço para saber se estava me alimentando devidamente. Enviava-me uma mensagem no final da tarde perguntando se já tinha saído do trabalho e depois me ligava para saber se tinha chegado bem em casa. Sentia-me tão feliz e tão cheia de sorte que não reparava que também me sugeria que escolhesse saias sempre mais compridas e calças sempre mais largas e que, quando me telefonava ao longo do dia, aproveitava para perguntar-me com quem estava. Demorei ainda mais para perceber que, quando lhe dizia que tinha encontrado algum conhecido no restaurante, o seu ânimo se ensombrava e as suas atenções esmoreciam. Mas, quase inconscientemente, comecei a evitar esses encontros. Passei a almoçar mais vezes desacompanhada, deixei de ir ao cinema, mostrava-lhe os livros que comprava porque se fazia sisudo sempre que encontrava em casa coisas cuja proveniência desconhecia, deixei de tomar decisões sozinha porque sabia que isso o contrariava. E sempre que me surgia um fiapo de dúvida, sempre que começava a questionar-me sobre se aquilo estaria certo, se seria *normal*, logo eu me respondia que era uma ingrata, que devia me sentir agradecida por um homem como o Antônio gostar assim tanto de mim. São manifestações de amor, eu o justificava. Como é que podemos incomodar-nos com elas, se são uma bênção? Quem é que se pode aborrecer por causa de uma manifestação de amor? O problema é meu, pensava eu, que não sabia, antes dele, o que era ser amada.

Leonor tinha conseguido durante anos — não sem dúvidas episódicas, não sem lágrimas silenciosas, não sem discussões pouco acaloradas, porque gritar não era da sua natureza — ver preocupação, carinho e gestos de amor naquilo que só muito depois começou a compreender como manipulação, ciúme e maus-tratos. E mesmo quando compreendeu que era afinal disto que se tratava — ciúmes e maus-tratos —, tentou ainda encontrar justificações, desculpas, procurar soluções, ajudar Antônio a mudar. Ele tinha feito tanto por ela. Tinha se esforçado por apreciar o cinema francês, que a ela agradava, só para fazê-la feliz, tinha gravado listas de canções brasileiras, de que só ela gostava, para ouvirem nas viagens de carro que faziam juntos, tinha escolhido os destinos de férias com que ela sonhava e tinha encomendado, mesmo antes de chegarem às livrarias, os livros que sabia que ela cobiçava. Tinha-lhe marcado as consultas de rotina de que ela se esquecia sempre porque não gostava de médicos, tinha-lhe levado o carro à revisão, tinha visitado o pai dela quando estava doente e o tinha levado ao futebol nos fins de semana em que o ancião se sentia com mais forças, tinha posto na cama do casal uma manta de lã quando o inverno definitivamente chegava, tinha-lhe levado torradas ao sofá nas manhãs dos feriados com nevoeiro, tinha embrulhado ele próprio os presentes que escolhia cuidadosamente para ela nos aniversários e no Natal, tinha-lhe medido a febre e trazido aspirinas, enxugado as lágrimas e dado abraços de consolo.

Mas a certa altura, as lágrimas que lhe enxugava passaram a ser sobretudo as que ele próprio lhe causava, percebeu Leonor. E os abraços com que a consolava surgiam horas ou dias depois de tê-la insultado com as suas suspeitas ou com as palavras que usava para ofendê-la por um passado que imaginava e um presente que inventava. Leonor tentou evitar esses incidentes. Ria menos, falava menos com os outros, não comprava livros, roupa ou *lingerie* sem perguntar a Antônio que opinião tinha sobre eles, nenhuma decisão importante prescindia da sua auscultação prévia. Mas nem assim as fúrias diminuíam, antes cresciam em periodicidade e em intensidade, fizesse Leonor o que fizesse, deixasse de fazer o que deixasse.

Antes de aperfeiçoar a capacidade de hibernar, Leonor tinha se esforçado por fazer Antônio compreender que não havia nenhum motivo para os seus receios. Afinal, só desejava que vivessem juntos uma vida calma e feliz, não sentia falta de aventuras nem de desafios, só queria a sorte de um amor tranquilo, como na letra da música de Cazuza, que ambos ouviam com frequência. Depois dessas conversas, ele ficava mais calmo, sobretudo quando ela chorava ou lhe parecia especialmente destroçada, e durante alguns dias (com sorte, durante algumas semanas) tudo voltava a entrar nos eixos, o café ficava outra vez mais aromático e o lenço de cachemira, que Leonor trazia ao pescoço, parecia-lhe mais macio.

Acabou, porém, por tornar-se inevitavelmente visível que esses hiatos de paz escasseavam na mesma proporção em que os períodos de guerra cresciam. O tempo do cotidiano não se mede em dias, horas ou segundos. Mede-se em momentos. E Leonor percebeu de repente que Antônio a tinha ofendido no Natal por causa da mensagem de boas-festas do colega que tinha lido no telefone dela enquanto ela dormia; na passagem de ano tinham saído do restaurante pouco depois de chegarem ao perguntar-lhe com quantos homens antes dele tinha ela estado em outros *réveillons*; cancelaram a saída programada para o carnaval porque ela tinha partilhado o táxi com um cliente e isso era tão suspeito que tinha dado origem a uma fúria histórica; no aniversário de Leonor, zangaram-se porque alguém lhe enviara um ramo de flores para casa e não valeu de nada explicar que tinha sido uma amiga a mimá-la naquela data especial; por ocasião das férias da Páscoa, Antônio encontrou na estante um livro com uma dedicatória excessivamente afetuosa e uma assinatura que lhe parecia ser de um homem; no verão, não acreditou na explicação de que tinha passado a tarde sozinha no bistrô, primeiro mergulhada em anotações de trabalho e depois num romance que a tinha feito esquecer-se das horas e atrasar-se no regresso à casa.

Foi possível a Leonor, durante mais alguns meses, muitos meses, desvalorizar os dramas em que estava submersa por meio de um aperfeiçoamento do seu novo talento para a hibernação. Mas quando Antônio começou a classificar como indiferença aquilo que para ela era só letargia e a abanou com força de modo a que ela voltasse a prestar a atenção devida às suas fúrias, Leonor disse-

-lhe que iria embora a não ser que procurasse ajuda médica e que ele se tratasse daquilo que só podia ser uma doença. As consultas devolveram-lhes a esperança durante algum tempo, afinal talvez houvesse explicações para os desvarios dele, porventura relacionados com a infância passada com aquela avó destruída pelas infidelidades do marido, que se entretinha a fazer filhos nas empregadas internas sempre mais jovens que iam chegando do campo para servir na casa grande da cidade; talvez potencializados pela decepção sofrida com a primeira namorada, que acabara preferindo um primo do rapaz; eventualmente justificados pelo assédio constante a que se sentia sujeito por uma multidão de mulheres deslumbradas com a sua aura de sucesso e de riqueza.

A ironia teria provocado um sorriso em Leonor se o sentido de humor não tivesse se desbotado naquela época: Antônio só achava que ela era muito procurada por outros homens pelo fato de ele próprio ser tão cobiçado por tantas mulheres, escapando-lhe por completo a diferença abissal entre a realidade de um e de outro.

O problema dos problemas imaginários, como é fácil de ver, é que se tornam reais quando os intervenientes não os conseguem ver como imaginários. E Antônio não conseguia, apesar das consultas e apesar da medicação. Ou, pelo menos, não conseguia durante grande parte do tempo. E Leonor, por seu turno, como também já não conseguia manter-se no seu estado de hibernação durante todo o tempo necessário, teve de ir embora. Poderia se dizer que acabaram por se separar porque Antônio não conseguia ver a realidade tal como ela era e porque Leonor tinha passado a não conseguir deixar de ver a realidade tal como ela era. Mas nenhum dos dois compreendeu o fim da sua história de amor exatamente assim, porque as coisas são sempre menos simples para quem as vive por dentro do que para quem as vê por fora.

Era com Leonor que Mariana tomava o café da manhã e conversava quando Viriato lhe telefonou dizendo que estava com a avó no hospital. Leonor dispôs-se de imediato a acompanhar a amiga, mas Mariana respondeu-lhe que preferia ir sozinha. Leonor não insistiu. Já não insistia. A vida tinha-lhe ensinado a não insistir demais.

3

CAPÍTULO TRÊS

O APARELHO DE RAIO X

O cenário com o qual Viriato se deparou logo depois de ver a ambulância na porta da casa de praia, quando mal estacionou o carro e correu para o local onde a avó tinha caído, era muito diferente daquele que tinha imaginado. Era incomparavelmente pior. Alice estava imóvel, deitada numa posição estranha, ligeiramente inclinada para o lado esquerdo e com a mão direita erguida, com o osso do polegar à mostra. A carne que devia cobri-lo era uma espécie de cápsula que tinha saído do lugar e que agora tombava, estranhamente; uma peça fora do lugar. O neto tinha compreendido mal aquilo que lhe tinha sido dito ao telefone. Não era manifestamente um dente aquilo que Alice tinha partido. Era um dedo. Mas também não era só um dedo.

O que mais preocupação parecia causar aos dois homens que tinham saído da ambulância e que não conseguiam transportar a maca com rodas para o lugar onde Alice estava tombada, o declive entre o portão fechado e a porta da garagem que ficava mais abaixo, era, porém, outra coisa. Sob a cabeça de Alice espalhava-se sangue, muito sangue, primeiro num círculo que parecia uma auréola vermelha em torno dos seus cabelos claros e curtos, e depois numa espécie de pequeno riacho que tinha começado a escorrer na direção da porta da garagem, encarnado vivo sobre o cinzento claro do cimento. A avó gemia baixinho palavras incompreensíveis, mais pequena e magra ainda do que realmente era, e só viu o neto quando ele se agachou junto dela, pousou levemente a mão no lado direito do rosto e lhe disse, com uma tranquilidade fingida, que tinha sido só um susto, que já estava ali com ela e que iriam em seguida para o hospital, onde tudo se resolveria bem.

— Como se abre este portão? Precisamos tirar depressa esta senhora daqui, está perdendo muito sangue. Não conseguimos fazer passar a maca. — A urgência na voz do homem era evidente, mas Viriato não tinha o controle do portão. Fazia anos que a garagem não era usada para estacionar qualquer carro, estava cheia de móveis antigos, de roupas que tinham deixado de servir, um caiaque encostado na parede, as bicicletas com pneus precisando de ar, por isso o portão elétrico estava sempre fechado. Todos acessavam o jardim e depois a casa através de um outro, distante alguns metros, muito menor e coberto por um pequeno telhado.

— Não tenho nenhum controle nem sei onde pode estar a chave. A minha avó também não. Não há tempo para procurar. Precisamos arranjar outra solução.

O pânico despontava sob a expressão ainda contida de Viriato, e os dois homens compreenderam que não podiam esperar mais. Retiraram a maca do suporte com rodas e fizeram-na passar assim, para darem início ao processo delicado de deslocamento de Alice, que nunca deixou de olhar para o neto nem de rezar pedindo ajuda ao seu Santo Antônio. Tinha vindo ao jardim da casa de praia apanhar flores para a jarra sempre arrumada que ocupava parte do oratório onde guardava a imagem antiga do seu santo, essa imagem que tinha um lugar de destaque no seu apartamento na cidade, próximo do apartamento do neto. E agarrava-se à sua fé nos dois, no santo e no neto, para enfrentar aqueles momentos tão difíceis.

Não demoraram mais de quinze minutos para chegar ao hospital, e Alice foi conseguindo responder às perguntas daquele homem que a tratava por “minha querida” e que não queria acreditar na data de nascimento que ela, falando devagar, mas sempre com clareza, indicou como sua.

— Oitenta e sete anos? Mas está brincando comigo, minha querida? Ou ficou atrapalhada com a queda? É que ninguém lhe dá mais do que setenta!

Alice ainda consegue esboçar um sorriso, aquele é o gênero de comentário que aprecia, por mais que o repitam a ela, no cabeleireiro, na frutaria ou na farmácia. Mas tem muitas dores, sobretudo na cabeça, na anca e nos dois braços, e sabe que perdeu muito sangue. Esforça-se, ainda assim, para responder às perguntas. Já teve dois infartos. E é diabética, descobriu isso da pior maneira, já septuagenária, quando passou a ter de injetar-se com insulina antes das refeições. O homem, sempre gentil, elogia-lhe a coragem. Diz que está farto de ver pessoas com metade da idade dela ficarem histéricas por causa de acidentes muito menos graves. Conforta-a dizendo que aquela atitude vai ser fundamental para a recuperação.

Viriato foi na ambulância sempre sentado ao lado da avó, ainda aturdido, e quando deu por si estavam entrando na emergência do hospital.

A primeira sensação que teve foi a de substituição repentina do ar fresco da rua, aquele ar que ainda cheirava a sol e a vento, por um ambiente rarefeito, onde a luz é artificialmente branca e o oxigênio parece não chegar para todos. Porque há ali muita gente e pouco espaço, muitos ruídos, barulho de pés, pessoas que trabalham e outras que choram, gente que só espera, o ruído de macas, o barulho já longínquo das sirenes das ambulâncias que não param de chegar e de partir. O rapaz vislumbra à direita, de relance, uma sala de espera onde sobressai uma televisão pequena para onde ninguém olha, cadeiras escuras sobre um chão feio e que parece pouco limpo, uma máquina na qual se introduzem moedas e de onde rolam em seguida garrafas de água ou pacotes de bolacha, uma mulher jovem e pobremente vestida, que assoa a criança que tem colo, um homem magro e de calças jeans rasgadas, que segura a cabeça com as duas mãos como se ela pudesse fugir-lhe de repente de cima do pescoço.

Mas a maca na qual Alice é transportada acelera na direção de uma porta ampla, e Viriato alarga o passo. Passam rapidamente por um segurança a quem o homem de jaleco, que empurra a maca, diz qualquer coisa, e Viriato nota de repente que lhe prenderam uma espécie de cartão na camisa e que a avó já tem uma pulseira em volta do pulso fino, em que estão escritas palavras que, àquela distância, não consegue ler. *Tenho de me concentrar mais*, pensa, *a minha avó pode precisar que eu compreenda melhor o que está se passando aqui*.

O homem que agora transporta Alice aparenta não ouvir os gemidos da mulher sempre que a maca dá um solavanco e, como os ignora, persiste na condução desastrada até estacionar os dois — a coisa que a maca é e a pessoa que a idosa ainda é — num corredor relativamente amplo, mas que parece estreito porque está apinhado de pessoas em macas, em cadeiras de rodas ou de pé, encostadas em fila em cada uma das duas paredes. Alice e Viriato ocupam aquele que parece ser o último espaço disponível, e o homem silencioso e apressado parte sem mais explicações. Vai ser preciso esperar, compreendem de imediato. Mas o que nenhum dos dois imagina é que a sua espera, naquele lugar, irá prolongar-se por tantas horas que, a certa altura, passam a ser medidas em dias.

Viriato não perceberá logo, mesmo quando esse tempo tiver passado e o vento da rua lhe voltar a despentear o cabelo, o significado daquilo que, no momento, só lhe parece uma muito má experiência. Não compreende que aqueles acontecimentos são na verdade tão perturbadores que vão despenteá-lo por dentro e que vão lhe rasgar fissuras, primeiro na carne e depois na pele, por onde se escapará, como o hélio de um balão, uma parte daquilo que fora. A parte de si que estava ao mesmo tempo tranquila e entediada com a vida, aquela que não reclamava, não procurava, não questionava.

Há uma voz rouca que de repente se eleva no corredor, uma voz ao mesmo tempo zangada e hesitante, quase trêmula, que se sobrepõe aos inúmeros ruídos de fundo, aos gemidos e aos barulhos metálicos:

— Internem-me, por favor. Têm de me internar, sou esquizofrênico.

O homem que quase grita ainda está de costas, e Viriato não consegue ver-lhe o rosto, mas nota que é alto e forte, com um cabelo comprido e preto que parece não ser lavado há muito tempo, uma camisa larga e suja que pende sobre as calças igualmente largas, sem forma, descaídas na cintura. Gesticula, está inquieto, e, quando se vira, Viriato compreende que tem a cara inchada e coberta de hematomas, marcas arroxeadas que ainda não começaram a amarelecer, o lábio rasgado, sangue já seco na parte de baixo do nariz e no queixo, manchas de um vermelho acastanhado no colarinho da camisa. Pode ser cigano, mas não é certo que o seja. Cambaleia e encosta, sem querer, na maca onde jaz um homem que deve ser muito velho e que não reage nem ao barulho nem ao movimento a que o gesto do outro o sujeitam.

A sua evidente perturbação não sensibiliza nem intimida, porém, a mulher despachada, também de jaleco, que se dirige a ele, autoritária e firme:

— Ninguém vai interná-lo. Está outra vez bêbado, o seu problema principal é esse. Vá embora e veja se se recupera.

O homem ainda resiste, balbucia que não tem para onde ir, insiste que é um "doente psiquiátrico", quase como se recitasse um mantra que pudesse protegê-lo do frio e da solidão. Mas é inútil, a mulher marcial e um recém-chegado, que Viriato acha que é um segurança, começam a encaminhá-lo para a saída, indiferentes aos protestos e às lamúrias, cujo som se vai tornando cada vez mais longínquo à medida que se aproximam do fim do corredor:

— Eles andam atrás de mim. Eles vão me pegar de novo. E desta vez me matam. Me matam a pancada. Eles vieram de outro mundo e têm a força dos monstros. São imortais.

Alice parece não ter se dado conta de nada, tranquiliza-se o neto. A avó respira suavemente, talvez tenha adormecido por momentos, já há um frasco de soro pendurado por cima da sua maca e um tubo estreito enfiado no seu braço. Viriato volta a ter uma sensação de alívio, a avó talvez esteja finalmente conseguindo descansar depois da tormenta por que passou para lhe tirarem a roupa e fazerem os primeiros exames. Os seus gritos de desespero chegaram ao neto, que nesse momento a aguardava do lado de fora do gabinete pequeno que garantia alguma privacidade no universo caótico das emergências. Viriato lutou contra o impulso de entrar, empurrar aqueles que machucavam ainda mais a avó, pegá-la no colo e fugir dali com ela sempre bem apertada contra o peito. Cerrou os punhos, encostou-se com mais força na parede, tentou inibir, por momentos, a sua capacidade auditiva. Fez-se surdo, apagou-se, tentou adormecer, mas sem sucesso. Quando lhe pareceu que tinha passado uma eternidade, os gritos da avó cessaram, e, pouco depois, a porta abriu-se e uma mulher de cabelo com coque, avental e chinelos de plástico estendeu-lhe um saco:

— Está aqui a roupa dela, pode guardar tudo, não vai ser necessária daqui em diante.

A única coisa em que Viriato consegue pensar, enquanto apanha a sacola com modos de autômato (as peças de vestuário impecavelmente dobradas como se não estivessem destruídas pelo sangue e pelas pedrinhas do chão), é que se ele tivesse se lembrado de dizer àquelas pessoas que podiam cortar com uma tesoura todas aquelas coisas inúteis, talvez não tivessem precisado virar e revirar o corpo machucado da sua avó como se estivessem despindo um manequim de plástico na vitrine de uma loja. Sempre com muito cuidado com a roupa.

Voltaram para a fila de macas no corredor, mas o lugar onde antes estavam já tinha sido ocupado; precisaram encolher-se para caberem noutro lugar, perto da porta de um banheiro onde está afixado um papel A4 com as palavras "Fora de uso" escritas com marcador grosso. Paira no ar um odor desagradável, cujo epicentro parece pouco distante. Mas não há alternativa. E agora, pelo menos, Alice parece dormitar, o que dá a Viriato a oportunidade para olhar à volta.

Aquilo que mais lhe chama a atenção é a quantidade de velhos desolados que esperam pacientemente deitados nas suas macas ou sentados nas suas cadeiras de rodas. Velhos entubados com sondas e de veias salientes, ossos frágeis, mãos trementes e olhos gelatinosos de contornos tênues. Alguns têm companhia, pessoas que lhes sussurram ao ouvido e que lhes apertam a mão, mas a maioria está só com os seus frascos de soro e os seus tubos. Pelo rosto sulcado por muitas rugas de uma mulher escorrem lágrimas grossas, que ora ficam presas nos vincos, ora correm rápidas e livres quando encontram um bocado de pele lisa. A mulher chora em silêncio, sentada, sem que ninguém se dirija para confortá-la. Na maca em frente, um velho treme, intercala palavras sem nexo com a reclamação de que tem frio, mas ninguém traz uma manta para cobri-lo. Outro homem que espera na fila de macas repete sem cessar que precisa ir ao banheiro, até que chega um funcionário impaciente e fugidio que lhe entrega aquilo que parece um frasco — “Pode fazer aqui” — antes de voltar a desaparecer, rápido, sem notar o olhar do outro, sua surpresa, sua tristeza e sua humilhação.

Ninguém reclama, pensa Viriato. Não podem se dar ao luxo de reclamar, corrige-se depois, porque estão nas mãos daqueles de quem se queixariam. Precisam deles, da forma mais desesperada que se pode precisar de alguém. A sua qualidade de pessoas lhes foge, não porque estão doentes ou feridos, não porque podem morrer quando ainda querem viver, mas porque deixaram de poder exigir respeito pela sua humanidade.

Alice, que parece ao neto um passarinho de asas partidas que se fecha sobre si mesmo para não deixar escapar a energia e a luz que ainda lhe restam, vai acordando intermitentemente e parece continuar a rezar baixinho. Viriato pousa-lhe levemente a mão na testa ou afaga-lhe o rosto, é difícil encontrar partes do corpo da avó onde possa tocar sem receio de machucá-la. Horas antes tinham dito que Alice tinha um traumatismo craniano, uma fratura exposta no polegar da mão direita e, claro, tinha quebrado o pulso esquerdo. Mas estava tudo bem com a sua bacia, os exames não tinham detectado nenhuma fratura:

— Foi uma grande sorte. Na idade da sua avó, já é muito difícil se recuperar quando se quebra a bacia.

Viriato tinha se agarrado àquelas duas palavras — "grande" e "sorte" — como quem se agarra a uma boia de salvação no meio do mar alto durante uma noite de tempestade sem lua. Mas, muitas horas depois, com a madrugada já se anunciando e ainda no mesmo lugar daquele corredor das emergências, a sua esperança começa a vacilar. A avó continua queixando-se de muitas dores na anca, apesar dos analgésicos, e as dúvidas de Viriato adensam-se: *deveria ter pedido à ambulância que levasse a avó para outro hospital? Teria sido melhor uma clínica privada? Tenho que telefonar para minha mãe logo que puder. Ela tem aquela amiga médica, pode perguntar-lhe se devemos mudar a minha avó para outro lugar...* Tem cada vez mais dificuldades de pensar com clareza naquela noite de vigília e de fantasmas, noite de afogados, a luz branca e amaldiçoada apenas atenuada durante aquele horário, os movimentos lentos das pessoas suspensas à espera de que o novo dia lhes traga uma réstia de esperança, cada um preso ao seu próprio sofrimento, todos tão concentrados na sobrevivência que os outros nem sequer existem. Os outros estão por ali, deitados ou sentados, mas é quase como se não estivessem, a não ser quando os seus ruídos ou as suas necessidades se tornam uma fonte de incômodo, não de preocupação.

A manhã acaba por despontar, apesar de naquele lugar essa chegada não ser anunciada, como devia, pelo nascer do sol, mas antes pelo gradual ressurgimento dos ruídos e das pessoas que vão aparecendo para trabalhar, mais um dia igual a todos os outros dias, porque é sobretudo isso que distingue, ali, os profissionais dos outros. Só para os outros é que aquele é um tempo único de medo e de esperança em que aguardam, temerosos e ansiosos, a carta de alforria que lhes permitirá, talvez, regressar aos seus países, aos territórios livres onde esperam voltar a viver as suas vidas. A carta de alforria que uns receberão e outros não, como todos sabem. Por isso, o que lhes resta é esperar que a sorte lhes caiba e que a má sorte caiba a outros.

Mas o dia não é, para Alice e para Viriato, inaugurado com boas notícias. Aproxima-se um homem bonito, com cerca de sessenta anos, o cabelo já muito embranquecido bem penteado, a pele levemente bronzeada, os movimentos elásticos de quem tem saúde. Apresenta-se, é o médico ortopedista que viu há pouco os exames que Alice tinha feito muitas horas antes.

— Há uma fissura no osso da bacia, vai ser necessário operar. — A voz é tranquila, e vê-se bem que aquela é uma informação que está habituado a dar.

Viriato, que tinha passado horas consolando Alice falando na sorte que tivera por não ter quebrado ossos a não ser nos braços, não quer acreditar no que está ouvindo.

— Mas não pode ser, senhor doutor. Disseram-nos expressamente que não havia aí nenhum problema, que a preocupação maior era o traumatismo craniano da minha avó. Tem certeza de que foram os exames dela que viu?

Nota-se que o médico não gosta especialmente de ser questionado, mas responde, ainda assim, com educação:

— Não havia nenhum especialista na emergência quando a sua avó chegou, e o colega que analisou os resultados não viu a fissura. É muito pequena, quase invisível.

— Mas se é assim tão pequena, será mesmo indispensável operar? Não acha que é possível que a minha avó se recupere se permanecer imobilizada, em descanso absoluto?

— Não — a resposta do ortopedista não permite equívocos —, se não for operada e não lhe pusermos uma espécie de grampo, há o risco de, em qualquer momento, mesmo ao fazer um movimento simples, desconjuntar-se como se fosse uma boneca. Tem de ser operada. Mas antes disso precisamos ter a certeza de que o traumatismo craniano desapareceu.

Esfumou-se, naquele momento, a esperança que Alice e Viriato tinham de sair depressa daquele hospital. A não ser que a transferência fosse a melhor solução. Mas parecia não ser. Mariana, a quem o filho tinha finalmente telefonado, já estava a caminho. E tinha perguntado à amiga médica, a quem resumira o sucedido, se achava que deviam levar Alice para outro lado:

— Me diz, por favor. O que faria se fosse a sua mãe? Deixaria que continuasse aqui ou tratava de transferi-la para uma clínica o mais depressa possível?

A outra foi clara:

— Se fosse a minha mãe, não corria o risco de deslocá-la nesse estado e com essa idade. Vai correr tudo bem.

Alice e Viriato passam o resto da manhã e a tarde no corredor da emergência. Antes do almoço chegam dois homens vestidos com roupa de trabalho e com um carrinho de mão carregado de ferramentas e entram no banheiro que conservava o aviso de "fora de uso". O cheiro, fétido, espalha-se e atinge primeiro aqueles que tiveram o azar de não conseguir ocupar um lugar junto à parede mais distante. E, quando Viriato achava que não podia piorar, os homens levantam uma placa do chão e começam a limpar aquilo que deve ser uma fossa entupida. Alice sussurra que vai vomitar, e o neto olha à volta para ver se pode deslocar a maca para outro lugar. Quando compreende que não há nenhuma vaga, tira a camisa leve que trazia vestida e pousa-a sobre o nariz e a boca da avó. Tantas horas depois, o cheiro do seu perfume já se perdeu, mas espera que perdure ainda uma réstia de odor de pele lavada, um resquício de casa, um vestígio de felicidade.

A raiva — sim, é quase raiva — de Viriato vai crescendo à medida que as horas passam e de vez em quando ameaça tornar-se mais forte do que o medo. Sente-o quando a avó é levada para fazer mais exames por gente indiferente aos seus queixumes sempre que os solavancos desnecessários da maca não são evitados, ou quando o seu corpo é levantado para ser depois atirado, como se fosse um monte de lenha ou um feixe de ossos sem dono, para o aparelho onde vão fazer outro raio X. Ou quando, de novo no corredor, a mulher jovem e de jaleco que minutos antes tinha prendido no indicador de Alice uma espécie de mola grande ligada por um fio longo a uma máquina afastada, para evitar os passos que a aproximariam da doente, puxa de longe o fio, faz saltar a mola e arruma tranquilamente, sem uma palavra, sem uma explicação, o aparelho que já tinha cumprido a sua função.

Quando Mariana finalmente consegue chegar ao hospital, a tarde já vai adiantada. Telefona ao filho dizendo que só pode entrar se ele sair, precisa da identificação de acompanhante que está com ele. Combinam de encontrar-se na porta. Viriato explica à avó que a mãe vai trocar de lugar com ele, mas que não se demora. Aperta-lhe suavemente a mão que não tem o polegar fraturado e afasta-se.

Viriato e Mariana abraçam-se com rapidez e sinceridade na porta daquele hospital, que não lhes deixará boas memórias. Não se viam fazia muitas semanas e nem sempre estão de acordo, mas nenhum tem dúvidas sobre o amor do outro. Incomparável e não mensurável, o de Mariana pelo filho. Muito forte, o de Viriato pela mãe. A mulher vê que o filho inspira com força o vento da rua. Está com olheiras e despenteado, de ombros curvados e pele mais pálida do que de costume, menos bonito do que em outros dias, repara a mãe.

— Vá comer qualquer coisa. Eu agora fico com a sua avó. Não precisa ter pressa para voltar. Você sabe que este também é o meu lugar. — Mariana empurra-o suavemente na direção da rua, desconhecendo que, ao contrário do que naquele momento seria de supor, os riscos podem estar à espreita também lá fora.

O fim do dia anuncia-se com esplendor, o sol grande e rosado começa a descer na linha do horizonte, mas, naquela época do ano, a luz desaparece cada vez mais tarde, prolongando a vida e a esperança. Viriato caminha a passos largos para o portão principal de saída do complexo hospitalar, quer chegar depressa em casa para tomar um banho longo, quer tirar de cima de si as últimas horas, foram tantas horas, mas uma moça, sentada num banco de cimento, chama-lhe a atenção. Tem os pés pousados no lugar onde deveria estar sentada, os tênis brancos ligam-se a pernas muito magras e compridas, enfiadas em calças justas e claras, que abraça com os braços nus e pálidos. Encolhe-se toda sobre si mesma de modo a que não se veja seu rosto, apenas um feixe de cabelos num tom de azul muito pálido, cabelos muito lisos e que lhe tocam nos ombros, que naquele momento balançam suavemente ao ritmo daquilo que parecem soluços contidos, silenciosos, profundos.

— Posso ajudá-la de alguma maneira? Desculpe, não quero me intrometer Mas se precisar de alguma coisa... — Viriato tinha hesitado antes de aproximar-se, e as palavras saem titubeantes.

A moça de cabelo azul levanta a cabeça e se lê facilmente nos olhos pretos e oblíquos a surpresa inicial. Tem os olhos tão escuros que mal se distingue a pupila, quase orientais, olhos misteriosos e líquidos de onde escorrem lágrimas grossas. A pele é mais branca do que seria normal, sem uma ruga, quase de cera, por isso a cor que sobressai nela, além do azul dos cabelos, é o rubro vivo dos lábios muito grossos e naturalmente vermelhos, que dispensam pinturas para chamar a atenção. Quando se desenrola e ergue os ombros e a cabeça para olhar para o homem, este nota que é alta, muito alta, e magra, muito magra.

— É o meu avô. Vim visitá-lo. Já não aguenta mais tanto sofrimento. Pediu-me que o matasse. Mas ninguém me ajuda.

Viriato não sabe, por momentos, o que dizer. Tem a tentação de consolá-la com esperanças vãs, mas percebe a tempo que mais vale não fazê-lo antes de ter mais informações sobre o que se passa com o avô da moça. Pensa em se despedir e desejar-lhe boa sorte, mas não tem coragem para tanto. E está com pressa.

— Como você se chama? — Sem se dar conta, Viriato tinha começado a tratá-la por você.

— Carolina. — A voz é rouca e baixa, voz de mulher mais velha, de fumante ou de cantora de *jazz*, uma voz incoerente com aquela pele lisa e olhos brilhantes.

— A minha avó também está aqui, Carolina. Vou em casa tomar banho e trocar de roupa e volto daqui a pouco. Quer vir comigo? Ofereço um café. Ou um suco e uma torrada, se preferir. As torradas são a minha especialidade.

Quando Carolina se levanta e caminha ao seu lado, com movimentos sinuosos de gata, a cabeça dela à altura da dele, Viriato não tem tempo para se questionar sobre a estranheza do seu comportamento inusitado, a imprudência de convidar sem mais nem menos, para sua casa, uma desconhecida. E quando, muito depois, essa interrogação lhe surgir, será já, porventura, tarde demais.

4

CAPÍTULO QUATRO

O PIERCING

Viriato abre a porta, com Carolina atrás de si, e entram no apartamento pequeno, ele com a sensação de que já passou muito tempo desde que estava estendido no sofá olhando para a televisão. Reentra, por momentos, no seu cotidiano e lembra que a semana de trabalho está começando e que precisa telefonar para a empresa e justificar a ausência.

— Você aceita um suco ou um chá? Ou prefere um café, Carolina? — Olha-a, interrogador e pouco à vontade, de novo consciente de que tê-la convidado pode ter sido um erro, mas sabendo também que não quer que ela vá embora. A cada vez que a observa, sente-se mais preso ao seu fascínio. A moça tem um aspecto a meio caminho entre uma personagem de mangá japonês e uma criatura mitológica, que o deixa curioso e expectante. Sente-se mais enérgico perto dela, mais vivo. Não, definitivamente não quer que ela vá embora.

— Prefiro um café, obrigada. Mas eu cuido disso, pode ir tomar banho. Estou vendo ali a máquina e, se me disser onde estão as cápsulas e as xícaras, passo um cafezinho para mim e outro para você. O seu só quando deixar de ouvir a água correndo, para não tomá-lo frio. — Percebem ambos a intimidade da sugestão, mas a naturalidade com que Carolina trata o assunto dispensa Viriato de outros comentários.

— Então já volto. Fique à vontade — diz simplesmente.

Acaba por permanecer sob o chuveiro tempo demais para se considerar que o banho é rápido. Os músculos retesam-se primeiro sob os jatos fortes de água fria, que lhe apagam por minutos todos os pensamentos, e depois roda a torneira de modo a que o banho se torne mais tépido e suave. Olha para os pés e quase consegue ver as misérias das últimas horas desaparecendo pelo ralo, sem compreender que algumas talvez se tenham colado por baixo da pele.

Ao voltar à sala, sente o cheiro reconfortante do café e logo em seguida vislumbra as pernas de Carolina esticadas sobre o sofá, o seu sofá, aquele de onde tinha saltado quando o telefone tocou. A mulher parece tão em casa que ele quase sorri ao lembrar-se de que lhe tinha dito para ficar à vontade. Uma manifesta desnecessidade.

Viriato puxa uma cadeira e senta-se à frente dela, esquecido de todo o resto.

— Como é que nunca tinha visto você por aqui? Não costuma sair? Seria difícil que esse seu cabelo azul me passasse despercebido. — O cabelo e o resto, claro, mas isso consegue calar.

— Regressei há pouco tempo. Vivia em Londres. Sou escritora. Mas o meu avô piorou muito e agora quero estar aqui. Talvez não por muito tempo. — Encolhe os ombros ossudos, agora com aparente desinteresse.

O dono da casa não sabe o que dizer. Se por um lado receia que perguntar o que se passa com o avô pareça invasivo, por outro teme que não perguntar nada soe indiferença. O silêncio dura pouco, porém, porque Carolina lhe evita um desconforto maior:

— O meu avô não tem mais chances. Tem uma insuficiência cardíaca e há dezesseis anos lhe puseram uma válvula artificial. Precisava ser substituída, mas dizem que na idade dele já não é possível.

Não compreende ainda, Viriato:

— Mas não é possível por quê?

Carolina volta a encolher os ombros, num gesto que começa a parecer comum:

— Dizem que o risco da operação é muito grande. Que a probabilidade de o meu avô não sobreviver à operação é superior à probabilidade de sobreviver.

Viriato tem dificuldades de compreender esse juízo probabilístico:

— Mas se não fizerem a operação morre com certeza, não é o que está dizendo? — Eleva a voz sem querer.

Carolina, pelo contrário, mantém o tom baixo e sempre controlado daquela voz rouca que assentaria melhor em outra mulher:

— Todos morremos com certeza, Viriato. Parece que ainda é uma inevitabilidade. O país tem cada vez mais velhos custando dinheiro a todos, ninguém se importa se houver um a menos. Não querem tratar do meu avô, mas são hipócritas demais para ajudarem-no a partir com dignidade.

Ao homem não escapa nem a ironia nem a crítica, mas mesmo assim acha que vale a pena insistir:

— Você está dizendo que seu avô morre sem a operação? Então qual é a dúvida? Se lhe fizerem a operação há alguma probabilidade de sobreviver, se não lhe fizerem a operação não há nenhuma. Esse é o único cálculo de probabilidades que se pode fazer, você não acha? — Ainda não tinha acabado a interrogação e já o erro que nela vai implícito o fez se arrepender. *Que direito eu tenho de estar perguntando isto assim?*, interroga-se. *O avô é dela, o sofrimento é dela, não sei quase nada do que se passa. Por que estou aqui opinando como se me dissesse respeito?*

Mas Carolina não lhe dá tempo para desculpar-se:

— O meu avô anda há meses implorando que o operem, sabia que era a única esperança que tinha. Mas diziam-lhe que os recursos são limitados e explicaram-lhe, sempre por meias palavras, que estão reservados para os casos em que as hipóteses de sobrevivência são maiores. A palavra "crise" é sempre repetida. Repetida até a náusea. Ninguém queria operá-lo.

Viriato esquece-se da sua promessa interior de não se meter onde não deve:

— Por que não tentam que seja operado em outro lugar? Numa clínica, por exemplo. Ou no estrangeiro, se for preciso.

Ela o fita, tão inexpressiva por trás dos olhos escuríssimos que a condescendência implícita na resposta mal se nota:

— A operação é complicada, não se faz em qualquer lugar. E o meu avô não tinha dinheiro disponível, investiu as poupanças todas num esquema qualquer do meu tio e ficou sem nada. Mas agora que eu arranjei dinheiro para ele ser operado na clínica que escolher, é ele que já não quer. Diz que é tarde demais. Desistiu. Está sempre repetindo que não aguenta mais, que não suporta aquele sofrimento. Não consegue respirar. Não aguenta o pijama nem o lençol por cima da pele, tem um calor insuportável. Está sempre se despindo. Eu chego ao quarto e o encontro nu e encarquilhado em cima da cama, mirrado e ofegante. E depois entra alguma enfermeira que o repreende por estar assim descomposto. Que lhe pergunta se não tem vergonha. Perguntam ao meu avô, que foi sempre um homem tão forte e tão orgulhoso, tão digno, se não tem vergonha por estar assim despido. A ele, que não consegue respirar. No outro dia cheguei e tinham-no amarrado para não voltar a se descobrir. Dizem que incomoda o senhor que está na cama ao lado. E as visitas dele.

Viriato lembra-se de repente de Alice, pensa que precisa voltar ao hospital:

— A minha avó está na emergência, vai ser operada. Talvez ainda esta noite. Daqui a pouco preciso ir para lá outra vez.

Carolina continua a olhar para ele, daquela maneira estranha, sem pestanejar nem mexer um músculo do rosto. A alça estreita da blusa branca escorrega-lhe pelo ombro esquerdo e ela a desconsidera. Mas o homem não consegue ignorar o leve arfar do seu peito, os mamilos endurecidos que se notam sob o tecido transparente, a curva suave dos seios pequenos, os ossos pélvicos que empurram o jeans gasto das calças. Sente o princípio de uma ereção e ainda tem tempo para pensar que a ocasião não podia ser mais inconveniente, os dois rodeados pelos fantasmas da doença, do sofrimento e da morte. Mas a vida tem truques para impor-se à morte, e nesse momento a mulher passa a língua pequena e rosada, de felina, pelos lábios e estica-se para aproximar-se dele, num convite mudo, mas muito óbvio, por isso Viriato abraça-a, massageia-lhe primeiro as costas e depois o peito, mordisca-lhe a boca suculenta, tira-lhe a blusa pela cabeça enquanto ela lhe desaperta as calças, puxa-a para si com urgência e depois empurra-a suavemente na direção do quarto, ansioso por ver a pele branca dela perder-se entre os lençóis brancos de sua cama.

O homem maravilha-se com a naturalidade com que Carolina persegue o próprio prazer, tão confiante ou tão indiferente que não precisa esforçar-se muito para assegurar o prazer dele. Parece quase sozinha até naquele momento, perdida dentro de si própria mesmo quando é ele que está dentro dela. A mulher habita sem esforço aquele corpo longo e duro, muito mais feito de ossos e de pele do que de carne, e ergue-se agilmente da cama poucos segundos depois de tudo ter acabado, quando Viriato ainda está imerso na paz da satisfação mais plena. Ele a vê levantar-se, tão alta que é quase imponente, absolutamente segura na sua nudez da qual nada pende ou treme, e observa-a caminhar depois com elegância até o banheiro. Não pergunta se pode fazer seja o que for, mete-se debaixo do chuveiro sem hesitações e também não pede nada quando fecha a torneira da água, porque se limita a pegar, sem mais, na toalha ainda úmida que o dono da casa tinha usado pouco antes.

Volta ao quarto de novo nua porque deixou a toalha caída no chão, entre a banheira e o bidê, mas agora com a pele rosada e quase seca, o cabelo molhado colado ao rosto como se tivesse uma touca azul-celeste e brilhante rodeando-lhe o rosto pálido, uma espécie de halo que nela não tem nada de sagrado, antes lhe atribui uma qualidade metálica de ícone da música eletrônica, distante e quase inumana.

Dobra-se para apanhar a roupa que tinha ficado espalhada e começa a vestir-se sem pressa, os movimentos seguros quando enfia e puxa ao longo das pernas primeiro a calcinha, depois a calça, sempre despida da cintura para cima, expondo à vista o piercing preso ao umbigo, que parece refletir os resquícios de luz e que é o único volume a sobressair na barriga inexistente. Calça os tênis e só depois caminha até o sofá da sala, enfia a blusa, retira da mochila pequena que trazia ao ombro o celular que tinha apitado pouco antes, num instante em que nenhum dos dois lhe tinha podido prestar atenção. Franze levemente a testa perfeita e depois encaracola os lábios numa espécie de sorriso.

— Vou embora. Espero que corra tudo bem com a sua avó. — Carolina faz um aceno breve ao homem ainda deitado e vira-se, pronta para sair.

Viriato não oculta o espanto:

— Se esperar cinco minutos, deixo-a onde quiser. Não faz sentido que vá assim, sozinha. — As palavras saem-lhe rápidas, enquanto começa a vestir-se.

— Estou habituada a estar sozinha. Até gosto. Não se preocupe. Um dia desses apareço.

Atravessou a sala em passos rápidos, abriu a porta da rua, saiu e fechou-a suavemente, quase sem ruído. Sem nunca olhar para trás. E sem ter deixado um contato. Quando Viriato reparou de que da moça de cabelo azul só sabia o nome próprio, Carolina, e foi abrir a janela que dava para a rua para perguntar-lhe qualquer coisa, já não havia dela nenhum rastro.

5

CAPÍTULO CINCO

O FORNO

Viriato só regressa ao trabalho no meio da semana, depois de Alice ter sido finalmente operada e transferida para uma enfermaria onde duas outras senhoras idosas partilham com ela as desventuras das quedas e, sobretudo, as desfeitas e as ausências das respectivas famílias. Agora visita a avó apenas no horário do final do dia, sempre esperançoso em avistar um qualquer traço de azul numa cabeça que paire acima das outras, alerta e excitado quando chega, desanimado e triste quando sai sem encontrar Carolina.

Mas Alberto, o dono da empresa, reclama a sua atenção às questões profissionais, tem dificuldade de compreender a ligação de Viriato com a avó, parece-lhe coisa de criança, repete-lhe que é o momento de fazer-se mais homem.

— Do que você precisa é arranjar uma mulher a sério, rapaz, para ver se deixa de andar por aí suspirando por causa da sua avó. Um homem da sua idade só pode suspirar por causa do futebol, ou então por causa de uma mulher como deve ser, daquelas que se enfiam na nossa cabeça e não saem mesmo quando as queremos mandar embora — o homem mais velho insiste com Viriato, quer levá-lo a uma casa aonde vai de vez em quando conversar com moças "espetaculares", daquelas em quem podemos nos encostar sem elas se assustarem, bebe-se um copo e ouve-se uma música que não provoque dores de cabeça, até se pode dar um passinho de dança caso esteja com disposição para isso.

A comunicação entre os dois nem sempre é fluída, separam-nos menos de três décadas, mas às vezes o mais novo fica com a ideia de que o outro veio de qualquer lugar num passado remoto. Alberto é um homem muito grande e muito pesado que usa o seu corpo de leão-marinho para se disfarçar de bonachão, mas aqueles que cruzam com ele nos negócios acabam por descobrir, quase sempre a duras penas, que por trás dos olhos risonhos está escondido um predador implacável que cuida sem tergiversações dos interesses da empresa e dos seus interesses, porque no fundo vai dar tudo na mesma.

Viriato, de quem o outro com a passagem dos anos se fez quase amigo, tem muitas vezes dificuldades de compreender a solidão do patrão, mas aquilo que mais o espanta é o fato de Alberto parecer não ter sequer consciência disso, não compreender que a amargura, que às vezes dele transborda travestida de dureza ou de cinismo, mais não é do que uma manifestação de incômodo pela ausência de interlocutores que valorize, que assuma como iguais.

— Ainda não é desta vez que você vem comigo à tal casa de que falei? Faria bem a você alguma distração. — Outra característica de Alberto é que raramente desiste.

Tinha feito isso uma vez, há mais de quinze anos, quando decidira divorciar-se da mulher com quem tinha se casado relativamente jovem e com quem tinha uma filha entrando na adolescência. Desistir do casamento parecera-lhe, na época, inevitável (tinha na verdade começado a acontecer algum tempo antes, quando as infidelidades, as suas e as dela, tornaram-se mais evidentes), mas não demorou a descobrir que, por essa desistência, teria de pagar um preço alto, muito alto.

A ex-mulher continuou a viver com a filha adolescente de ambos na casa que antes era partilhada pelos três, nos arredores ricos da cidade, e Alberto mudara-se para um apartamento moderno no centro, todo mobiliado por uma decoradora que era presença frequente nas revistas sociais e que tinha uma predileção incompreensível por sofás desconfortáveis, tapetes felpudos que sugavam as moedas que o dono da casa deixava cair e que depois entupiam os aspiradores, cromados brilhantes, uma profusão de peças decorativas sempre em preto ou branco, luzes indiretas que não o deixavam ler as letras pequenas dos jornais esportivos e dos classificados que anunciavam mulheres sempre atrevidas, meigas e de peito grande.

Viveu assim durante quatro anos, como se estivesse num hotel, porque nunca tinha aprendido a valorizar o conforto e não compreendia bem o conceito de sentir-se em casa. As poucas pessoas que o visitavam ou ficavam deslumbradas pelo dinheiro todo que aquilo manifestamente tinha custado, ou achavam um horror, mas eram excessivamente educadas ou subservientes para lhe dizerem isso. Nunca teria se mudado por sua própria iniciativa, mas acabou por ter a sorte da sua namorada número seis ser uma corretora de imóveis que lhe arranjou um bom negócio para a venda daquele pequeno elefante branco e lhe sugeriu um investimento interessante numa região antiga mas promissora da cidade, uma casa velha sujeita a uma intervenção profunda que tinha sabido preservar o pé-direito alto e os tetos trabalhados, acrescentando um chão de madeira clara de vigas largas e compridas, uma cozinha funcional e um escritório cheio de luz virado para um parque onde corriam crianças e onde os velhinhos, sempre os mesmos, atiravam pedacinhos de pão aos pombos.

Alberto acha, talvez sem toda a razão, que o preço que pagou por ter desistido do casamento com a mãe da sua filha foi a própria filha. É claro que podia não ter sido assim, porque foram vários os fatores que contribuíram para esse desfecho e que poderiam ter sido evitados. Joana, a ex-mulher, podia e devia ter sido menos vingativa e podia ter escolhido não alienar a filha. Ana, a adolescente, podia ter escolhido pensar com a própria cabeça em vez de fazer suas as ideias curtas da mãe. Ou talvez tenha sido afinal por decisão sua que culpou o pai por todos os males, porque essa atribuição de culpa, ela descobriu depressa, garantia a ela depois um crédito ilimitado. Usava-o sem pudor para justificar os ataques de raiva injustificada, para exigir sempre mais presentes ou dinheiro, para fazer tudo o que lhe desejava e não fazer nada do que não lhe desejava. Era muito conveniente para Ana ter um pai assim tão mau, e com o tempo acabou por conseguir convencer Alberto de que a tinha abandonado e que essa era uma crueldade irreparável, apesar de o pai nunca ter desistido de procurá-la e de tentar compreender o que lhe sucedia, de lhe ter pago os melhores colégios e de tê-la levado ao médico sempre que era preciso, de ter-lhe dado o café da manhã na cama quando passavam os fins de semana juntos, de ter garantido emprego na empresa para os namorados sucessivos que a filha ia arranjando e de quem se separava sempre em ambiente de caos e de destruição. Enfim, por mais que se esforçasse e por mais tropelias que a filha fizesse, Alberto continuava a achar que era por causa dele que Ana tinha tantos problemas, coitadinha. E por isso continuava a ignorar o fato de a filha nunca telefonar para perguntar se ele precisava de alguma coisa, nunca querer dele apenas a sua companhia, uma boa conversa ou um abraço. Ana queria dinheiro, viagens, uma casa nova ou um carro melhor, e o pai tentava que nada do que ela queria lhe faltasse, por mais que as explosões de alegria intensa fossem breves. A mocinha fazia uma grande festa quando as coisas corriam na medida dos seus desejos, mas isso durava pouco, e rapidamente regressava ao seu estado habitual de zanga e irritação com tudo e com todos.

Quando Alberto tinha convidado Viriato para almoçar, cerca de três anos antes, e Ana aparecera sem ter sido anunciada num daqueles momentos em que estava entre namorados, o homem mais jovem não compreendeu logo que aquele tinha sido um encontro planejado pelo mais velho. Ana era bonita e arrogante, com aquele ar entre o desinteressado e o altivo que às vezes têm as moças ricas, os dentes muito brancos, o cabelo alisado em linhas perfeitas sem curvas, a pele sempre ligeiramente bronzeada, um modo negligente de pegar nos cardápios dos restaurantes e um jeito autoritário de mandar vir tudo o que queria. Era uma defensora intransigente dos animais, mas tratava os empregados abaixo de cão; inundava as redes sociais com as suas intenções de fazer voluntariado em São Tomé e Príncipe ou na Guatemala e punha o pai em contato com umas organizações estranhas que eram uma espécie de agências de viagens disfarçadas de instituições solidárias e que cobravam a peso de ouro a ida dos filhos dos ricos para lugares exóticos, com o pretexto sempre elegante de que iam fazer o bem. "São tão solidários, os nossos meninos", dirá isso depois, mesmo que os meninos tenham passado dois dos trinta dias de voluntariado brincando com crianças pobres numa aldeia longínqua e o resto do tempo tirando fotografias de girafas no Kruger Park ou passeando nas ruínas de Tikal.

Os projetos de Alberto para os dois tinham chegado a concretizar-se durante algum tempo. Viriato e Ana tinham começado a namorar e viveram depois juntos durante cinco meses inteiros, que a ele pareceram cinco anos de inferno. A moça tentou reproduzir com ele o modelo de relacionamento que tinha com o pai e que, de certa forma, convinha a ambos: Ana culpava o pai por ter sofrido muito por causa do divórcio, o pai sentia-se culpado e dava-lhe aquilo que ela exigia, ela achava que ele oferecia coisas porque se sentia muito culpado e ficava reforçada nas suas certezas quanto às responsabilidades do progenitor, por isso rapidamente se mostrava zangada e fazia disparates outra vez, o pai achava que ela se comportava assim porque tinha sofrido muito por causa dele e oferecia-lhe mais coisas e por aí adiante, num círculo pouco virtuoso em que ambos confirmavam reiteradamente a culpa do pai e o sofrimento acompanhado de créditos da filha. A culpa de um e as exigências da outra alimentavam-se reciprocamente e cresciam sem cessar numa espiral de infelicidade e de coisas, sempre só coisas, porque Ana de fato não queria carinho, atenção ou companhia, e quanto mais evidente isso se tornava, mais Alberto achava que tinha, com certeza absoluta, errado muito como pai. E, habituados a esse jogo que era o único que sabiam jogar, nenhum questionava os papéis atribuídos e se perguntava se o pai não teria passado a ser, afinal, mais uma vítima do que um algoz.

O problema é que Viriato não se sentia culpado de nada, por isso não reagia às fúrias de Ana como ela esperava que sucedesse, com a mistura de preocupação, medo e ímpeto presenteador a que estava acostumada. Ficava surpreendido e triste quando ela o insultava ou, enfurecida, atirava-lhe coisas, e reagia de uma forma que a transtornava ainda mais porque, em vez de retribuir os disparates, virava as costas e saía calado. Insatisfeita com a ausência de drama e tomando-a por indício de desamor (e, pior, por sintoma da perda do controle dela sobre ele), a moça começou a fazer jogo duro. Queria que ele se descontrolasse por ela, que mostrasse que era capaz de tudo por amor a ela, e, a certa altura, começou a provocar os amigos dele, uma saia quase inexistente e um olhar fixo quando André foi jantar na casa deles, a parte de cima do biquíni propositadamente fora do lugar para revelar, sem querer, um mamilo pequeno e rosado quando foram à praia com Nuno. Nada disso surtiu o efeito desejado. A paixão que Viriato sentia por Ana no início e que ela, sempre sensual, estimulava, começou a arrefecer; já não a achava tão bonita, havia nela algo que o repelia e, em certo momento, compreendeu que tinha de explicar a Alberto que afinal seria apenas mais uma cruz gravada na coronha daquela arma.

— Mas você não compreende, Viriato? Tem de pensar naquilo por que ela passou! Sabe o que a mãe fez depois de nos separar? Chorava em seu ombro enquanto contava das minhas amantes e a trazia para a rua no meio da madrugada para me espiar saindo da casa de alguém. E a história do forno, você não acha inacreditável?

O outro não compreendia como é que aquela conversa, que tinha receado tanto, tomara de repente o rumo da cozinha:

— O forno? Desculpe, Alberto, mas não estou compreendendo...

O outro exasperou-se:

— Estamos juntos há tanto tempo e você não presta atenção no que lhe digo. Às vezes parece que está dormindo! A Joana achava, depois de nos separar, que eu tinha muitas saudades daquilo que ela cozinhava. Sobretudo dos pratos mais tradicionais. Comecei a estranhar o cheiro intenso de cabrito que a Ana tinha sempre que ia buscá-la para passarmos umas horas juntos no sábado ou no domingo à tarde. Só percebi depois, quando uma das minhas ex-cunhadas me contou. Aquela maluca da minha ex-mulher passava a manhã cozinhando e fazia a menina ficar ao lado do forno para o cheiro de cabrito se entranhar nela. Ia abrindo a porta e obrigava-a a aproximar-se do bicho. E fazia isso porque achava que esse cheiro, quando a filha entrasse no meu carro, provocaria, em mim, saudades dela! E que assim eu acabaria por voltar para casa... Como é que ela está esperando que a menina tenha um comportamento normal?

Viriato gostaria de poder dizer a Alberto que, apesar de tudo, havia muitas pessoas que tinham vivido na infância tragédias maiores do que a do forno e a do cabrito e que não se dedicavam, por isso, a maltratar, doravante, todos com quem se cruzavam. Que havia filhos de pais que não só tinham digladiado por causa do divórcio como também tinham maltratado ou abandonado as crianças e que, nem por isso, estas tinham se transformado num perigo para os outros. Queria explicar ao amigo mais velho que Ana era afinal uma filha muito privilegiada, com uma mãe e um pai que lhe eram dedicados, mas que infelizmente era também uma criatura egoísta que atingia os seus objetivos por meio da manipulação incansável dos outros. Que o sofrimento não se convertia em fichas para andar nos melhores carrinhos de bate-bate da vida. Mas hesitou. E acabou por não lhe dizer tudo o que pensava. Talvez por achar que há coisas que os pais não estão preparados para ouvir sobre os filhos, por temer causar-lhe um desgosto ainda maior, porventura também por recear a reação do outro e por não querer arriscar o emprego.

O tempo passou, e havia momentos, como o atual, em que Viriato se arrependia de não ter sido totalmente franco com Alberto. Hoje achava-o especialmente abatido, tinha acabado de passar no banco para fazer mais uma transferência para a conta da filha.

— Mas a Ana já não está trabalhando? — ainda se atreveu a perguntar.

Alberto põe as mãos nos bolsos e baixa a cabeça:

— Está tudo muito caro, diz ela. O que ganha nunca lhe basta. E quando eu tentei fechar um bocado a torneira, começou a pedir dinheiro emprestado a conhecidos meus. As pessoas vêm me contar. É uma vergonha, não posso deixar que a minha filha esteja nessa situação.

Viriato muda de ideia sobre o convite que o outro tinha lhe feito antes:

— Talvez hoje seja um bom dia para irmos beber na tal casa de que falou, a das moças espetaculares. Acho que estamos os dois precisando de distração.

6

CAPÍTULO SEIS

O SOFÁ

Enquanto Alberto dirige para fora da cidade e se afasta das luzes que iluminam as ruas, agora apenas com o clarão dos faróis rasgando o negrume da noite, Viriato começa a perguntar-se sobre aquilo que o espera no tal lugar de que o patrão é cliente mais ou menos assíduo. A palavra "putas" nunca foi pronunciada, mas o neófito se questiona se as mulheres que vai encontrar serão muito diferentes das prostitutas que costumava observar com um misto de fascínio e de incômodo quando visitava o escritório de um cliente num lugarejo próximo e as via no sofá velho, quase na beira da estrada.

A imagem era tão surpreendente que, na primeira vez que reparara nelas, quase tinha batido contra o carro da frente. É possível que tivesse passado por ali várias vezes antes sem nunca ter visto as mulheres. Na verdade, só as vislumbrou nesse momento porque o trânsito estava lento naquela estrada nacional — havia obras um pouco mais à frente — e, quando desacelerou, olhou por acaso para o caminho de terra batida, perpendicular à estrada e que parecia sem saída, desembocando uns cem metros à frente num portão grande e velho daquilo que parecia ser um armazém abandonado. Do lado direito, confortavelmente instaladas num sofá, sentavam-se três mulheres como se repousassem na sala de estar de uma delas, à espera de uma funcionária doméstica fardada que lhes trouxesse bolinhos secos e chá numa bandeja reluzente. Não conseguiu vê-las bem nessa primeira vez porque o trânsito recomeçou a fluir e o condutor do carro que estava atrás buzinou, impaciente. Reparou apenas que uma das mulheres era negra e que a outra parecia envelhecida e era muito volumosa para caber no vestido decotado e curto do qual as suas carnes transbordavam. Da terceira não lhe ficou nenhuma imagem, porque aquilo que mais lhe chamou a atenção foi o sofá, tão inverossímil naquele local, pousado no pó do caminho e com os galhos e as folhas dos eucaliptos balançando por cima como se fossem luminárias vivas, lustres vegetais e mutantes que, a qualquer momento, poderiam mexer-se para enforcar o visitante incauto que não cumprisse as regras do lugar.

Era um sofá grande e baixo forrado num tecido de um tom de amarelo torrado, não se percebia bem se era brocado ou veludo, mas era inequivocamente uma peça de mobiliário que outrora devia ter sido imponente e que agora se aproximava da decadência, com as molas evidenciado a ameaça de desventrá-lo por baixo, o tom esmaecido e manchado, os pés de madeira de altura desigual, porque se notava uma inclinação para a esquerda — ou então o piso era irregular, ou, terceira hipótese da qual Viriato também não se lembrou, o peso da mulher mais velha desequilibrava o enorme sofá com costas e braços.

Como é que o trazem para aqui todos os dias?, pensou Viriato. *Não podem deixá-lo ao ar livre à noite, aquele material não resistiria ao orvalho noturno, muito menos à chuva. Ainda se fosse de plástico... E, daquele tamanho, é impossível que o tragam ou levem... Mas se nem sequer se vê um plástico para deixarem-no tapado!*

Mais à frente, quando já tinha chegado ao seu destino e se preparava para cumprimentar o cliente e indagar sobre a saúde do sistema de informática que tinha sido ele quem instalara, riu-se do seu excesso de preocupação com a peça de mobiliário. E, todavia, sempre que repetiu aquele percurso, desacelerou para olhar para o grande sofá amarelecido pelo sol e pelo uso. Era sempre o mesmo, mas as mulheres, não. As mulheres iam mudando, com certa periodicidade, e às vezes estavam só duas, noutras ocasiões apenas uma, supunha Viriato que por estarem as restantes trabalhando em algum lugar próximo. Havia muitas árvores à volta e alguns caminhos de que só se via o início. E por vezes também se avistavam carros ou caminhões mal estacionados. Na estrada nacional, em frente, a vida seguia o seu curso, indiferente. Afinal, aquele era só um lugar de passagem.

Já não visitava aquele cliente havia alguns meses, mas imaginava que o sofá continuasse no mesmo lugar. E começava a sentir-se impaciente por chegar e descobrir aquilo que os esperava nesse outro lugar onde outras mulheres estariam, também elas, sentadas e à espera. Deviam estar no carro havia cerca de vinte minutos e as casas começavam a rarear cada vez mais, quando Alberto virou à direita e pouco depois à esquerda para entrarem numa estrada, asfaltada mas estreita, onde sobressaía um grande portão ladeado de ambos os lados por um muro alto que impedia que se visse o lado de lá. Pararam, o condutor abriu a janela, apertou uma campainha e ouviu-se o barulho elétrico que acompanhava o deslizamento do primeiro obstáculo à entrada. Quando começaram a percorrer o caminho, Viriato reparou em duas câmeras de vigilância e viu ao fundo um pátio de estacionamento onde se destacavam dois carros de nove lugares, escuros e de vidros fumê, e seguramente mais de uma dúzia e meia de carros de marcas variadas.

Entrava-se na casa de dois andares — sem contar com o porão — pintada de cinza por uma porta lateral por meio da qual se acessava logo que se saía do estacionamento, e a primeira coisa que se encontrava era um *hall* amplo onde se destacava um bengaleiro com poucos casacos — a temperatura já estava amena, mesmo à noite, e a maior parte dos clientes não tinha precisado deixar ali quaisquer abrigos. Por trás de um balcão elevado e fechado, que tinha presa uma placa onde se podia ler *Reservado o Direito de Admissão — Encerramento às 4h*, um homem forte, de calça e camisa imaculadamente pretas, observava os recém-chegados e entregava-lhes um cartão de consumo. Cumprimentou Alberto com o sorriso e o aceno de cabeça que reservava aos clientes habituais, ignorou Viriato e não precisou pedir à mulher, que estava de pé do lado de fora do balcão, que os acompanhasse porque já o homem mais velho, com certo ar desdenhoso de conhecedor, dava passos largos na direção da porta seguinte.

O salão a que chegaram era espaçoso e relativamente escuro, por isso Viriato precisou habituar os olhos à mudança de luminosidade antes de satisfazer, pelo menos em parte, a curiosidade que tinha começado a agitá-lo. Do lado direito há um bar, que é o lugar mais iluminado, mas no balcão sentam-se apenas dois homens sozinhos e um terceiro acompanhado por uma mulher que lhe pousa a mão no joelho enquanto sorri, sedutora. Na parte oposta sobressai uma pista de dança sobre a qual pende uma bola de espelhos que parece ter sido transportada diretamente dos anos oitenta, onde dançam alguns casais, muito agarrados, ao som de uma música romântica. A parte mais densamente povoada é, porém, a região central, ocupada por sofás vermelhos dispostos em grupos de três, numa forma que seria quadrangular se não lhe faltasse um dos lados, cada grupo suficientemente afastado dos restantes para garantir a privacidade que todos desejam. De qualquer modo, Viriato soube isso depois, aqueles que queriam um espaço mais escondido ainda podiam dirigir-se aos quartinhos reservados que estavam ocultos por uma cortina espessa na parte de trás daquele piso de baixo, pequenas salinhas onde duas pessoas podiam se encontrar mais à vontade; posteriormente, numa outra visita — sim, porque esta primeira não seria a última —, veio a saber que quem quisesse ocultar-se completamente dos olhos dos restantes talvez pudesse subir a um dos quartos que, no andar de cima, estavam destinados a encontros de outra natureza. Como mais tarde lhe explicaram, aquela não era só uma casa onde as moças dançavam e incentivavam o consumo de bebidas caras, era também uma casa de sobe e desce, o que fazia certa diferença. Mas isso ele só compreendeu muito depois, porque naquele momento Alberto encaminhava-se para o bar e acenava-lhe para que o seguisse.

Tinham acabado de sentar-se, sem terem sequer pedido a primeira bebida, e já duas mulheres de saltos vertiginosos e decotes profundos se aproximavam, sorridentes. Ambas aceleraram o passo, perigosamente, cada uma querendo ocupar o lugar ao lado de Alberto, mas a mulher morena de cabelo liso muito comprido foi mais rápida, por isso a ruiva com o nariz levemente sarapintado de sardas não teve escolha e sentou-se ao lado de Viriato.

Ambas conheciam Alberto e sabiam que valia a pena passarem com ele todo o tempo que pudessem. Era daqueles que não faziam contas do que gastavam em bebidas e, além disso, não as ofendia, não se encostava muito nelas, nem as apalpava como outros clientes faziam antes de serem advertidos por um dos seguranças de que aquele não era lugar para isso. Havia outros lugares, claro. Mas ali não.

Para alguma surpresa de Viriato, a ruiva dirigiu-se a ele em um sotaque carregado:

— Nunca tinha vindo cá? — pergunta, simpática. É engraçada e escolheu bem o vestido muito curto e verde, fazendo sobressair a pele leitosa e o cabelo cor de cenoura. Mas vê-se que já não tem vinte anos, os olhos enrugam-se quando ri, tem a pele seca e os dentes escurecidos, por trás da animação aparente espreita um arremedo de cansaço e desilusão.

— Nunca. — responde simplesmente, para acrescentar depois de um silêncio que ameaça tornar-se incômodo. — Isso se nota muito? Não tenho o perfil do seu cliente habitual?

A pergunta não deixa de ser algo indelicada, mas a moça, se nota a deselegância, ignora-a:

— Não temos um cliente habitual. Vêm aqui pessoas de todos os tipos. Homens de todas as idades. Com mais de dezoito anos, claro — apressa-se a acrescentar —, mas me parece que você precisa descontrair um pouco. Bebemos alguma coisa? Você me oferece um copo?

Viriato responde afirmativamente. Alberto não tinha lhe avisado de que ali uma cerveja custava a ele cinco euros, mas pela que oferecesse à mulher teria de pagar 25. Para não falar de outro tipo de bebidas, mais caras. Era preciso ser muito parcimonioso para passar por uma casa daquelas sem gastar mais de cem euros em bebida alcoólica. Isso e preparar-se para a companhia se esfumar logo que o ímpeto de consumir diminuísse, que as funcionárias estavam treinadas para não desperdiçar tempo com quem não lhes pudesse dar qualquer retorno.

Ao lado, Alberto conversa animadamente com a outra mulher e Viriato percebe que ela é brasileira e que está falando-lhe do dinheiro que conseguiu enviar à família no mês passado e nas saudades que tem dos dois filhos que ficaram aos cuidados de uma tia-avó.

O volume da música sobe abruptamente e a batida deixa de ser suave para tornar-se mais ritmada, quase elétrica. O DJ faz agora soar uma espécie de ribombar de tambor, e uma cortina, próxima do lugar onde está instalado com todo o seu material, agita-se para deixar passar uma mulher muito magra, o corpo liso que parece feito só de ossos e músculos interrompido pelo volume surpreendente de um busto muito avantajado, que nela não faz sentido e por isso se torna o centro de todas as atenções, o cabelo loiro muito curto e à moda de rapaz distinguindo-a das mechas longas de todas as outras mulheres. Há um holofote que de repente se acende e uma luz violeta ilumina a mulher no seu caminho para uma das barras metálicas espalhadas pela sala. Os poucos casais que dançavam param, e aqueles que conversavam interrompem-se para olhar, com exceção de dois ou três pares que estão tão entusiasmados que nem sequer reparam em qualquer outro ponto de atração.

Viriato aproveita o fato de todo mundo estar distraído para observar quem está à volta e repara que as mulheres têm denominadores comuns: todas usam decotes pronunciados, nenhuma tem as pernas cobertas e não existem ali saltos com menos de doze centímetros nem cabelos curtos, com exceção da dançarina que acabou de chegar. Os homens, por seu turno, são majoritariamente jovens, quase todos na casa dos trinta e dos quarenta anos e alguns ainda com o casaco do terno vestido, apesar de as gravatas terem desaparecido. Naquele dia não há despedidas de solteiro, mas muitos daqueles homens poderiam ter saído há pouco de um jantar da empresa. Os homens mais velhos, poucos e porventura sexagenários, parecem fazer particular sucesso entre as moças, talvez por essas terem aprendido que a passagem do tempo favorece a acumulação de dinheiro e que isso é incomparavelmente mais interessante do que uns abdomens firmes.

É interrompido na sua contemplação pela voz da ruiva, que começa a parecer um tanto incomodada com o seu descaso. E também não deve simpatizar muito com a colega que, naquele momento, já ondula na barra, com uma agilidade espantosa, ao mesmo tempo que desaperta a blusa branca, formal e bem-comportada, e revela um sutiã quase clássico, rendado, incapaz de conter o volume daqueles dois globos insuflados, explosivos:

— Outra romena. Estão dando-nos cabo do negócio. Antes de chegarem e fazerem tudo quase de graça havia noites em que levávamos para casa mais de quinhentos euros. Os clientes pagavam 120 por um *striptease* no reservado, era fácil entretê-los durante algum tempo e era seguro, porque havia câmeras de vigilância em todo lugar, até nos ambientes privados. Agora, com tanto *striptease* aqui à vista de todos, os clientes já acham que não vale a pena pagar mais por um reservado. A não ser que se esteja disposta a fazer lá outras coisas. E já nem sequer temos a segurança que tínhamos, as câmeras desapareceram. Ainda por cima esta romena não sabe dançar, não compreende a arte da dança, parece mais uma equilibrista do que uma bailarina. A mim me faz lembrar uma espécie de macaca anoréxica fazendo acrobacias. — Nota-se a amargura na sua voz, e Viriato pensa que a vida já deve ter lhe corrido melhor. Ou menos mal.

O barulho na sala, um princípio de assobios e pancadas secas nas mesas, faz Viriato voltar a olhar para a barra — alguma coisa não está correndo como seria de esperar. A música acabou e a mulher está nua, com exceção de uma calcinha minúscula, mas que lhe tapa o púbis. Nota-se que o público protesta contra isso. A ruiva lhe explica, com um vinco na testa, que as regras são claras e exigem que no final do espetáculo não sobre nenhuma peça de roupa sobre o corpo da moça. O DJ recomeça a passar a mesma música para dar à dançarina a oportunidade de corrigir o erro, mas não é isso que a romena quer. Continua a ondular perigosamente como a serpente no paraíso — ou no inferno, consoante as preferências —, os olhos perdidos, fixos no vazio, sem ver nada nem ninguém.

A batida de pés sobe de tom, mas a moça a ignora e permanece no mesmo lugar, apesar de o foco que a iluminava ter se apagado e toda a sala ter voltado à semipenumbra anterior. Viriato nota que as duas mulheres que lhes fazem companhia ficam ansiosas, largam os copos e olham ao mesmo tempo para uma porta que até então não tinha notado e por onde saem naquele momento duas pessoas que se dirigem, rápidas, à barra onde a romena ossuda continua, alheia a tudo na sua desobediência, serpenteando.

A mulher que caminha à frente tem, seguramente, mais de 45 anos. Mesmo àquela distância se nota que o cabelo repuxado e preso no alto da cabeça, talvez para fazê-la parecer mais alta, começa a rarear, e os riscos pretos à volta dos olhos não ocultam por inteiro o início do desabamento, as pontas que já repuxam, descaídas, a pele por baixo do queixo tornando-se flácida, o decote revelando um peito artificialmente firme mas também a pele pouco lisa que desce do pescoço, com pequenas manchas. Caminha — ou marcha — com inegável autoridade, uns passos à frente do homem entroncado e de aspecto asnático que está claramente ali para ajudá-la no que for preciso. Quando chega à barra, fica imóvel por uns segundos e depois dirige umas palavras breves à outra mulher, que continua ignorando-a. A tensão cresce, e quase todos na sala estão concentrados no que se passa entre elas, mas a dançarina parece não perceber nada. A outra estende uma mão para ela e finca-lhe as unhas compridas no braço, o que provoca a primeira reação na romena, um movimento de cabeça, um olhar que espelha algum reconhecimento, mas nenhuma dor e nenhum receio. O homem aproxima-se mais delas, acredita talvez que o mero fato de ser visto pode resolver o problema e tornar desnecessária qualquer outra manifestação sua. Mas se engana, a romena esboça um sorriso da mais pura provocação e volta a serpentear.

Não é preciso mais nada para que a mulher mais velha saiba que tem de fazer alguma coisa. Naquele ramo de atividade não se pode correr o risco de ser desautorizado numa sala cheia de gente. Teria gostado de esbofetear ela própria a outra mulher, mas lhe faltam quase vinte centímetros para poder fazê-lo com sucesso. Por isso limita-se a olhar para o homem esboçando um aceno rápido. O gigante obtuso levanta o braço enorme e dá uma palmada forte, de mão aberta, no rosto da serpente. O barulho, seco como o disparo de uma arma, ouve-se por cima da música e ninguém se mexe, quase ninguém respira.

Ninguém com exceção de duas pessoas, repara de repente Viriato. Há duas mulheres que se levantam de um sofá vermelho que até então tinha estado oculto do seu ângulo de visão e que caminham depressa na direção dos outros três. A que vai na frente tem a pele num tom de caramelo e o cabelo pintado de um platinado que é quase branco, um vestido pérola cintado e ligeiramente rodado, uma Marilyn que ali é desconcertante, com aquele tom de pele, tão fora do tempo e do lugar adequados que tudo pareceria errado se ela não fosse tão extraordinariamente bonita e ágil, tão cheia de vivacidade e curvas. Viriato não se esqueceria nunca mais daquela sua primeira visão de Alma, ainda que naquele momento não pudesse sabê-lo.

Colada a ela caminhava, manifestamente assustada, uma mulher negra de vestido vermelho, o cabelo muito volumoso no estilo afro, o braço esticado tentando agarrar a outra, puxá-la para trás ou pelo menos retardar-lhe a marcha, um princípio de lágrimas na orla dos olhos grandes e escuríssimos, um pingo de sangue brotando do lábio de baixo, que tinha mordido sem querer, um lábio muito grosso e despropositadamente pintado de um rosa vivo.

Quando a Marilyn morena fala com a *stripper* romena que ainda tem a mão do homem marcada na face, esta se despe da pele de serpente e como que se esvazia de repente. Se a amiga não a segurasse, talvez caísse. As duas ignoram o imbecil que tomou esteroides demais e Alma dirige-se apenas a Cármen, a madame. Pede-lhe qualquer coisa, nota-se que tenta fazê-lo com humildade. A boca da outra é uma linha fina que não se move. A moça insiste e Cármen levanta três dedos, apontando em seguida para a porta. O espetáculo acabou, mesmo que o incidente esteja longe disso, todos o sabem, sobretudo as mulheres. O que há para resolver será agora tratado longe dos olhares dos clientes. Em privado, como ali se tratam os assuntos internos. O pequeno cortejo dos cinco põe-se em movimento, a madame à frente, o homem atrás, as três mulheres entre eles, apoiadas umas nas outras.

Quando desaparecem atrás da porta, a música volta a ouvir-se, o *barman* pega outra vez nos copos e nas garrafas, as mulheres recomeçam a rir, mas tudo parece descoordenado, há uma espécie de tristeza líquida escorrendo das paredes, a pista de dança fica vazia, os clientes começam puxando as carteiras para pagarem o que devem, pouco depois vão se encaminhando para a saída e também Viriato é arrastado por Alberto para o *hall* de entrada, logo naquele momento em que, na sua perspectiva, tudo estava se tornando tão mais interessante.

A ruiva que por sorte tinha lhe calhado não lhe prendera a atenção, apesar de não ser possível que, com aquela vida, não tivesse histórias que talvez tivesse gostado de ouvir. Mas a má vontade tão óbvia contra a colega da barra tinha-lhe causado algum incômodo. Não tinha nada contra o discurso sindical, mas preferia que a crítica fosse orientada para os patrões. E naquele caso não era, a portuguesa preferia invectivar a estrangeira que lhe punha o trabalho em risco e que ainda por cima estava, na sua opinião, mais vocacionada para ginasta do que para bailarina. Ele ainda tinha tentado lembrar-lhe a história espantosa de glória e tragédia de uma outra romena que também sabia voar, mas o nome de Nádia Comaneci não dizia nada à sua interlocutora. Os Jogos Olímpicos de Montreal tinham sido em 1976, e nessa época a ruiva ainda nem era nascida. Por isso, era-lhe indiferente o dez perfeito da adolescente de catorze anos, não na barra de uma casa de prostituição, mas nas barras assimétricas, que são outra espécie. A quase criança tão franzina e de cabelo escuro, uma bandeira para aquele leste misterioso escondido por trás de uma cortina de ferro, um milagre de harmonia para o Ocidente, que desconhecia na época os suplícios por que a menina já passara e aqueles a que teria ainda de sobreviver. Tinha nascido numa parte do mundo onde algumas pessoas, ainda mais se fossem mulheres, eram, na verdade, coisas que tinham um corpo, serviam para experimentar, usar, exibir ou destruir. Só interessava recordar que tinham sentimentos quando o propósito era causar-lhes dor. Esse potencial de sofrimento tornava-as por vezes mais interessantes do que os outros objetos, que não reagiam, não ofereciam resistência.

Os dois homens saem da casa cinzenta, que por fora aparenta ser uma vivenda de tamanho opulento paga por um emigrante a quem a fortuna sorriu e que talvez ainda sonhe, quem sabe, regressar para sempre à terra que o viu crescer, em vez de vir só para os bailes de agosto. O estacionamento está quase vazio, mas os carros escuros permanecem estacionados no mesmo lugar.

— Quem era a moça de vestido claro? Aquela que parecia a Marilyn, só que mulata? Não podemos ficar mais um pouco? Isto fica aberto até as quatro. — Viriato não compreende por que têm de ir tão cedo para casa.

— Você precisa ser muito orientado, rapaz. Ainda bem que eu estou aqui. Há dias em que acho que você tem uma espécie de vocação para o abismo. Esqueça aquelas mulheres. Lugares como este servem para vir e beber um copo, alegrar os olhos, dar umas gargalhadas, cheirar a pele nova de mulheres bonitas, mas quando paga e sai, acabou. Não pense mais nelas. A não ser que esteja à procura de rolos. Mas não está, está?

Quando fazem em sentido inverso o caminho estreito que os levará à estrada e chegam ao portão, Viriato ainda tem tempo para notar, antes de ele se abrir completamente, espécies de buracos fundos no metal que lhe tinham escapado quando chegara, porque só se viam do lado de dentro e porque não tinham furado completamente o material resistente.

— Aqueles buracos no portão são o que eu estou pensando? — pergunta a Alberto.

O outro responde com um rosnado:

— São marcas de balas. — E emudece em seguida.

7

CAPÍTULO SETE

A CAMA

A umidade do fim de tarde começa a cair sobre as pessoas e as coisas ao mesmo tempo que o calor daquele dia de sol encoberto se atenua. A chegada do verão faz-se anunciar e começa a exibir-se alguma pele que precisa apanhar ar e luz para adquirir uma aparência mais saudável depois dos longos meses de frio, chuva e escuridão.

Viriato está chegando ao hospital e prepara-se para testemunhar o renovado viço de Alice — passa-se com a avó o mesmo que com a natureza lá fora, a quase ressurreição depois do apagamento, a esperança e o renascimento em seguida às trevas.

A cama da avó é a mais próxima da janela, e o neto entra no quarto sem fazer barulho, porque as outras duas idosas cochilam, como de costume. Alice está sentada na cama, com uma camisola num tom de rosa pálido que lhe deixa os braços à mostra, gesso numa mão de um lado e no pulso do outro lado, mas o cabelo curto está bem penteado e os olhos quase recuperaram a vivacidade de costume.

— Você não devia vir aqui todos os dias, filho. Ainda vai ter problemas no trabalho por minha causa. — A repreensão não é sincera, claro, mas Alice quer saber como estão as coisas com seu menino.

— Não se preocupe com isso, vó. Está tudo bem no meu trabalho. O Alberto tem aquele feitio, mas é um coração de ouro. Manda cumprimentos, por falar nisso. Diz que se você se recuperar depressa nos convida para uma mariscada. Sabe como ele gosta de você.

Alice ainda não consegue alimentar-se sozinha porque lhe é impossível usar qualquer um dos braços, por isso Viriato e Madalena têm se revezado para virem dar-lhe as refeições. A mãe chegará um pouco antes das oito, para ocupar-se do jantar. Agora é hora do lanche, e o neto trouxe-lhe um iogurte grego dos seus preferidos, com uma mistura de granola. Ambos gostam de partilhar aquele momento de intimidade, ele segurando a colher e a levando à boca da avó, sem pressa, enquanto comentam os assuntos de costume. Há histórias nas quais não faz mal insistir, até devem ser repetidas, porque recortam o nosso lugar no mundo ao mesmo tempo que nos recordam de quem somos.

— Quando você era pequeno só eu é que conseguia fazer você comer a sopa. Sentava-me na janela e contava histórias sobre o gato da vizinha ou sobre quem passava. Você se distraía e eu aproveitava para enfiar-lhe mais uma colher na boca. — Alice alimenta-se cada vez mais das recordações do passado; pormenores que julgava esquecidos, sobre o seu tempo de criança com os pais e os irmãos, tornam-se de repente tão vívidos que parecem mais presentes do que o presente. Tem, porém, consciência de que não pode distrair-se no seu tempo porque isso a fará perder todo o contato com os outros.

A companheira de quarto da avó, que ocupa a cama mais distante e mais próxima da porta que dá acesso ao corredor da enfermaria, acorda, entretanto, e começa a gemer. É uma senhora com mais de setenta anos, grande e forte, que passa o tempo dormindo ou reclamando; Viriato tem até dúvidas sobre se não a ajudarão a dormir precisamente para não terem de ouvi-la reclamando mais.

— Água, por favor, tragam-me água — faz o pedido cada vez mais alto, mas nenhum dos enfermeiros ou auxiliares vem em seu socorro, por isso Viriato levanta-se, vai encher um copo com água e a ajuda a beber.

Quando volta a aproximar-se da avó, nota o seu descontentamento:

— Se você lhe dá muita confiança, nunca mais o larga. É insuportável, está sempre pedindo coisas.

Viriato responde-lhe que lhe dá pena, que não se pode negar um copo de água a alguém que tem sede, mas Alice não fica convencida:

— Todo mundo diz que é uma mulher má. Esteve aqui uma empregada visitando-a e contou-me tudo. Era casada com um homem muito mais velho e rico e não dava descanso a ninguém em casa. Maltratava os subalternos e até com o filho era fria e vingativa. O rapaz é agora um homem com cerca de cinquenta anos, vi-o no outro dia quando veio visitá-la. Mas só veio uma vez e parecia zangado. Ela repreendeu-o por deixá-la tão sozinha e fez queixas de todo mundo daqui. Dizia-lhe que queriam matá-la, que ninguém gostava dela. Que lhe davam remédios para ela ficar sempre dormindo. Mas o filho não levou suas reclamações em consideração. Foi embora o mais depressa que pôde. Agora está velha e doente e precisa de ajuda, mas ninguém quer saber. Aqui se faz, aqui se paga.

Alice se dá conta da surpresa que as suas palavras causam, e que só não é decepção porque Viriato não consegue desiludir-se com a avó, e procura justificar-se:

— Esta senhora aqui ao lado também nunca tem visitas. Já devia ter ido embora, veio para o hospital há mais de um mês, mas vive sozinha num lugarejo e neste estado não pode ir para casa, porque não há ninguém para tomar conta dela. Precisa ir para uma instituição qualquer, mas não tem dinheiro, e por isso vai ser obrigada a esperar por uma vaga numa instituição pública. O problema é que nunca há vaga. E está cheia de medo de que, quando houver, seja um lugar horrível, onde não a tratem bem nem a respeitem. Está sempre me falando na falta que lhe faz sua a casinha, na preocupação com a horta, não sabe o que será se não puder voltar. Mas nunca se queixa nem incomoda os outros. E aquela, que é rica, está sempre mal com tudo.

A minha avó está ficando aculturada, pensa o visitante. *Adapta-se ao ecossistema para sobreviver.* Mas isso não é tão surpreendente, compreende depois. Alice é uma mulher à frente do seu tempo, mas não é nem um espírito livre nem uma revolucionária. Foram precisamente a sua inteligência e a sua capacidade de compreensão da realidade, funcionando de acordo com as regras, que tanto contribuíram para o sucesso da sua vida, para a escalada desde a infância pobre até uma maturidade muito confortável. Uma mistura de determinação, firmeza e inteligência escondidas no corpo frágil e na aparência doce.

— Acho que já não deve faltar muito para voltar para casa, vó. A minha mãe me disse que vai ficar com você nos próximos tempos. Mas também já estamos fazendo contatos com empresas de prestação de cuidados de saúde, você vai precisar de ajuda para muitas coisas, e temos de pensar na fisioterapia. — Viriato evita olhar para a mulher idosa da cama ao lado enquanto trata com Alice dessas questões relacionadas com o regresso. Sabe que a avó já prometeu que visitaria a companheira quando a tal vaga surgisse e ela fosse transferida para uma instituição, mas todos compreendem, no fundo, que é difícil cumprir esse gênero de promessas quando se tem quase noventa anos. Os compromissos passam a depender também da disponibilidade dos outros, daqueles que nos ajudarão ou não a honrá-los.

Viriato despede-se de Alice, afinal, Mariana chegará pouco depois e ele começa a ter dificuldade em respirar aquele ar, anuncia-se uma espécie de claustrofobia, começa a transpirar e o coração se acelera, tem vontade de fugir dali. Percorre o longo corredor que já lhe é familiar, evita o elevador e desce as escadas, dois degraus de cada vez, quer chegar depressa à rua.

— Olá. — Só uma palavra e ainda por cima muito curta, mas naquela voz rouca que sussurra sempre mais do que aquilo que é dito, que esconde segredos, que promete sem prometer nada coisas que os outros ficam a desejar.

Tinha acabado por desistir de avistar o rastro azul do seu cabelo, com a passagem dos dias.

— Como está o seu avô? — A pergunta sai sem querer, é a mais óbvia, a mais polida, ainda que porventura tivesse deixado de esperar encontrá-la ali por pensar que o avô dela tivesse, entretanto, morrido.

Carolina encolhe os ombros, naquele seu jeito característico:

— Está muito mal. Mas não o deixam morrer depressa. E eu não consigo matá-lo. Apesar de ele continuar a me pedir que o mate. Devo ser uma covarde.

Desta vez está encostada ao muro que fecha o hospital, próxima da saída. *É até possível que estivesse à minha espera,* pensa Viriato, *ela não parece ter muitas outras coisas para fazer ali.*

Aproxima-se da moça e a abraça, mas o corpo dela não se molda de imediato ao seu, resiste-lhe sem afastar-se. Veste calções largos que parecem de homem, mas que expõem sem margem para dúvidas as pernas compridas e femininas, e usa uma blusa de alças finas, simples, com um blusão gasto nos ombros. Continua de tênis e tem ao ombro a mesma mochila velha da outra vez. Tão sem artifícios que Viriato se questiona sobre os motivos pelos quais se dá ao trabalho de pintar o cabelo naquela cor extravagante.

— Posso ficar uns dias na sua casa? — A naturalidade com que faz a pergunta não evita que Viriato duvide do que acabou de ouvir. Mas não o mostra e espanta a voz interior que lhe diz que é a segunda vez que a encontra, que não sabe nada sobre ela, nem o nome completo, nem onde vive, nem o que faz. Afinal, o que é que um nome de família pode dizer sobre nós? Ou aquilo que fazemos? Ou a casa onde vivemos?

— Pode, claro. — A resposta sai quase com a mesma naturalidade da pergunta, mas ambos sabem que no seu caso é falsa.

O apartamento só tem um quarto, e Carolina se instala nele como se fosse a solução óbvia. Não precisa de um bocadinho do armário nem sequer de uma gaveta livre, porque não leva consigo nada além daquela mochila na qual transporta uma muda de roupa, um computador pequeno, o celular e o respectivo carregador, uma escova de dentes e um bloco de anotações de capa preta e ar envelhecido.

Viriato cozinha uma massa com salmão — as suas habilidades culinárias são limitadas —, e jantam na varanda, tão em silêncio como um velho casal. Veem juntos uma série na televisão — gostam ambos de *Peaky Blinders* —, sentados cada um na sua ponta do sofá, até que Carolina pergunta se ele não quer ir para a cama e se levanta para dirigir-se para o quarto. Despe-se toda — dorme sempre nua, como Viriato está prestes a descobrir — e espera por ele deitada, sem precisar se cobrir, porque a noite já está morna e porque não é dada a embaraços. O homem segue-lhe o exemplo, gosta de vê-la assim, à espera dele na cama dele, e quando adormece, muito tempo depois, com uma agradável sensação de exaurimento, não percebe que a mulher continua acordada, vigilante, naquele seu jeito de grande felina. Algum tempo depois, quando a sua respiração se torna tranquila e profunda, Carolina levanta-se e sem ruído desliza até a sala, liga o computador, cujo som teve o cuidado de desligar, e começa a escrever. Escreve frases curtas e espera, como se aguardasse uma resposta. Depois parece ler qualquer coisa e volta a escrever, rápida e silenciosa. Há algo que a agrada, porque esboça um sorriso enquanto se espreguiça. Quando muito mais tarde se deita outra vez, não abraça Viriato nem sequer se encosta ao seu corpo morno. Adormece, tranquila, no seu lado da cama.

8

CAPÍTULO OITO

O RELICÁRIO

O dono da casa cinzenta, Renato, sabe que, enquanto Asali acreditar no poder daquela mistura de cabelos, unhas, bocados de roupas usadas e outras porcarias, não precisa se preocupar muito com a sua vigilância. A nigeriana não foge porque receia o que a feitiçaria poderá fazer a ela ou à sua menina, que ficou na África imaginando abraços e também, de vez em quando, as bonecas e as roupas novas que a mãe lhe enviará daquela Europa de sonhos para onde imigrou quando a criança ainda nem sequer tinha começado a engatinhar.

Renato zela bem pela sua propriedade, sobretudo porque sabe que uma mulher que lhe custou entre dez e quinze mil euros pode pagar-se a si própria em cerca de um mês de trabalho, sobretudo se ainda for bonita e jovem. A partir daí, é sempre ganhar. Muito lucro e pouco risco. Quando começou nem imaginava como o negócio podia ser interessante, muito mais interessante do que a droga, que só se vende uma vez e puf, desaparece. As mulheres, não, podem transacionar-se todos os dias e, desde que não fiquem muito estragadas, são como as galinhas dos ovos de ouro.

Sem mencionar o fato de que estão sempre aparecendo notícias de otários condenados por traficar droga, vender mulheres é uma atividade muito mais segura, como não se cansava de explicar a Cármen sempre que ela insistia na ideia de alargarem o âmbito das suas atividades. *Que ironia*, pensa com frequência, *é mais fácil ocultar o tráfico de mulheres do que de entorpecentes.* Elas ocupam mais espaço, respiram, mexem-se e falam, em tese devia ser mais difícil. Mas na verdade não é, são coisas fáceis de controlar, estrangeiras, com medo da polícia, sem documentos, convencidas de que são criminosas por estarem ilegalmente no país, domadas pela pancada ou controladas por meio das drogas, vigiadas e intimidadas. Ainda por cima não têm razões para acreditar que podem ser ajudadas, porque nos países de onde vieram as autoridades são por vezes tão bandidas como os piores bandidos, e custa-lhes entender que talvez não seja assim em todos os lugares. Sim, escondem-se mais facilmente do que o pó branco, a erva, os comprimidos ou o chocolate, por uma única mas definitiva razão: *querem estar escondidas.* O azar persegue-as, mais vale que não se mostrem muito, pode sempre acontecer que a má fortuna se esqueça delas se permanecerem quietas e invisíveis. *Um negócio muito satisfatório*, congratula-se Renato.

O nome de Asali, que significa *mel doce,* cai-lhe bem. A mulher é de natureza submissa, e, nas poucas vezes em que ameaça revoltar-se — porque o tempo vai passando, os clientes são muitos e mesmo assim não consegue enviar à família aquilo que prometeu a si própria quando deixou a África —, basta levá-la pelos cabelos até a sala do porão, aquela cuja chave só ele e Cármen têm e onde vivem os seus cães estimados e ferozes, e mostrar-lhe o relicário fechado no armário e no qual nunca faltam os fios escuros e grossos dos seus cabelos, o sangue da sua menstruação, a tanga minúscula que ela pensou que tinha ido para a lavandaria e que entretanto desapareceu misteriosamente. Asali tem muito mais medo do vodu (ou do ju-ju, como ela diz) do que dos cães, porque sabe que Renato não deixará que os animais lhe destruam completamente a mercadoria, mas sobretudo porque crê que a magia pode fazer-se sentir a milhares de quilômetros, voar sobre o mar e sobre parte do continente africano para atingir o que ela tem de mais precioso, a sua menina.

A chegada de Asali à casa cinzenta começou por causar alguma estranheza, afinal, era mais comum que as africanas se prostituíssem na rua. Não havia, igualmente, outras romenas além de Luba, porque também estas estavam mais destinadas às estradas nacionais ou às imediações dos parques públicos do que ao trabalho em casas abertas a clientes mais ou menos endinheirados. Existiam muitas explicações para isso, claro. A mais suave — e aquela que Renato daria se lhe perguntassem por que é que "empregava" sobretudo brasileiras, colombianas e portuguesas — era a de que para fazer aquilo era preciso que a mulher conseguisse manter uma conversação agradável com os clientes, o que se tornava muito difícil para as que desconheciam por completo a língua. Mas a questão nem se colocava, porque faltava atrevimento à maioria para interrogá-lo sobre o que fosse, além de que o homem tinha o talento raro de só dizer, sempre, aquilo que queria. Nem uma palavra a mais, o que às vezes causava algum incômodo aos seus interlocutores, a quem podia deixar sem resposta mesmo durante as mais inócuas trocas de palavras, conversas sobre o estado do tempo, a região vinicultora preferida ou a técnica mais eficaz para educar as suas mulheres e os seus cães.

Seja como for, o isolamento de Asali e de Luba — reforçado porque a solidão no meio da multidão é quase sempre mais sofrida — diminuiu quando as duas mulheres compreenderam que podiam confiar uma na outra e que, apesar de todas as diferenças, tinham inimigos comuns. Nenhuma se referiria à outra como amiga, porque, ali, palavras como essa tinham perdido o valor por excesso de uso indevido. Nadavam num aquário onde com frequência um peixinho dourado vigiava ou traía o outro, sem falar nas hipóteses em que o comia. Não era o lugar mais propício do mundo à criação de laços, por mais que a proximidade entre tantas mulheres faladoras, aparentemente risonhas e extrovertidas, pudesse indicar o contrário. Emprestavam-se escovas, preservativos, rímel para os cílios ou chapinha para alisar o cabelo, discutiam-se as excentricidades dos clientes, mas não se partilhavam segredos, reclamações contra os donos da casa, muito menos projetos para o futuro. Sobretudo quando se pretendia, como acontecia com Asali, que o futuro fosse longe dali — a questão não chegava a pôr-se relativamente a Luba, que tinha deixado de acreditar fazia muito tempo na possibilidade de qualquer futuro.

Além dos problemas comuns e do ostracismo a que eram votadas quer pelas sul-americanas, quer pelas portuguesas, partilhavam a circunstância de terem nascido em lugares marcados pela miséria e pela violência, que fizeram delas vítimas de muitas coisas antes de se terem tornado vítimas de Renato e de outros homens como ele.

Quando Asali saíra da Nigéria, o Boko Haram ainda não tinha raptado quase trezentas alunas do colégio de Chibok, mas a sua bandeira negra já pairava desde o princípio do milênio sobre o nordeste do país, mais ameaçadora a cada dia que passava. Sob o lema da implementação da lei islâmica, tinham começado a queimar escolas para fazerem jus ao seu lema de que a educação ocidental é um pecado, de que é preciso castigar a falta de pudor das mulheres, sem falar na prostituição e outros vícios imperdoáveis. Mas rapidamente passaram a destruir igrejas e edifícios públicos, porque os maus propósitos se alastram como as manchas de óleo, e a certo momento a organização terrorista tornou-se mais ambiciosa e exigiu que a Sharia fosse aplicada em todo o país, procurando vencer a oposição dos cristãos do sul, talvez quantitativamente minoritários, mas ainda dominantes por controlarem Abuja, a capital, e com ela o governo.

Asali chegou à Itália em 2013, cerca de um ano antes de os criminosos do Boko Haram terem subido o lance da matança, dos raptos e dos estupros. No entendimento da organização criminosa, a mulher não pode ter acesso à educação porque o seu papel na sociedade deve ser o de escrava. Acreditam que é pecado que elas aprendam a ler, mas lhes parece normal que sejam levadas das suas casas ou escolas para serem estupradas pelos guerrilheiros até se subjugarem e passarem a tratar os seus torturadores como únicos senhores. Às que não conseguiam fugir atirando-se dos caminhões em que eram levadas para a floresta — a morte parecia para muitas uma solução preferível à vida que as esperava — e às que não se subjugavam, restava com frequência um destino atroz. Eram sujeitas a estupros coletivos, às vezes amputavam-lhes os seios, outras vezes esfregavam-lhes os mamilos nas soleiras das portas até eles serem arrancados e assim desaparecerem.

Essas notícias iam chegando a Asali e faziam-na temer ainda mais pelo destino já incerto da sua filha. Queria trazê-la para Portugal logo que fosse possível, mas esse momento estava demorando mais do que previra. Como se as doenças, a fome e o abandono não fossem suficientes, juntava-se aquela outra praga. Já era difícil as famílias criarem condições para os seus filhos poderem ir à escola, quanto mais as filhas. E agora as escolas estavam fechando por todo lado, os mais velhos não podiam continuar a correr o risco de que as suas crianças saíssem de casa para serem raptadas ou mortas. A floresta de Sambisa, onde se dizia que estava instalado o quartel-general do Boko Haram, tinha-se tornado o lugar mais temido por todos, a antecâmara do inferno. Ou o próprio inferno na terra. *Mais vale estarem vivas do que instruídas e mortas*, pensavam com a sua sabedoria ancestral os pais que decidiam manter as filhas fechadas em casa, apesar de alguns saberem que assim era também de uma parte da vida que estavam privando as meninas.

Mas não tinha sido do norte árido da Nigéria que Asali partira, dessa região paupérrima apavorada pelos bandidos e que era o principal foco de notícias nos meios de comunicação do resto do mundo, que de vez em quando se lembravam da grave crise humanitária. Não é por isso de vilarejos com ruas de terra vermelha e telhados em folha de metal que aumentam o calor já de si infernal que a nigeriana tem saudades. Asali tinha vivido em Lagos a maior parte da vida, por isso estava habituada a uma das cidades mais populosas do mundo, às lagoas pantanosas, aos rios e às ilhas, ao mar que tudo lava, aos grandes mercados que serviam a cidade e onde corriam crianças descalças que por ali pareciam brotar da terra, todos os dias mais, aos turistas e aos migrantes do resto do país que chegavam quase sempre fugindo de alguma coisa com sonhos que com frequência duravam pouco tempo.

Apesar dos dias maus, que foram muitos, a mulher ainda sente falta do clima tropical, das chuvas abençoadas em maio e junho, dos ventos do Saara que começam a chegar em dezembro e sopram com força até fevereiro, do movimento do porto de onde estão sempre a partir barcos carregados do petróleo que o país exporta, dos prédios altos no distrito central onde trabalham os ricos e onde se vende aos pobres uma ideia de progresso e de modernidade, que é só uma miragem para os ajudar a suportarem a penosa travessia. Asali passou por ali poucas vezes. Não era verdade que, como mostravam os mapas, o lugar onde vivia distasse escassos quilômetros do centro rico; na realidade ficava num universo paralelo, e os portais que permitiam o acesso entre cada um dos mundos se abriam muito raramente.

Makoko é uma gigantesca favela flutuante para onde a cidade de pescadores cresceu quando o desenvolvimento econômico do colosso africano acelerou a explosão populacional e os pobres deixaram de conseguir arranjar casa em cima de terra firme. As barracas suportadas por estacas de madeira, as palafitas, foram sendo construídas na água e deram origem a bairros separados por canais, labirintos por onde deslizam embarcações de todos os tipos, canoas apodrecidas de pescadores e barcos modernos que transportam turistas com as suas câmaras, quase sempre brancos que não compreendem a triste ironia de chamar Makoko de Veneza Africana. O cheiro é muitas vezes fétido, e boiam animais e coisas de todos os tipos nas águas cada vez mais poluídas. A malária e os problemas respiratórios são tão frequentes como a subnutrição, as pessoas morrem muito e cedo, todo mundo diz que é um milagre não haver cólera.

Mas Asali sente falta do *dodo*, a banana frita que se desfaz deliciosamente na boca, tem saudades das rodas de mulheres que cantam e contam histórias enquanto defumam o peixe, lembra-se do pai chegando às vezes com um resto da pescaria para a sopa do almoço, gostaria de poder voltar a pedir conselhos ao *Baale*, o chefe local que resolve os conflitos com a habilidade de fazer os outros acreditarem que a solução é ditada por eles, ouve ainda o ruído constante das vozes que se cruzam harmoniosamente em dialetos como o *yoruba*, o *Ijaw* e o *Ilaje*, outras palavras soltas também em inglês e em francês, recorda a paz da coexistência entre os cristãos dominantes e os muçulmanos minoritários, a luz refletindo-se na água durante o pôr do sol, a ondulação permanente que é um embalo que só se sente quando deixa de se sentir e precisamos nos habituar a viver em terra firme.

As coisas podiam ter sido diferentes se não tivesse se apaixonado por Jaja. Ela tinha quinze anos e olhava maravilhada para o filho dos vizinhos, que se abeirava dos vinte, tinha a pele reluzente de tão escura, atrevido como só ele, fanfarrão, amante de festas e de drogas leves. O homem era uma espécie de draga humana: ganhava a vida descendo por uma escada até as profundezas da lagoa, cada vez mais fundo, para encher de areia o balde com que depois subia à superfície, até o convés do barco ficar tão pesado que o risco de afundar os obrigava a irem à margem descarregar a areia, que depois era carregada em caminhões. A cidade estava polvilhada de obras, Lagos era um estaleiro gigantesco, todos sabiam que sem areia não há cimento e sem cimento não há casas novas, por isso os areeiros e os construtores civis faziam parte dos novos ricos, dos nigerianos emergentes cujos filhos estudavam na Europa e aprendiam a falar um inglês ou um francês muito diferentes daqueles que se arranhavam em Makoko para arrancar algumas moedas dos turistas.

Jaja, cujos pulmões não aguentariam muitos anos mais, ganhava pouco, mas o suficiente para instalar-se com Asali numa barraca de madeira sobre estacas que era só para eles, convenientemente próxima da numerosa família de ambos. A moça estava grávida, e o casamento foi celebrado às pressas, com simplicidade e alegria. Foram tempos bons, mas duraram pouco; Bashira ainda não tinha nascido e logo Jaja voltara a ter encontros com outras mulheres, chegando alterado e sem dinheiro em casa, não conseguindo acordar a tempo de ir trabalhar no dia seguinte. A recém-casada, cada vez mais inchada, era aconselhada pelos familiares a aguentar, talvez o seu homem voltasse a interessar-se por ela quando recuperasse as formas esguias, não havia mais nada que pudesse fazer a não ser ter paciência e esperar. Assim fez.

Não deu resultado, porém. Pouco depois de Bashira ter vindo ao mundo no chão ondulante da barraca, Jaja anunciou a intenção de voltar a casar-se; a menina teria um irmão cerca de sete meses depois. Há costumes que perduram durante muito tempo depois de a lei ter resolvido aboli-los. Na Nigéria, a poligamia é um deles. A excisão genital feminina é outro. Asali tinha sido poupada dessa amputação, mas não conseguiu evitar que o marido recebesse uma segunda mulher. Correspondendo a uma tradição antiga, Jaja desinteressou-se de Asali e da filha de ambos, o dinheiro não chegava para tudo, deixou-as entregues à sorte, e em poucas semanas parecia ter se esquecido completamente da sua existência. E todo mundo se portava como se a culpa fosse da moça, que não tinha sabido agarrar o marido. A desgraça era dela, e só dela, e tinha acontecido a tantas outras antes dela que era encarada com a tranquilidade com que por ali se viam a doença ou a fome, o nascer do sol, o movimento das marés. Era uma coisa normal. Até tinha alguma sorte, porque, em vez de expulsá-la da barraca, Jaja tinha ido viver com a nova família em outro lugar. Algumas mulheres suas conhecidas navegavam agora em piores águas, mais valia que não se queixasse em demasia.

Para sair e procurar trabalho, Asali tinha de deixar a filha entregue a familiares ou vizinhos; as crianças por ali eram de todos, e não havia nessa partilha nenhum espanto ou incômodo. Mas Bashira acordava muitas vezes com febre, o nariz entupido, a respiração difícil, o corpinho magro imóvel, os olhos baços, por isso a mãe nem sempre conseguia deixá-la para ir ganhar algumas moedas preparando ou pendurando peixe no fumeiro. A menina precisava de cuidados e de remédios que ela não conseguia comprar, e o peso dessa culpa começava a esmagar-lhe o peito, a entupir-lhe os ouvidos, a fechar-lhe a garganta. Trabalhava o mais que podia, chegava em casa com as mãos em ferida e o corpo todo cheirando a fumo, vergada pelas dores e pela tosse, mas nunca era o suficiente. A criança definhava, os ossinhos pareciam querer furar-lhe a pele. Asali ansiava por vê-la engatinhar e depois balbuciar as primeiras palavras, mas todas as energias da menina pareciam poucas para garantir a mera sobrevivência; não lhe sobrava nenhuma para crescer, mexer-se ou aprender coisas novas.

Foi por essa ocasião, exatamente no momento em que o sofrimento já era tão grande que lhe toldava o raciocínio, que lhe bateu à porta a prima de uns vizinhos. Conhecia-a mal, a mulher passava muito tempo fora, dizia-se que até já tinha ido à Europa, o certo é que transpirava uma prosperidade que por ali não era comum, o busto proeminente coberto por fios grossos que pareciam de ouro e o cabelo claro e esticado, que ou se tratava de uma peruca cara ou era o trabalho ainda mais dispendioso de um cabeleireiro hábil.

— Você tem uns minutos, Asali? Eu sou a Gina, os meus primos são teus vizinhos, disseram-me que o seu homem a deixou e que a sua vida está complicada... — A voz suave e a mão pousada no braço da outra querem transmitir conforto.

A moça abriu-lhe a porta de madeira da barraca com Bashira no colo. A menina estava num dia ruim, e a última coisa que a mãe desejava era jogar conversa fora, mas a cortesia local é avessa à ideia de mandar embora as visitas. Gina conhecia bem essas regras e por isso foi entrando, sempre suave, mas firme.

— Talvez possa ajudá-la, Asali. Você deve saber que algumas mulheres daqui de Makoko já foram trabalhar na Itália e na Espanha. Têm-se saído bem. Conseguem mandar dinheiro para as famílias e em dois ou três anos poupam o suficiente para regressar. Depois mudam-se para um lugar melhor do que este, investem as poupanças num negócio qualquer, mandam as crianças para a escola. Levam os filhos ao médico sempre que é preciso — tinha acrescentado, depois de lançar um olhar significativo para a menina ainda de colo.

— Se eu fosse, poderia levar a Bashira? — A pergunta era quase uma súplica.

Gina tinha se exasperado:

— Isso não, claro. Como é que você poderia trabalhar com uma criança sempre dependurada? — Bateu um pé irritado no chão sempre úmido e móvel. O espaço era tão pequeno que um passo seria suficiente para fazê-la chegar à porta e sair.

— Pensei que em algumas casas ricas aceitavam empregadas que dormiam lá... e talvez tivessem um quartinho onde a Bashira pudesse ficar comigo. É tão sossegada, não dá trabalho nenhum, não incomoda ninguém. — Asali não estava disposta a desistir facilmente.

— Esquece. Você acha que alguma família de brancos recebe assim uma empregada desconhecida e preta, para terem sempre dentro de casa, ainda mais com uma filha no colo? Você não é deste mundo. — O desprezo tinha lhe inundado as palavras secas. Gina anunciava a saída, não tinha mais nada para fazer ali.

— Se eu for e deixar aqui a minha filha, quando volto? — Havia uma nota de desespero na pergunta, a voz tinha saído mais aguda, aflautada.

— Depende do que estiver disposta a fazer. — A mulher mais velha tinha esperado que o silêncio se instalasse, tinha a faca e o queijo na mão, a outra é que precisava mostrar interesse.

— O que estiver disposta a fazer, como? — Asali ainda não compreendia.

— Quais são as opções para uma mulher como você? Na Europa não precisam de você para preparar ou defumar peixes. E para as limpezas há muita concorrência. Mesmo que arranjasse alguma coisa, não daria para amealhar aquilo de que precisa para voltar depressa. Você tem a sorte de ainda ser nova. E é bonita. Pode ganhar dinheiro rápido na prostituição. Dinheiro rápido e muito. Mas a escolha é sua. Vim aqui para ajudá-la, tenho contatos e ajudei outras antes de você. — Gina já dissera aquilo que tinha vindo dizer, por isso saiu apressada, sem despedir-se. A moça saberia como encontrá-la se quisesse. E se não quisesse, haveria outras, muitas outras, mais disponíveis para ocupar o lugar. Garotas bonitas e miseráveis era o que não faltava por ali.

Ainda não tinham passado quinze dias quando Asali foi perguntar à vizinha se podia falar com a prima. Não percebeu o olhar de comiseração da outra nem compreendeu a sua hesitação rápida; a mulher estava prestes a dizer-lhe algo, mas acabou por calar-se. Limitara-se a informá-la sobre onde encontrar Gina.

Ganhar dinheiro se prostituindo não era coisa que nunca lhe tivesse passado pela cabeça. Desde os onze anos que se dava conta dos olhares gulosos dos homens, depois vieram os comentários ordinários, a seguir as propostas explícitas. Depois de Jaja abandoná-la tornaram-se mais constantes, mais agressivos, mais óbvios. Mas Asali sabia que vivia num país onde ainda há muita gente que tolera a bigamia e a amputação do clitóris das mulheres, mas que olha para a prostituição como a maior desonra que se pode imaginar. Para a família toda. Não queria que Bashira crescesse ouvindo as outras crianças chamarem sua mãe de *pansaga*. Não queria que todos os seus fossem aprisionados num gueto dentro daquele gueto, o lugar dos que são banidos mesmo pelos mais excluídos de todos os excluídos. Se ficasse ali e ganhasse dinheiro deitando-se com os homens que a desejavam, impediria a menina de ter um futuro melhor do que o dela.

Gina tinha voltado a dizer-lhe que era fácil, que ia ganhar tão bem que rapidamente estaria de volta, que teria ajuda para chegar à Itália e que depois tudo seria lucro, poderia mandar vestidinhos novos e sandálias macias para a filha e até remédios, a família toda ficaria melhor, com certeza que não se queixarão por terem de tomar conta da menina durante algum tempo. Vai ser bom para todos, tem certeza.

Só muito tempo depois é que Asali compreendeu que Gina era apenas o primeiro e um dos mais fungíveis elos da corrente que se prendeu à volta do corpo, agrilhoando-a com força e sem possibilidade de fuga. A mulher nigeriana era uma recrutadora, estava no nível mais baixo e menos lucrativo da organização, mas tinha a seu favor a proximidade, era-lhe mais fácil ganhar a confiança das outras, era quase uma delas. Mas pouco depois Asali tinha sido entregue por Gina ao transportador, que tinha a missão de fazê-la chegar em solo europeu, onde outros se ocupariam dela. Asali já tinha encontrado outros homens desapiedados, mas este era de uma maneira diferente, estava tão habituado à morte dos migrantes que a diferença entre tê-los vivos ou mortos se media apenas por aquilo que ganhava no primeiro caso e por aquilo que perdia no segundo. Só por isso preferia mantê-los vivos. Havia muitas maneiras de transportá-los, pelo ar, por terra e por mar, todo mundo sabia que o Mediterrâneo estava se transformando num lindo cemitério azul onde os cadáveres afundados e comidos pelos peixes conviviam com os iates de pessoas saudáveis e alegres que sulcavam as águas transparentes. A Rota do Mediterrâneo era um dos principais caminhos do tráfico das pessoas exportadas da África para a Europa e não era um caminho fácil. Antes de avistar-se a água enganadoramente perfeita, havia que percorrer muitos quilômetros de terra seca, hostil, ardente sob a luz do sol e repleta de criaturas mortíferas quando a escuridão mais profunda a cobria como o pano de um caixão. Rebentaram-lhe os lábios, os pés sangravam, os ombros vergavam-se sob o peso da pouca carga que, à medida que o dia avançava, parecia cada vez mais pesada, uma tonelada às costas e uma pedra ardente a esmagar-lhe o coração. A certo momento quis voltar, mas percebeu que, mesmo que quisesse correr sozinha o risco irrazoável, o homem não a deixaria. Ainda ninguém lhe tinha pagado a viagem de Asali. E a nigeriana não tinha consigo o bastante para ressarci-lo pelo percurso que já fizera, nesse instante em que, pela primeira vez, pensou que seria melhor desistir.

Asali escolheu apagar das suas memórias essas semanas em que o seu medo maior já não era morrer — em alguns momentos teria sido um alívio —, mas sim deixar Bashira sozinha num mundo cuja crueldade ainda a espantava. O cheiro dos cabelos fartos da menina e a memória da suavidade da sua pele, a mãozinha magra dela agarrando com força o polegar da mãe antes de adormecer, ajudaram-na a sobreviver aos primeiros estupros, ao calor insuportável, à sede que era tão pior do que a fome, à febre e aos enjoos, aos ataques de pânico e às injustiças contra os outros que, como ela, estavam dispostos a tudo para chegar ao outro lado.

Não ficou deslumbrada pela beleza lendária da cidade do sul da Itália a que finalmente chegaram, porque entraram nela durante a noite e Asali foi de imediato entregue a dois homens, também africanos, que a esperavam na entrada de uma casa sem janelas nem vizinhos, numa área periférica e suja. O que aconteceu a seguir foi pior do que tinha imaginado. Sabia mais ao menos ao que ia, mas afinal o que desconhecia ultrapassava em muito aquilo que já receava.

Por mais homens que atendesse numa noite, sete noites por semana, continuava sempre devendo dinheiro aos dois empresários que geriam a casa. Estes, que eram veementes opositores de todas as formas de desonestidade, iam registrando, do lado esquerdo das folhas brancas de um bloco escuro, aquilo que ela ganhava e, do lado direito, aquilo que devia. As parcelas do lado direito eram sempre mais numerosas, multiplicavam-se milagrosamente, cresciam dia e noite como as sete cabeças de um monstro que, depois de decapitadas, logo ressurgem e se multiplicam.

Quando pediu esclarecimentos, com medo e muito respeitosamente, foi espancada na frente das outras. E logo a seguir levaram-na a conhecer o relicário que tinha o seu nome, aquele onde eram depositadas as peles que a manicure da casa tirava quando lhe arrumava as unhas ou os cabelos compridos que ficavam soltos na sua almofada. Ao lado, sua fotografia com a sua bebê ao colo, os olhos assustados da menina fixos na câmara e os dela, já úmidos de saudade, todos virados para a filha. Gina tinha querido tirar-lhes uma fotografia antes da partida e Asali estranhara a gentileza do gesto, que combinava mal com a rudeza da outra mulher. Só agora o compreendia. Tinha permitido que Bashira ficasse tão vulnerável como ela, e aquele amontoado de coisas estava ali para não permitir que se esquecesse disso.

O dia que a fotografia agora lhe lembrava estava associado a outra recordação. O sucesso da longa viagem, como Gina tinha explicado a ela, estava dependente da ajuda do vodu. Era uma tarefa bastante arriscada para ficar apenas nas mãos de humanos. Seria preciso evocar os poderes de Shango, e para isso havia que presenteá-lo com um ritual de sacrifício. Chegaram cedo ao santuário, e um homem muito velho, apresentado por Gina como um poderoso sacerdote *ju-ju*, degolou a galinha viva que tinham levado, fez escorrer uma parte do sangue para uma taça de pedra e depois pegou na mão de Asali para, sem mais cerimônias, picar-lhe um dedo, apertando-o com força até gotas vermelhas caírem na mesma taça. Gina dissera à moça que teria de jurar por Shango que trabalharia até pagar as suas dívidas, porque a viagem era muito cara e o homem bom que a receberia estava adiantando o dinheiro. Asali jurou tudo aquilo que lhe pediram para jurar. Que seria obediente. Que respeitaria os seus patrões acima de todas as outras pessoas. Que não fugiria. Depois de cumprido o ritual, o velho explicou-lhe que se quebrasse o juramento o espírito de Shango a perseguiria, a ela e a toda a sua família, até adoecerem e morrerem mergulhados nas mais dolorosas de todas as dores. Antes de partirem, o homem esfregou-lhe pó branco no rosto como oferta de boa sorte para a viagem.

As outras mulheres que se prostituem com Asali também têm as suas crenças. Todas, com exceção de Luba, acreditam em alguma coisa. As brasileiras e as colombianas guardam com fervor os seus terços, rezam aos seus deuses antes de adormecer, velam por seus búzios e por suas fitas coloridas. Há, porém, uma diferença gigantesca, que a nigeriana não vê. As outras acreditam naqueles que acham que podem salvá-las, em divindades mais ou menos bondosas e mágicas que as ajudarão a libertar-se, que farão com que um homem generoso se apaixone por elas e as leve dali para uma casinha com cortinas nas janelas, rosas no jardim e crianças tranquilas e meigas a quem se contam histórias antes de adormecerem. A nigeriana, pelo contrário, só deposita as suas crenças naquilo que mais receia, no *ju-ju* que pode destruí-la, impedir que reencontre a filha, agravar a doença de Bashira e, depois de brincar com ela como o gato com o rato, finalmente matá-la.

Luba, nos poucos dias bons em que manifesta algum interesse por Asali, diz-lhe que é uma estupidez continuar agarrada àquilo, só crendices de ignorantes, coisas que não existem. Diz-lhe que devia aproveitar o fato de Renato achar que ela nunca fugirá, e por isso quase não ser vigiada, para fazer precisamente aquilo que acham que ela nunca fará: fugir. Explica-lhe que, ao contrário das correntes que prendem as outras mulheres, as dela são apenas imaginárias. Que vá. Que saia em silêncio durante a noite e nunca mais olhe para trás. Que corra sem parar.

Mas Asali sabe que a outra não tem razão. Há várias provas disso. A tia que morreu cega e em agonia castigada por Ayelala pelo seu adultério, o vizinho cuja casa ardeu depois de não ter feito o sacrifício que prometera a Shango, as suas próprias insônias e os ataques de pânico com que é punida pelos espíritos quando pensa em evadir-se sem pagar tudo o que ainda lhe dizem que deve.

— Não seja estúpida, Asali. Você não consegue dormir por causa daquilo que o Renato e a Cármen lhe fazem. Ou por causa daquilo que a obrigam a fazer. A culpa é deles. E você é tão burra que os deixa convencerem-na de que a culpa é dos espíritos — diz Luba, quase sempre zangada.

Asali acredita que voltará a Lagos porque um dia conseguirá acabar de pagar a sua dívida e juntar algum dinheiro. Está demorando mais do que tinha pensado, mas vão chegando notícias de que Bashira vai crescendo, doente menos vezes do que antes. Conseguiu que Gina fizesse chegar à criança uma encomenda com uma boneca de pele escura e um laço cor-de-rosa no cabelo encaracolado, um lindo vestido rodado e sandálias brancas. Renato foi generoso e permitiu que também enviasse algum dinheiro à família, pouco, porque ainda lhe deve muito. Entretanto, recebeu uma fotografia na qual Bashira e a avó aparecem quase sorridentes, com a caixa de presentes aberta entre as duas, a boneca abraçada pela menina e a menina abraçada pela avó. Guarda-a, protegida por uma revista de capa dura, debaixo da almofada.

Não sabe se, quando regressar, só para ir buscar a sua filha ou para ficar mais tempo, ainda terá um bairro a chamar de seu. Makoko dá demasiado nas vistas de todos os que cruzam a "Third Mainland Bridge", um dos principais acessos ao centro daquela prodigiosa Lagos que os políticos querem mostrar às multidões de turistas que chegam ao aeroporto internacional. Os recém-chegados perguntam-se sobre que coisa estranha é aquela, uma espécie de cidade aquática onde as crianças seminuas nadam nas águas sujas ou conduzem com uma vara embarcações improvisadas. A imagem surpreendente não combina com as promessas que lhes fizeram: uma metrópole rica, moderna, progressista, bem-sucedida, a ponta de lança do continente africano, o gigante adormecido que resolveu acordar, enérgico e agressivo, para o mundo global. Os anúncios da demolição de Makoko são cada vez mais frequentes. Os líderes da cidade querem realojar as dezenas de milhares de habitantes noutros lugares, e a esperança de requalificação que tinha nascido com uma escola flutuante coberta por painéis solares, construída em madeira sobre barris vazios e vencedora de prêmios de arquitetura, começou a desabar quando a estrutura inovadora não resistiu a um temporal mais forte, poucos anos depois da construção. Não é por acaso que os pobres do mundo ocuparam nas cidades as regiões de pior habitabilidade, as encostas mais íngremes, os espaços alagados e insalubres, as imediações das rodovias. O espaço parece encolher à medida que os migrantes chegam sem cessar, fugidos da guerra, da miséria, da fome ou da seca no campo, e não sobram outros lugares. Mas mesmo os piores lugares podem deixar de existir quando se tornam muito visíveis para o resto do mundo, para aqueles que não querem saber onde vivem os excluídos, desde que estejam longe da sua vista.

Makoko não é, porém, o que mais lhe interessa. O que mais lhe importa é Bashira. Por ela voltará a trabalhar nessa noite, obediente e submissa, surda tanto aos desvarios de Luba como aos planos miraculosos de Alma. Se não tiver cuidado, aquelas duas ainda vão voltar a metê-la em problemas. Já descobriu que as encrencas, com elas, são sempre cada vez piores. E esse é um risco que não pode correr.

9

CAPÍTULO NOVE

A LUMINÁRIA

Mariana só percebe que passar pela casa do filho sem avisar que iria talvez não tenha sido a melhor opção quando, depois de tocar a campainha, a porta se abre e dá de cara com uma desconhecida alta e de cabelo azul, que veste apenas uma camisa branca, que deve ter ido buscar no armário do dono da casa. Tem pés grandes e ossudos e pernas pálidas, retas e altas nas quais os olhos da recém-chegada se fixam por segundos, mesmo sem querer.

— Boa tarde. Sou a mãe do Viriato, me chamo Mariana. O meu filho não está? — A sensação de incômodo parece ser só dela, o que não deixa de ser peculiar, recorda-se em seguida, porque aquela é a casa do seu filho.

— Não. Foi ao supermercado. — E pronto, parece que não tenciona dizer mais nada, não aparenta nem sequer estar na iminência de desviar-se para a outra entrar.

— Vou então esperar por ele. — Mariana, que começa a sentir indícios de irritação acompanhados pelo pressentimento de que não vai simpatizar com aquela criatura peculiar, dá um passo em frente e Carolina não tem alternativa, afasta-se ligeiramente para deixá-la passar e fecha depois a porta com vagar.

Caminhando à frente da moça, Mariana dirige-se para a sala pequena, que lhe parece mais desarrumada do que habitualmente, um cinzeiro meio cheio de bitucas em cima da mesa, um computador ligado, um copo grande com água, calças jeans atiradas para cima do sofá, que precisa afastar antes de sentar-se, naturalmente sem ser convidada nem pedir licença. A moça apressou-se a fechar o computador, mas esse foi o único gesto mais rápido que a viu fazer. Desligou-o da tomada, pegou-o só com uma mão e preparava-se para dirigir-se para o quarto, sem mais, quando Mariana achou que talvez fosse o momento adequado para recorrer à sua célebre educação de embaixada, as maneiras delicadíssimas que reservava apenas às pessoas de quem não gostava. Quanto menos simpatizava com alguém, com mais educação gelada se portava, o tom de voz baixava e as palavras saíam-lhe mais lentas, toda ela suavidade falsa e inocência cândida:

— O meu filho deve ter me falado de você, mas eu tenho andado tão ocupada com a minha mãe que creio ter me esquecido do seu nome. — Faz uma pausa esperando que a outra complete a informação em falta, de novo sem sucesso. O único efeito que produziu foi o de parar o deslizamento da moça em direção ao quarto. — Como você se chama? — Para grandes males, grandes remédios; se a interlocutora não reagia à sutileza, teria, então, de ser mais direta.

A moça olha para ela e diz uma única palavra antes de virar as costas:

— Carolina.

Quando Viriato chega em casa, menos de meia hora depois, com um saco de compras na mão bem recheado com aquilo de que precisa para fazer o jantar, surpreende-se ao ver a mãe tranquilamente sentada no sofá, quando imaginava encontrar Carolina olhando para o computador na mesinha que usavam quer para trabalhar, quer para as refeições principais.

— Mãe! Que boa surpresa! Já está aqui há muito tempo? — Nota-se certa inquietação na pergunta, porventura relacionada com a ausência de Carolina, ou antes precisamente inspirada pela sua presença em algum lugar do seu apartamento.

Mariana resolve tranquilizá-lo, mas não em excesso:

— Cheguei há menos de meia hora, filho. A sua amiga abriu a porta. — A palavra "amiga" tem por baixo um sublinhado grosso, mas por enquanto não há nenhum ponto de interrogação no fim da frase. As perguntas e as respostas terão de ficar para outro momento, quando estiverem menos acompanhados.

— A Carolina saiu? — Viriato continua sem compreender exatamente o que se passa. Começa a ser difícil para a mãe resistir a uma ou duas pequenas provocações:

— Foi para o quarto. Para o seu quarto, com o computador. Primeiro pensei que tinha ido vestir umas calças, porque quando me abriu a porta estava só de camisa, mas, como não voltou, imagino que tenha surgido alguma urgência.

Viriato lembra-se de que talvez seja mais prudente lidar com aquela situação enquanto prepara um risoto com vieiras, pensa sempre melhor quando tem as mãos ocupadas com qualquer coisa.

— Você janta conosco, mãe? Vou ver se para a Carolina pode ser cedo. — Quando regressa do quarto, pouco depois, esforça-se por aparentar uma boa disposição que Mariana sabe que não sente.

— Afinal somos só nós dois. A Carolina vai sair, tem um compromisso, janta mais tarde.

Sem ter se dado sequer ao incômodo de trocar a camisa de Viriato e parecendo ter enfiado apenas as calças jeans de costume e os tênis gastos, Carolina sai com um sorriso breve e um cumprimento curto, a pose imperial de quem olha do alto para o resto do mundo, que fica mais abaixo.

— Esta moça vive com você? — Mariana hesita no final da frase, ainda pensa em substituir "com você" por "aqui em casa", mas há momentos em que os panos quentes deixam de funcionar. Como se costuma dizer, não se trata uma pneumonia com aspirinas, e quem sabe mais valesse tomar medidas antes que *a coisa* se alastrasse.

Viriato teria preferido evitar essa conversa, por isso procura pôr-lhe fim depressa:

— Só temporariamente, mãe.

Em outras ocasiões, teria bastado. Mas não dessa vez. A impressão que Carolina deixou em Mariana foi tão forte que é impossível não querer saber mais:

— Isso significa que vai embora quando? Anda à procura de casa ou está de passagem pela cidade? Trabalha onde? — Havia mais perguntas a fazer, mas essas parecem ser as mais urgentes.

Não é que essas questões nunca tivessem ocorrido a Viriato. Mas ouvi-las postas em palavras, assim tão claramente, faz com que se confronte de modo inevitável com a sua própria ignorância.

— É escritora, mãe. Acho que escreve poemas. Por isso pode trabalhar em qualquer lugar. Acho que está aqui de passagem, tem o avô no mesmo hospital onde esteve a minha avó. A Carolina diz que ele está em fase terminal. — Talvez não seja exatamente assim, talvez Viriato esteja recorrendo a palavras que Carolina nunca usou, mas é apesar de tudo a formulação que lhe parece corresponder melhor à realidade.

Mariana, que percebe que o filho usou duas vezes na mesma resposta o verbo "achar" e que começa a compreender o que isso significa, volta à carga:

— Se é escritora deve ter alguma obra publicada. Você já viu algum livro dela?

A resposta de Viriato dessa vez sai rápida:

— Não, mãe, não vi. Pode ser uma escritora que está escrevendo o primeiro livro. Como deve ter reparado, é nova.

Mas a mãe não vai permitir que a ironia, algo deselegante, a distraia do essencial:

— Claro, filho, pode estar trabalhando na sua primeira grande obra. Mas, se é assim, deve ter alguma outra ocupação mais útil à sobrevivência. Imagino que os escritores também precisam comer e pagar o aluguel de casa. A menos que estejam vivendo na casa de outra pessoa, claro — e sorri antes de arrematar —, mas, mesmo que alguém lhes dê abrigo, se for só temporariamente, terão de ocupar-se dessas dimensões do cotidiano mais cedo ou mais tarde. A não ser que vão aparecendo, sucessivamente, outras pessoas a quem pedir guarida. — Mariana não sabe se "pedir" é o termo mais adequado, mas olha para Viriato e compreende que é momento de mudar de assunto. — Estou ficando com fome, filho. Posso ajudá-lo com o jantar ou prefere que vá pondo a mesa?

Enquanto trabalham, em silêncio, Mariana pensa que pelo menos não há vestígios de que Carolina tenha trazido as suas coisas, diria que ainda não começou a afeiçoar-se à casa de Viriato, tornando-a um bocadinho sua. Menos mal. Não vale a pena falar com o filho sobre isso, claro. Sabe que ele não compreende que as coisas não são só coisas, têm agarradas a elas esperanças, lágrimas ou gargalhadas, momentos inesquecíveis ou outros que preferiríamos apagar. Depois da partida de João, nunca mais deixou que entrassem, na casa que partilhava com Viriato, as coisas de outras pessoas. Lembrava-se bem, passados mais de quinze anos, do dia em que tinha chegado o carro de mudanças e dos dois homens que lhe teriam deixado a sala semivazia se não tivesse decidido algumas horas antes, com os olhos rasos de lágrimas e uma fúria que felizmente não lhe tolhia por inteiro os movimentos do corpo, impedir que isso acontecesse.

Tinha ficado viúva já havia alguns anos quando reencontrou João, um colega da faculdade que tinha se divorciado pouco tempo antes. O único filho dele ficara vivendo com a mãe em outra cidade. João parecia invulnerável, e por isso Mariana não compreendeu logo que o empenho que ele inicialmente pôs em fazê-la feliz podia não ser mais do que uma tentativa de fuga à sua própria solidão e ao seu desespero. No início, tinha lhe parecido perfeito. Viriato tinha perdido o pai havia tempo suficiente para nem cogitar de outro homem estar ocupando o seu lugar; recebeu João com tranquilidade e simpatia, e tornaram-se rapidamente amigos. Sentavam-se os três na sala vendo filmes, petiscavam, riam e contavam os episódios do dia. Era tão bom e parecia tão natural que João foi ficando cada vez até mais tarde, depois começou a passar algumas noites, a seguir trouxe as primeiras peças de roupa e finalmente vieram móveis, luminárias, uma mesa quadrada que ficava perfeita num recanto da sala, uma outra televisão. Eram coisas de que não precisava, disse ele, coisas que não estavam sendo usadas na casa a que ele já ia só de passagem.

Mariana gostou da mudança na decoração, o espaço foi se tornando menos feminino, a luminária de teto marroquina, que quase não dava luz, foi substituída por uma iluminação mais sofisticada e intensa, o móvel branco e barato por baixo da televisão desapareceu para dar lugar a um móvel de madeira sólida onde ficavam guardados vários aparelhos e escondidos todos os fios. As visitas elogiavam a mudança, diziam que se notava o dedo de João, que a casa estava mais confortável e organizada.

Quando, quase quatro anos depois, os problemas do casal começaram a avolumar-se e foi se tornando cada vez mais difícil acreditar que poderiam ter uma solução, João voltou para a sua casa e, pouco depois, por ocasião de uma conversa telefônica mais desagradável, disse-lhe que queria as suas coisas.

— Vou te passar o telefone de uma empresa de transportes. Marque, que eu pago.

Mariana não precisava nem dos móveis, nem das luminárias, nem da televisão de João, muito menos necessitava de que fosse apenas ele a suportar o custo do transporte. Mas aquela mistura de questões logísticas com o sofrimento recém-inaugurado lhe amarfanhou o coração, humilhou-a, fê-la pensar se teriam sido reais os momentos felizes que achava que tinham partilhado, com aquelas coisas à volta. Foi o orgulho que acabou por fazê-la mover-se, pegar o telefone e marcar logo para a semana seguinte a vinda do caminhão que levaria as coisas de João. No fundo de si mesma acreditou, até a véspera desse dia agendado, que João não faria aquilo, não forçaria Viriato a assistir assim, daquela maneira, à desmaterialização de tudo, mudaria de ideia, ela tinha dito em momentos anteriores à separação que podia comprar aqueles objetos, ele que definisse um preço. Mas depois, de repente, poucas horas antes do momento marcado para a chegada dos homens da mudança, percebeu que sim, que era exatamente aquilo que João iria fazer, por isso decidiu que não deixaria o seu filho adolescente ver buracos nas paredes nem fios elétricos pendendo do teto naquele ponto onde antes estava pendurada a grande luminária. Enfiou um casaco grosso e foi às compras.

Compreendeu que não perdoaria João por aquilo que estava fazendo Viriato passar quando o adolescente, antes de o carro chegar, começou a tentar separar os inúmeros fios elétricos presos a tomadas na parede e depois ligados a aparelhos diversos — aparelhagens de som, Playstation, DVDs, Apple TV, televisões, roteadores, telefone fixo e uma série de outros utensílios cuja utilidade Mariana desconhecia. O problema é que todos os fios saíam da parede, entravam no móvel de madeira cara através de orifícios que ele tinha na parte de trás e prendiam-se depois a objetos pretos ou cinzentos, num labirinto inexplicável; não se compreendia onde começavam e acabavam, não conseguiam deslindar a meada. O rapaz tentava, paciente, separar aquilo que era deles e que permaneceria ali daquilo que era de João e tinha de ir embora, mas tudo parecia mais definitivamente preso à parede do que raízes de carvalho, que se fortalecem e se agarram mais à terra quando a tempestade forte as sacode com fúria.

Ao ver o filho semideitado no chão esforçando-se para resolver aquilo, tratando afinal de problemas que não tinha contribuído de maneira alguma para criar, Mariana sentiu, por momentos, que a dor ia sobrepor-se à raiva, que estava a se rasgar por dentro e que não poderia conter por mais tempo o caudal das lágrimas. Talvez não fosse só João o responsável por Viriato ter de assistir assim, daquela forma tão cruelmente empírica, ao desabar do seu sonho. Ou ao desabar do sonho deles, porque não sabia até que ponto aquela possibilidade de uma outra família tinha se tornado importante também para o filho. A saída das coisas de João simbolizava o fim dessa família, e era ele, o garoto, que estava tratando de separar os fios com afinco, quando a ela a única coisa que apetecia era arrancá-los da parede ou cortá-los com a grande tesoura guardada numa gaveta da cozinha e normalmente usada para trinchar o leitão.

Alguns dias depois tinham lhe sido entregues dois sacos volumosos, eram algumas roupas dela e um punhado de livros que tinham ficado na casa de João e que ele agora restituía a ela, tudo acompanhado por uma mensagem curta: "Eram as últimas memórias da sua presença na minha casa, devolvo-as". Mariana, que não compreendia como podiam caber memórias, tantas memórias, em dois sacos, hesitou entre jogar fora aquelas coisas ou guardá-las. Acabou por arrumá-las, porque começava a achar que não devemos nos precipitar eliminando pedaços de vida cujos ensinamentos podem fazer falta mais tarde.

Antes da chegada do caminhão de mudanças, tinha se concentrado em odiar João com força; mas depois, quando lhe ocorreu que talvez a culpa também fosse dela, por ter se enganado, por não ter poupado Viriato daquilo, pensou que ia desabar. Mas olhou para o filho, tão tranquilo, tão empenhado em ultrapassar com ela todos os obstáculos, concentrado em desembaraçar fios que tinham parecido imbricados para sempre, e decidiu que não, que afinal teria de atravessar aquele dia com um sorriso nos lábios e com um sentimento de gratidão por tê-lo.

Quando os dois homens foram finalmente embora levando com eles as coisas de João, um par de horas depois, Mariana olhou à volta e teve, pela primeira vez, uma sensação de alívio que, se não lhe afastou a dor funda, pelo menos a atenuou. Gostou do que viu. Não, de fato não havia buracos na parede nem fios elétricos expostos. A luminária nova estava no seu lugar e era linda, menor mas mais colorida, com todas as cores do arco-íris. O diminuto móvel branco que ocupava agora o lugar onde antes estava o grande móvel de madeira não tapava os fios todos nem permitia uma arrumação impecável de caixas de filmes, jogos e discos, mas era mais leve e descontraído, tornava tudo menos solene e mais simples. O espaço antes ocupado pela mesa quadrada estava agora amplo, e isso fazia a divisão parecer maior e mais despojada. *Conseguimos,* pensou Mariana, *continuamos em casa.*

Estava sentada nas costas do sofá olhando para a luminária nova, simbolicamente acesa apesar de o sol do fim da manhã inundar a sala, quando o telefone tocou. Era Leonor, a amiga de sempre:

— Bom dia, Mariana. Estou ligando para desejar um feliz feriado. Você sabe o que se comemora hoje?

Só se lembrou naquele momento. Era dia 1º de dezembro. O dia da restauração da independência.

Agora na casa de Viriato e jantando com o filho, Mariana não voltou a referir-se a Carolina. Mas quando saiu, pouco depois, ia decidida a saber mais sobre ela. E a fazer tudo o que estivesse ao seu alcance para poupar o filho de outras mudanças de coisas alheias.

10

CAPÍTULO DEZ

O CHÃO

O castigo aplicado a Luba pela desobediência tinha sido o de costume. Depois da surra pessoalmente administrada por Renato, com a ajuda não desprezível do gigante atávico, a parte pior: 48 horas sem drogas, sem droga nenhuma, nem sequer aquelas, de farmácia, que poderiam ajudá-la a ficar de ressaca com menos sofrimento.

O dia ainda não nasceu, mas já não deve faltar muito, a escuridão lá fora começa a atenuar-se, e Luba não conseguiu dormir um único minuto. Está caída no chão do banheiro ainda com o sabor de vômito na boca, o seu corpo esvai-se por todos os lados, o cheiro a faz sentir-se ainda pior, mas os ossos doem tanto que não consegue arrastar-se para a cama e, de qualquer modo, precisaria limpar-se antes de fazê-lo. Os dentes batem de frio, e o ladrilho horrível sobre o qual tombou está mais gelado que os fiordes da Islândia. Convive há tantos anos com a insônia que ela já lhe parece normal, mas a insônia da abstinência é outra coisa. Gostaria de poder acabar com aquilo de uma vez por todas, era o que faria se não estivesse tão fraca e se Renato não tivesse providenciado o desaparecimento de tudo o que pudesse ser usado como objeto cortante ou perfurante, depois do que tinha acontecido da última vez. Sente a aproximação abençoada de um início de torpor, assalta-a a esperança de que o desmaio ou o coma a salvem e atira-se para o vazio.

Luba está num lugar escuro e molhado onde plana sem peso e já com menos sofrimento quando lhe chega um som longínquo, qualquer coisa parecida com o ruído que uma fechadura faria ao abrir-se, depois passos suaves, talvez alguém esteja a tocar-lhe num braço, a apertar-lhe a mão, há um barulho ainda distante que pode corresponder ao sussurro do seu nome.

Através da névoa vê primeiro os olhos, grandes, redondos, com as espantosas íris azuladas, os cílios ainda encurvados, depois o nariz pequeno e arrebitado que parece de criança, os lábios suaves e grossos com restos de batom, o rosto em formato de coração e o pescoço delicado, aquela pele surpreendentemente escura que contrasta com os caracóis muito louros onde ainda mal despontam as raízes pretas, o sinal estrategicamente colocado na face esquerda para recordar a outra Marilyn, o seu ídolo de sempre por mais que lhe explicassem que talvez fosse um disparate admirar assim uma mulher tão infeliz e que tinha morrido tão jovem. Era Alma que chegava, como de costume, para salvá-la.

— Vai embora, Alma, você sabe o que acontece se a apanham aqui. — A voz sai dolorida, Luba ouve-a mal apesar de ter quase a certeza de que está brotando da sua própria garganta.

Alma, alheia ao cheiro e à sujeira, afaga os cabelos muito curtos da amiga com a mão direita enquanto procura levantar-lhe a cabeça do chão com a esquerda:

— Fique descansada, não vai acontecer nada. Foi a Cármen que me deu a chave, devia-me um favor e eu o cobrei. O Renato saiu. Está tudo certo.

— Você tem aquilo para mim? — Luba só quer uma coisa, uma única coisa, e tudo o que pede é que Alma possa tê-la. Sabe que a outra não gostaria de dar-lhe, que lhe aperta o coração sempre que tem de fazê-lo, mas conhece a sua compaixão, sabe que não lhe negará, naquele momento, a única ajuda de que precisa.

Alma olha para o lado enquanto a romena, subitamente mais desperta, usa aquilo que lhe trouxera escondido no bolso interior do vestido rodado, muito ajustado no busto e cintado muito além do razoável, o seu modelo habitual, aquele que a costureira da casa faz só a ela em diferentes tons sempre claros, porque a brasileira se entristece se for obrigada a vestir roupa escura e isso não é bom para o negócio.

Luba já está sentindo o alívio profundo, é puxada para cima, a pele aquece e a boca fica seca, *que isto dure para sempre, que não pare*, é tudo o que consegue pensar. Depois, docilmente, deixa que Alma a ponha debaixo do chuveiro e abra a torneira da água quente, que imediatamente tempera de modo que a amiga não se queime. A brasileira lava-lhe o cabelo, esfrega-lhe o corpo como se estivesse dando banho numa criança pequena e depois a embrulha na toalha escurecida que está pendurada num gancho enferrujado, enquanto pensa que tem de levar a roupa de Luba para lavar. Quando Alma enfia uma camisola pela cabeça de Luba e a romena levanta docilmente os braços para a peça deslizar mais facilmente, há um momento em que o pulso direito de uma toca o pulso direito da outra, e as tatuagens, idênticas, tornam-se mais visíveis. São apenas duas letras desenhadas em preto na parte interior do braço, tão discretas que é preciso fazer um esforço para compreender do que se trata. Um "C" e um "R". Entre elas, um ponto microscópico, em que a muito custo se pode adivinhar um "d".

Depois de deitar Luba na cama, Alma volta ao banheiro para limpar tudo o melhor que pode. Precisa, ela própria, sentir a água escorrer-lhe pelo corpo depois da noite repugnante de trabalho, os passarinhos já chilreiam lá fora e o calor do dia começa a notar-se mesmo através do vidro duplo e das grades, mas ela sabe que tem de dormir.

Luba está sonolenta, com a respiração mais suave e o batimento cardíaco mais lento, mas ainda não adormeceu:

— Onde estará agora a minha mãe, Alma? Você acha que ainda pensa em mim? — As mesmas duas perguntas de sempre, as que só faz naqueles momentos, as que faz sempre naqueles momentos.

A brasileira também lhe dá a resposta de sempre:

— Ela pensa em você todos os dias, Luba. E um dia desses vamos nos encontrar com ela. — As palavras saem com toda a confiança porque Alma é de um otimismo tão indestrutível, de uma esperança tão inexpugnável, que acredita realmente que tudo correrá melhor. As contrariedades do dia a dia não conseguem torná-la desapiedada nem as injustiças vergá-la, porque crê que as primeiras serão ultrapassadas e que as segundas devem ser combatidas. A sua alegria e a sua generosidade são de tal modo intensas que lhe transbordam do corpo em forma de luz, atravessam-lhe a pele e saltam-lhe dos olhos, a moça brilha tanto que ilumina sozinha qualquer sala escura. É a mais procurada, a mais desejada, a mais cobiçada de todas as mulheres de Renato não apenas por causa daquela sua inegável beleza ao mesmo tempo clássica e excêntrica. O que faz dela a *coisa* mais preciosa da casa é antes essa sua capacidade intangível para amaciar os corações mais duros, atravessar as brumas da tristeza mais funda, dar esperança aos desesperados.

Onde o azar a tinha perseguido ela via sorte, e quando as portas se fechavam pra ela, vislumbrava oportunidades para entrar em lugares melhores, por isso seria fácil a quem não a conhecesse bem chamá-la de alienada, sobretudo quando eram feitas contas às agruras da sua vida. Isso seria, porém, uma avaliação superficial, porque Alma não tinha cortado os laços que a prendiam à realidade, conseguia aliás apreendê-la de modo tão intenso que percebia bem aquilo que precisava ser mudado. E estava decidida a contribuir, com todas as suas forças, para mudar o que precisava ser mudado. Não, Alma não era uma alienada. Mas era surpreendentemente boa, o que não podia ser entendido por aqueles que simplesmente não compreendiam o conceito. De qualquer modo, a sua estranheza tendia a contribuir para aumentar o seu fascínio e para reforçar certa sujeição dos outros ao seu encanto. Funcionava com quase todo mundo, até com Cármen, que em regra odiava todas as outras mulheres, sobretudo as mais jovens e as mais bonitas. A única exceção era Renato, que não conseguia ver nenhum brilho que não fosse o do ouro e que só era capaz de sentir afeto pelos seus cães ferozes e admiração por criminosos mais eficientes do que ele próprio.

Alma tinha começado cedo a lidar com a violência porque tinha nascido e crescido numa favela de Maceió, aquilo que agora alguns preferiam denominar como bairro ou comunidade carente, mas que na época todo mundo chamava favela. É intrigante, essa crença de que uma mudança de nome pode mudar a natureza das coisas e acabar com os problemas, como se a única possibilidade de mudar as coisas fosse não mudá-las realmente, tornando-as melhores. Como se chamar "banheiro voador" um saco plástico que é o único lugar onde se pode urinar ou defecar conseguisse cobrir de poesia a ignomínia. Se pensasse no assunto, Alma provavelmente não gostaria dessa maquiagem nominativa que disfarça as rugas ou as feridas da realidade, se ocuparia antes de assumir as primeiras e de curar as segundas. Mas Alma não pensava muito nesse assunto, nem agora nem antes, porque tinha mais inclinação para resolver as questões práticas da existência dos outros do que predisposição para reflexões teóricas.

Essa sua vocação para tratar de assuntos concretos podia ter nascido com ela, é certo, quando uma mulher mais velha ajudou a sua mãe adolescente a trazê-la ao mundo, mas crescer num lugar onde não havia um hospital público, nem sequer um médico, onde a luz elétrica ou a água correndo de uma torneira eram uma generosidade eventual dos líderes locais do tráfico, onde não se encontrava um policial e muito menos um juiz, tudo isso contribuíra para desenvolver o seu talento inato para dar um jeitinho na condução do cotidiano. Alma sabia, desde que se lembrava de si própria, que não podia contar com uma entidade abstrata, grande e generosa para a resolução dos seus problemas, porque não fazia a menor ideia do que era o Estado, não conhecia o pai nem o avô, a mãe estava ocupada demais com as tragédias da sua própria vida, sobretudo as amorosas, e a avó morreu cedo com complicações relacionadas ao diabetes que poderiam ter sido tratadas se morassem em outro lugar. Isso não significava, porém, que a garota não soubesse, para o bem e para o mal, que não vivia sozinha e que as regras da sua comunidade, se às vezes eram de ajuda mútua e solidariedade, podiam ser também de violência e castigo.

Passado tanto tempo, continua a lembrar-se, de quando em quando, da primeira vez que quase morreu, ainda não tinha feito dez anos, precisamente por não conhecer como devia a imperatividade dessas regras, que podiam não estar escritas, mas que valiam mais do que se estivessem.

Nesse passado que ocasionalmente ainda a assombrava, a lua cheia clareava o negrume do início da madrugada e Alma estava sozinha com a avó doente, a mãe devia ter ido passar a noite na casa do namorado do momento, que a maltratava tanto como os anteriores, mas por quem se sentia, como de costume, muito apaixonada. Ouviam-se lá fora o ruído de tiros, mas isso era tão habitual por ali que não teria sido suficiente para interromper o sono da menina. O lugar estava cheio de todo tipo de pistolas e revólveres de cano curto. As pancadas fortes na porta, desferidas com alguma coisa metálica e pesada, é que a acordaram. Lá fora havia homens que gritavam e que mandavam todo mundo sair. Se ainda fosse possível, o ideal teria sido dar no pé, a expressão que conhecia para referir-se a fugir depressa e a correr, antes que tudo piorasse. Antes que tudo desse errado. Ali todos sabiam que não se devia ficar no meio de um arreglo, o ajuste de contas que era ainda mais frequente entre facções diferentes do que entre bandidos e policiais. Mas já era tarde para isso. A menina e a avó saíram tentando passar despercebidas entre as muitas pessoas que já estavam no exterior e que os homens armados encaminhavam para uma espécie de praça, muito pequena, onde confluíam vários caminhos estreitos e sujos.

Pouco antes, quatro homens tinham arrombado a porta do casebre onde Josefa de Jesus dormia com o marido e os três filhos, ignoraram o homem e os meninos e arrastaram apenas a mulher para fora. A família não a viu ser morta com um tiro na cabeça porque os quatro tinham conseguido fugir por trás assim que os bandidos saíram com Josefa para a praça, mas Alma e a avó, assim como muitos outros vizinhos, foram obrigados a assistir à execução. A menina não compreendeu que Josefa já estava morta quando se soltou do braço da avó e correu para ela, que estava tombada no chão e com o sangue fugindo-lhe pela testa, pensando que poderia evitar que a mancha vermelha se alastrasse cobrindo o buraco com as mãos. Um dos homens que rodeavam Josefa deu uma palmada tão forte naquela criança estranha que a menina desmaiou. Foi uma sorte. O desmaio salvou-a do que teria sido uma morte quase certa e também evitou que visse o que aconteceu a seguir, o espetáculo macabro a que todos os outros foram obrigados a assistir. O braço esquerdo de Josefa foi decepado e com o seu sangue os bandidos escreveram na parede mais próxima, em letras infantis de tão incertas, a palavra que ali era uma sentença de morte. "Cagueta." E depois, para que não subsistissem dúvidas, decapitaram-na e espetaram a cabeça numa estaca. O aviso era claro. É assim que morrem os delatores. Era a proclamação da lei do silêncio, a mais importante de todas as leis por aquelas bandas.

É certo que ninguém tinha a certeza de que a operação policial contra o tráfico desencadeada pela polícia alguns dias antes tivesse na origem uma denúncia feita por Josefa. Mas todo mundo sabia que a mulher trabalhava como cozinheira na casa de um policial, por isso podia muito bem ter sido ela. Era preciso castigar alguém. E por ali não se admitia a morosidade na realização da justiça. Esse era, aliás, um dos poucos problemas que não tinham.

Alma aprendeu depressa a evitar as zonas da favela em que as montanhas de lixo ocultavam carros desventrados e abandonados usados como habitação por aqueles que nem sequer tinham uma barraca para chamar de sua, sabia que devia passar longe das bocas de fumo para fugir dos conflitos entre os donos da boca e os viciados que imploravam por uma dose, afastava-se das caixas de papelão sujas, das tábuas podres cobertas de pregos enferrujados e dos esgotos que corriam a céu aberto onde pululavam ninhos de ratos e outros bichos perigosos, treinou a antena (o nome que ali era dado ao ouvido) para escutar mesmo ao longe as discussões entre familiares e vizinhos que podiam acabar em mortes, sobretudo nos dias de festa em que o álcool e as drogas começavam a circular cedo e alteravam os humores de modo com frequência imprevisível. Aprendeu também a só beber água fervida porque a outra estava com frequência contaminada pelos dejetos humanos e ela bem via as crianças com diarreia, os pequenos que todas as semanas morriam e eram chorados pelos familiares durante pouco tempo porque rapidamente uma nova desgraça substituía a antiga. Afastou-se das meninas da rua que já fumavam baseado, dos bambis ou homossexuais que também ali apanhavam mais do que os outros e aprendeu que "boca" podia significar coisas muito diferentes, mas que mais valia ficar ligada e prestar atenção, porque em princípio não vinha daí nada de bom. Na boca de fumo vendiam-se drogas, a boca rica era um lugar propício a roubos lucrativos, a boca do lixo era onde estavam as prostitutas mais baratas e a boca do luxo era o ponto das meretrizes mais caras. A única boca na comunidade que valia a pena conhecer era a boca de siri, porque o silêncio era uma qualidade muito apreciada, como Josefa poderia ter atestado se ainda estivesse viva.

Sabendo que precisava sair da favela para encontrar um trabalho no qual não estivesse associada à probabilidade de morrer antes dos dezoito anos — tinha visto já demasiados cadáveres de meninos que eram aviõezinhos do tráfico e de meninas que eram namoradas de bandidos ou que se prostituíam na rua ou em açougues, o nome que apropriadamente era dado aos bordéis —, começou cedo a procurar um lugar de faxineira ou de babá, que lhe pareciam soluções mais seguras do que vender bebidas, chicletes ou frutas na rua, catar lixo ou trabalhar como lavadeira nos tanques públicos. Só não queria trabalhar na casa de policiais (promotores de justiça ou juízes também ficariam excluídos se não morassem tão longe dali que a questão nem sequer se punha).

Aos treze anos era já muito bonita para que as senhoras que a entrevistavam arriscassem tê-la próxima dos maridos e dos filhos, por isso os contatos feitos pelas mulheres da vizinhança — aquelas que saíam da favela antes de o sol nascer e que só regressavam pela noitinha, às vezes com restos das refeições dos senhores para distribuírem pelos filhos, outras vezes com as roupas deles para adaptarem, uma bainha de calça para subir, um fecho para substituir — estavam se revelando infrutíferos. Ninguém na cidade contratava para um trabalho honesto, sem referências fortes, uma moça vinda do lugar onde ela morava, e as vizinhas atestavam que não era preguiçosa, que tinha saúde para dar e vender e que estava sempre alegre. Mas o rostinho pequeno e moreno rematado pelo queixo perfeito, onde se destacavam os olhos azuis — tinha com frequência que explicar que o pai era um europeu muito branco que não tinha chegado a conhecer porque as férias dele ali acabaram antes mesmo de a mãe dela descobrir que estava grávida —, começava já pesando contra ela, e nenhuma senhora aceitava dar-lhe um trabalho dentro de casa.

A sorte — pelo menos assim lhe pareceu no momento — só lhe chegou quando conheceu Beatriz, que trabalhava num banco e tinha se separado do marido, morava longe do resto da família e estava precisando urgentemente de ajuda para tomar conta de Artur, afinal, o menino ainda não tinha um ano e passava mais tempo chorando do que dormindo. No princípio, ia para o apartamento bem decorado só durante o dia, ocupava-se da criança enquanto Beatriz trabalhava, limpava e arrumava, deixava o jantar pronto, saía e voltava muito cedo na manhã seguinte. Mas depois de a avó morrer não havia ninguém à espera dela, a mãe passava muitas noites fora, e quando estava acompanhada as coisas se complicavam de várias maneiras, por isso Alma foi começando a ficar algumas noites na casa de Beatriz, dormia num estrado arrumado ao lado da caminha de Artur, o menino passou a acordar menos vezes durante a noite e a mãe foi se recuperando do cansaço e da tristeza da separação, recomeçou a sair de vez em quando com as amigas para ir ao cinema ou à academia e a vida parecia, finalmente, correr bem para os três.

Foram os tempos mais felizes de que Alma tem memória. Sentia-se segura no apartamento ensolarado num prédio com porteiro 24 horas por dia e grades altas separando-os do resto do mundo que só começava na calçada, não ouvia gritos nem barulho de tiros durante a noite, havia fruta no café da manhã, Artur estava sempre tão agarrado a ela que às vezes parecia um prolongamento do seu próprio corpo, Beatriz era gentil. Às vezes iam os três para a casa dos pais de Beatriz cumprir a tradição do almoço de domingo, e Alma gostava da alegria ruidosa da qual a outra se ressentia, porque a incomodava o fato de encontrar as cunhadas e porque achava que todos a censuravam por não ter conseguido manter o marido. Não tinha ultrapassado o receio de ter privado o filho da família perfeita e achava que o menino podia estar em desvantagem em relação aos primos que tinham os pais e as mães levando-os juntos à escola e aplaudindo-os nos torneios de futebol.

Alma percebeu, durante os quase três anos em que viveu com Beatriz e com Artur, que havia problemas que eram comuns à patroa e à sua própria mãe, apesar de a primeira ter tantas coisas que faltavam à segunda. Ambas sonhavam com homens que viriam resgatá-las de todo o sofrimento e oferecer-lhes as vidas perfeitas que idealizavam. Ambas se preocupavam muito com a possibilidade de desabamento dos corpos, com a perda de brilho do cabelo, com o excesso de peso. Ambas olhavam com frequência para as outras mulheres mais como concorrentes do que como cúmplices e ambas oscilavam entre o endeusamento e a demonização dos namorados.

Se essas eram questões de algum modo estranhas à moça e que não punham gravemente em causa a tranquilidade do seu dia a dia, havia outro assunto que, com a passagem do tempo, começava a tornar-se mais perturbador. À medida que Artur crescia iam se tornando mais visíveis as suas manifestações de afeto por Alma. Já não se tratava apenas do choro com que chamava a sua atenção quando ela se afastava. Num daqueles domingos de família reunida em torno de uma feijoada generosa, o menino tropeçou no carrinho de um primo e caiu contra a quina de um móvel, fez uma ferida no queixo de onde pingava sangue e, passados os primeiros segundos de surpresa, começou a gritar como se o estivessem esfolando vivo. A mãe precipitou-se para abraçá-lo, mas não era para ela que Artur esticava os bracinhos, não era o seu colo que exigia, e todos os olhares viraram-se para Alma, que, se pudesse, teria se encolhido até a invisibilidade, porque se deu conta de imediato da censura das cunhadas que tinham prescindido das babás e, pior do que isso, do ressentimento e da tristeza no semblante de Beatriz.

A partir desse momento, o ambiente foi começando a mudar, de início de forma quase imperceptível, mas com a mensagem se tornando mais óbvia sempre que Artur resistia a deixar a companhia de Alma para passar mais tempo com a mãe. Quando Beatriz teve uma conversa séria com a moça e lhe pediu para ir se afastando gradualmente do menino, para o bem de todos, Alma teve a confirmação daquilo que nunca deveria ter esquecido. Não fazia parte daquela família, apesar de em tantos momentos ter sido tratada como se *quase* fizesse. Artur estava crescendo e em breve passaria a maior parte do tempo na escola, a presença dela se tornaria menos necessária. E Beatriz explicou-lhe que a felicidade do rapazinho dependia da sua capacidade de ser autônomo. Artur precisava habituar-se a estar sem Alma; se não fosse assim, sofreria muito nas etapas seguintes. E todo mundo sabia que meninos que são infelizes na escola não conseguem ser bem-sucedidos nesse percurso dos estudos.

Jorge chegou à vida de Alma quando esta estava entrando no prédio carregada com as compras do supermercado e o homem entroncado que conversava com o porteiro se ofereceu para ajudar a transportar as sacolas até o elevador de serviço. Tinha um sotaque estranho, primeiro pensou que fosse argentino ou italiano.

— Sou português — explicou, enquanto lhe abria a porta —, e você é muito bonita. Está sempre por aqui?

Alma foi breve na resposta, tinha aprendido a evitar as atenções masculinas, sabia que podiam ser a fonte de grandes problemas. Mas nos dias seguintes encontrou muitas vezes o português no prédio ou nas imediações, sempre afável e lisonjeiro, por isso acabou por perguntar ao porteiro de quem se tratava e descobriu que ocupava temporariamente um apartamento térreo que estava vazio havia muito tempo, era amigo do dono, que lhe tinha emprestado.

Quando comentou com Beatriz que tinha conhecido um português e que ele a tinha convidado para um passeio e um sorvete no sábado, notou a rapidez e o alívio da resposta:

— Vá, Alma. Você precisa começar a ter amigos. Eu e o Artur também temos planos para o final de semana.

Jorge precisou de menos de um mês para que Alma achasse que tinha encontrado o amor da sua vida, não imaginando sequer que sete anos depois estaria ali, com Luba, juntas na casa cinzenta, tornadas irmãs por aquelas tatuagens que as marcavam como iguais. Que as marcavam como coisas.

11

CAPÍTULO ONZE

A URNA

Viriato teria gostado de aproximar-se de Carolina e de ampará-la enquanto aquela espécie de persiana desce à medida que, do outro lado do vidro grosso, o caixão desliza rumo à cremação. Estão numa sala revestida de madeira clara e despojada de quase toda decoração, com exceção de uma dúzia de cadeiras confortáveis, alguns símbolos religiosos e um móvel onde se expõem vários modelos de urnas pequenas, para os familiares dos falecidos escolherem o recipiente onde as cinzas serão depois guardadas. Há para todos os gostos, desde as caixas de madeira mais singelas até espécies de ânforas de inspiração grega, mas se veem também alguns cubos minimalistas em metal e até uma miniatura de túmulo naquilo que lhe parece ser mármore. A música de fundo é tão suave e calmante que ouvidos menos treinados poderiam duvidar da sua existência.

Tudo por ali desaconselha a estridência na exteriorização da dor, mas é um esforço dispensável para Carolina, porque se há pessoa que não precisa de estímulos para adotar um comportamento contido é ela, pensa Viriato. Carolina continua a ser a imagem da tranquilidade, de tal modo que chega por vezes a perguntar-se se a viu mesmo chorando naquele primeiro dia, quando a encontrou na saída do hospital. Tinha começado por ficar ofendido pelo fato de ela não ter dito de imediato que o avô tinha morrido e agora continua se indagando se Carolina teria sequer lhe informado caso não tivesse chegado mais cedo em casa e ouvido a conversa telefônica que ela tinha com alguém da agência funerária, alguém a quem estava encomendando o serviço fúnebre do avô.

Fez tudo o que era necessário fazer para consolá-la, adotou a expressão pesarosa que julgava adequada ao momento e ofereceu-se para ajudá-la a tratar das questões práticas, e estava tão concentrado no desempenho desse papel que não notou que Carolina começava a ficar irritada, por isso insistiu.

— Estou muito aliviada por meu avô ter morrido, Viriato. Não vou fingir o contrário, por isso mais vale deixar esse rosto de enterro. E não havia qualquer entoação metálica na voz rouca que permitisse supor a falsidade da afirmação.

Viriato tentou, mesmo assim, confortá-la, ainda que não estivesse sofrendo, mas precisamente por não estar sofrendo aquilo que era suposto que sofresse:

— É normal que você sinta algum alívio, Carolina. O seu avô estava passando um mau bocado, agora acabaram todas as dores. Neste momento, está finalmente em paz. — A frase ainda não estava concluída e já antecipava a sensação, recorrente quando falava com Carolina, de que só dizia banalidades totalmente desnecessárias.

Agora tinha acabado tudo, e Viriato reparou que a primeira informação concreta que tinha sobre Carolina era o nome completo do avô, que ela não tinha podido escamotear naquela ocasião. Tinha lhe dito que não queria que ele fosse à cremação, que aquele era um momento íntimo. Mas ele tinha ido mesmo assim, limitara-se a aparecer no horário que ficara registrado por ocasião da conversa telefônica que, por lapso dela, tinha ouvido. Além de Carolina, só havia duas outras pessoas na sala, um pouco afastadas, ambas vestidas de escuro e com expressões compungidas, uma mulher que devia ter quase oitenta anos e um homem que beirava os sessenta e que a amparava, solícito.

A namorada — Viriato tinha dúvidas, mas achava que o fato de dormirem juntos na casa dele havia tantas noites seguidas já lhe permitia pensar nela *assim* — mantinha uma distância segura dos outros dois e pareceu aborrecida quando o viu chegar, mas se previa que a cerimônia fosse rápida, não era o melhor momento para dar origem a qualquer espécie de atrito ou confusão.

Já no final, uns minutos depois de a persiana ter sido inteiramente corrida, um homem entrou na salinha e pediu ao familiar responsável pelo levantamento das cinzas para acompanhá-lo. A mulher mais velha, que chorava em silêncio, ergueu por momentos a cabeça e olhou para Carolina, com uma expressão que Viriato não compreendeu bem se era de súplica ou de interrogação, mas que a moça ignorou. Fosse como fosse, quando mexeu as pernas compridas, rápida, lhe bastaram dois passos para ficar ao lado do homem e sair com ele, sem nenhuma explicação, deixando apenas uma ordem a Viriato:

— Espere por mim no carro, por favor. Já vou lá me encontrar com você. — Viriato, que não tinha nem sequer dito que viria, também não tinha informado a ela do lugar no estacionamento onde estava o carro, mas sabia que Carolina não teria dificuldades de encontrá-lo.

Preparava-se para sair quando notou que os outros dois permaneciam na sala, como se esperassem algo que nem eles próprios sabiam o que era. Perguntou-se quem seria a senhora e cogitou por momentos a hipótese de se tratar da viúva, mas também podia ser uma irmã do falecido, e do mesmo modo o homem que a acompanhava podia ser o filho ou um sobrinho, o que em qualquer caso faria deles familiares próximos, muito próximos, de Carolina. *Não posso ir embora assim, sem dizer nada*, pensou de súbito.

— Os meus sentimentos, minha senhora — estendeu a mão direita para o cumprimento formal, enquanto acrescentava —, a Carolina estimava muito o avô, sou testemunha do que ela sofreu durante a internação.

— Muito obrigada, menino. Temos sofrido todos muito. — Há no final da frase um silêncio incômodo, parecem ficar muitas coisas por dizer, mas nesse momento Viriato já cumprimenta o homem, que não abre a boca mas o olha com intensidade, *talvez com pena*, pensará muito mais tarde, quando no futuro se recordar desse dia.

— Precisam de alguma coisa? Talvez de transporte para algum lado? — A questão é menos franca do que imposta pelas regras de cortesia, e todos o sabem.

— Não, temos um táxi de um vizinho à espera. Mas ficamos agradecidos pela oferta. Que tudo lhe corra bem. — O cumprimento é final e os votos de boa sorte são individuais, nota Viriato. *Que estranho*, pensa enquanto sai para o ar quente do verão, *por que não terão desejado que tudo nos corra bem?*

O estacionamento está quase vazio, por isso o único táxi parado, com o condutor dentro, chama a atenção. Enquanto abre a porta do seu automóvel e se prepara para telefonar para Carolina e perguntar se ela prefere que a apanhe mesmo à porta, ainda tem tempo para reparar no adesivo verde que se destaca sobre a tinta bege do outro carro. Um fundo com árvores e os contornos do que parece um palácio e por cima a palavra "Bussaco".

Carolina chega bastante depois com uma caixa prateada nas mãos, que segura com firmeza de modo a que não balance com a cadência dos seus passos elásticos, e Viriato interroga-se pela primeira vez sobre o destino que ela pretende dar às cinzas do avô. Ocorre-lhe também que esse dilema nunca lhe ocorrera, a opção entre o sepultamento e a cremação; era muito pequeno para pensar nisso quando o pai morreu, e a hipótese de perder Alice, apesar do acidente horrível, nunca se colocou verdadeiramente para ele. A avó tem demasiada energia e lucidez, e ele se recusa a considerar cenários para últimos atos, quer acreditar que estão ainda muito longe do final da peça.

— Foi o seu avô quem escolheu ser cremado, Carolina? — O silêncio continua a incomodá-lo quando está com ela, sente uma necessidade permanente de quebrá-lo.

— Claro. Teve muito tempo para pensar nisso. Mais do que devia. Mas mesmo que não tivesse sido a vontade dele, teria sido sempre a solução. Não concebo outra.

Viriato não pode sabê-lo, mas aquela foi mais uma guerra que Carolina ganhou. Uma guerra civil, contra os seus, como de costume. Era perita em técnicas de guerrilha e tão desapiedada que vencia quase sempre. Não lhe custava fazer verter o sangue dos outros nem sequer quando os outros eram os seus. A avó, agora viúva, teria gostado de poder visitar o marido na sua sepultura no cemitério do povoado, que arrumaria com flores por ocasião do Dia de Todos os Santos. Todas as vizinhas o faziam, todas tinham pais, maridos, filhos ou sobrinhos naquele bocado de terra cindido por retângulos desarmoniosos nos seus tamanhos e nos seus arranjos. Mas Carolina não o tinha permitido. O avô talvez fosse a única pessoa que tinha amado realmente, não suportava a ideia do seu corpo se putrefazer debaixo da terra. Nunca deixaria que isso acontecesse.

Não é que não tivesse dinheiro para uma sepultura no cemitério e para um caixão com os melhores acabamentos. Carolina o tinha, de vez em quando, até em muita abundância. Mas não queria os vestígios do avô assombrados pelos de outros mortos num lugar pisado por romarias de mulheres cansadas e meninos ranhosos. Nem queria as suas cinzas guardadas num gavetão esconso, como o padre tinha aconselhado à avó quando se deram conta de que o funeral não seria como tinham previsto. *A Igreja não quer as cinzas por aí espalhadas ao vento*, tinha o sacerdote explicado enfaticamente.

— Conheço uma pessoa que mandou pintar a óleo um grande retrato da mãe, e no interior da moldura foi enxertada uma caixinha inquebrável onde se guardaram as cinzas. Depois o quadro foi pendurado na parede principal da sala de jantar e a senhora continuou ali, a fazer-lhes companhia, como sempre. Comia a sopa com eles, ria-se dos disparates das crianças e franzia o sobrolho ao despreparo das novas criadas. Ainda pensei nisso, mas não tenho nenhuma parede... E também não tenho crianças nem criadas. — Carolina cala-se, aparentemente surpreendida por ter falado tanto. É capaz de ter sido o discurso mais longo que Viriato já ouviu dela.

Na manhã seguinte, quando acorda, Viriato percebe que Carolina já não lhe faz companhia na cama, apesar de ser tão cedo que o dia ainda mal nasceu. A caixinha prateada que tinha ficado discretamente pousada no móvel da sala também desapareceu.

Algumas horas depois, longe da cidade, a mulher chegará, acompanhada apenas pelo avô, ao lugar da mata onde ele lhe tinha contado pela primeira vez, quando criança, a história das árvores encantadas daquele bosque. Chega cansada pela longa caminhada e com a cara arranhada por um galho de que não se afastou a tempo, mas com a sensação de paz que só aquele silêncio verde lhe garante. Abre a caixinha prateada e dentro dela encontra uma outra, menor, acastanhada e orgânica, uma espécie de novelo em forma de cubo no qual as cinzas se misturam com terra e com sementes. O vendedor tinha chamado de urna biodegradável, mas Carolina não gostava da expressão. Preferia pensar naquele novelo como um fim que estava se a transformar em princípio. Como algo que não se afundaria para sempre na terra, antes brotaria dela para crescer banhado pelas gotas da chuva e iluminado pelos raios de sol, onde os passarinhos construiriam os seus ninhos e onde os caminhantes mais arrojados, aqueles que não receavam o longo percurso que os faria chegar ali, se acolheriam sob a sombra protetora para partilharem histórias e água fresca.

12

CAPÍTULO DOZE

O COMPUTADOR

Mariana e Alberto não tinham muita coisa em comum, pelo menos assim julgavam até aquele momento, mas, por ocasião do almoço oferecido pelo patrão de Viriato para comemorar a recuperação de Alice, perceberam que estavam unidos por um afeto e por um desafeto: o primeiro por Viriato, o segundo por Carolina.

Almoçaram os quatro os camarões grelhados e a garoupa ao sal prometidos por Alberto, com Alice deliciada por ser o centro das atenções e o motivo da celebração. Tinha de se esforçar para acompanhar as conversas, porque se sentia ensurdecer mais a cada mês que passava, e a esperança de que ultrapassaria o problema com a ajuda de um aparelho desvaneceu-se quando da consulta com o seu médico otorrinolaringologista:

— Nem pense nisso, Alice. Só vai lhe trazer mais problemas. Precisa é explicar às pessoas com quem conversa que têm de falar mais alto e mais devagar. Que têm de estar viradas para você. Que a televisão tem de estar desligada durante as refeições, porque os ruídos de fundo a impedem de ouvir o essencial. E mantenha-se longe dos médicos, porque tem uma saúde de ferro e não deve correr o risco de que a convençam do contrário. — O especialista tinha sido tão enfático que Alice saiu da consulta sem saber se devia ficar aliviada por não ter nenhum problema grave ou se devia sentir-se decepcionada por não haver uma solução milagrosa que a pusesse de imediato a ouvir melhor o mundo. Não concordava com aqueles que lhe diziam que a surdez podia ser um alívio, porque pelo menos ficava protegida contra os disparates alheios, cada vez mais frequentes. Alice não partilhava da ideia, comum entre algumas pessoas com mais idade, de que o universo piorava todos os dias, não acreditava no "antes é que era bom", lia sem nunca falhar o jornal logo pela manhã e era espectadora insaciável dos noticiários em vários canais de televisão. Tinha uma sede de atualidade que nunca se esgotava, a sua curiosidade mantinha-se intacta e ficava ofendida quando alguma informação relevante era ocultada dela. Nesses momentos, achava que estava sendo desrespeitada e deixava claro que não estava disposta a ser tratada como se já não estivesse neste mundo.

Viriato foi o primeiro a sair porque era esperado na empresa por um cliente importante que estava com um problema no sistema, por isso Alberto se ofereceu para levar as duas mulheres em casa depois de uma sobremesa degustada com tranquilidade. A correria estava bem para os jovens, mas a Alberto dificultava a digestão, por isso Viriato que fosse à frente, ele talvez ainda aparecesse durante a tarde.

Alberto acompanhou as senhoras até a entrada de casa, como era de se esperar, e Mariana achou que devia lhe oferecer um segundo café, desta vez acompanhado por brigadeiros de amendoim minúsculos e deliciosos que ela própria fazia. Alice despediu-se estrategicamente, depois de agradecer muito o simpático almoço; deviam repetir a experiência, na próxima vez a iniciativa seria dela.

— Mariana, você também acha que o Viriato tem andado estranho? — Na opinião de Alberto, já era tempo de entrarem no assunto que preocupava a ambos.

— Acho. E "estranho" é capaz de ser a expressão mais exata, porque aquilo que sinto é que parece diferente dele próprio, um estranho face ao que sempre foi. — Mariana nota na expressão do interlocutor uma incompreensão que a faz pensar que precisa concretizar aquela observação porventura muito abstrata. — O meu filho nunca foi dado a mistérios, sempre falou facilmente sobre as coisas que lhe aconteciam. E também não é do gênero aventureiro, com exceção de algumas viagens mais arrojadas nas férias. Por isso, aquela mulher lá em sua casa simplesmente não faz sentido.

O homem mais velho anui com um gesto de cabeça:

— O Viriato não gosta de perder o controle sobre sua vida, funciona normalmente em baixa intensidade. Talvez tenha sido por isso que o namoro com a minha filha não prosperou. — O ressentimento diminuiu, mas ainda não desapareceu completamente, e Mariana sabe que não pode lhe responder que talvez não tenha sido por causa da passividade do filho que o relacionamento soçobrou, mas apenas porque era inevitável, mais cedo ou mais tarde, ele abrir os olhos para o fato de que a linda moça com quem namorava tinha, afinal, uma personalidade feiíssima.

— Compreendo o que diz, Alberto. O Viriato não é só emoção, há nele muita atuação estritamente racional. Por isso não aprecia os conflitos e não corre riscos desnecessários nas relações. Costuma fazer escolhas esclarecidas. — *Com um erro ou outro de seleção*, pensa, quando volta a se recordar do episódio com Ana, mas felizmente se cala a tempo enquanto se congratula, no seu íntimo, pelo fato de o rapaz ter descoberto depressa a toxicidade da moça.

— Mas você não tem nenhuma informação sobre a tal Carolina? Eu já me fartei de lhe fazer perguntas, e nada. — Alberto está à procura de uma ponta da meada, sabe que é por lá que tem de começar a deslindar a trama.

— Sei muito pouco. Acho que se conheceram no hospital, quando o Viriato ia visitar a minha mãe. Penso que me disse que a Carolina tinha lá um avô, que estava muito mal. Há poucos dias perguntei pelo estado do senhor e me respondeu que tinha morrido, por isso quis saber se havia alguma missa a que ainda pudesse ir, já que não tinham me avisado do funeral. Respondeu que tinha sido uma cremação, numa cerimônia tão íntima que só estavam duas pessoas além dele e da Carolina. — Mariana percebe, à medida que vai avançando nos detalhes, um lampejo na expressão de Alberto; o homem a lembra um caçador de recompensas do Velho Oeste que encontrou finalmente a pista que o levará ao foragido.

— Isso é bom! Se já se sabe quem é a família da moça, agora é só começar a investigar... — Alberto anima-se com a possibilidade de alguma ação.

— Acho que o Viriato não conheceu propriamente a família. Não me falou em nomes nem em relações claras de parentesco. Mas me disse que ficou com a ideia de que são da zona do Bussaco.

No sábado seguinte, sem terem dado explicações a ninguém, Alberto e Mariana saíram cedo. Viriato fora apenas informado pela mãe de que cuidasse da avó durante os dois dias da sua ausência, mas Alice estava cada vez mais autônoma e por isso exigia poucos cuidados. Para Alberto era mais fácil, porque só tinha de ligar o alarme de casa, dar duas voltas na chave e sair, não havia quem o esperasse, e isso podia revelar-se, de quando em quando, uma vantagem.

Quando deixaram a rodovia, o sol já estava quase no fim do seu caminho ascendente e o calor começava a apertar. Mariana sugeriu que tirassem a capota do carro para sentirem a brisa e o cheiro das árvores, mas antes prendeu o cabelo com um lenço, e Alberto sentiu-se por momentos transportado para um filme antigo, inebriado por uma sensação de juventude e de esperança de que já nem sequer se recordava.

Tinham reservado dois quartos no hotel que era um palacete do final do século dezenove porque não lhes tinha ocorrido que talvez pudessem partilhar apenas um. Mariana gostava do hotel sobretudo porque via nele a contradição entre aquilo que devia ter sido e aquilo que tinha vindo a ser. Fora idealizado como uma ode à glória do Portugal dos Descobrimentos, mas lhe parecia mais um monumento dedicado aos duendes, às fadas ou aos unicórnios, um espaço de sonho e irrealidade numa dimensão diferente daquela em que os países buscam a riqueza e o desenvolvimento. Pensado para ser o pavilhão de caça do rei, tinha acabado por se parecer muito mais com um palácio romântico, encantado e vagamente decadente do que com o monumento de homenagem à epopeia dos descobrimentos idealizado pelos seus autores.

O planejado consistia em passar pelo hotel para deixarem as malas, comerem qualquer coisa leve e depois rumarem à povoação para tratarem dos assuntos que afinal os tinham trazido ali. Mas é difícil não se esquecerem de tudo isso enquanto adentram a mata e o carro vai subindo pela estrada estreita, rodeada de árvores tão altas, frondosas e densas que os raios do sol só chegam filtrados de verde. Alberto e Mariana ficam em silêncio enquanto mergulham na serenidade daquele lugar bucólico e mágico. Os cedros elegantes ondulam altivos, os troncos sólidos dos carvalhos têm cavidades onde se ocultam morcegos durante o dia, as copas dos adernos acolhem vertiginosos bandos de chapins, o canto das toutinegras e dos piscos ressoa distante e próximo, os esquilos e as doninhas ocultam-se esquivos, as lagartixas espreguiçam-se sob o calor solar. A temperatura ameniza-se por ali e os nevoeiros matinais acontecem mesmo nos meses mais quentes, a umidade é boa para os fetos e para as trepadeiras que se espraiam por todo lado, e nos cursos de água deliciam-se a salamandra-lusitânica e o tritão-de-ventre-laranja.

A chegada ao palácio tem sempre impacto mesmo para aqueles que ali já foram outras vezes, como sucede quer com Alberto, quer com Mariana. O edifício aparece de repente porque está tão protegido pela alta vegetação que só se desvenda quando se aproximam e conseguem ver o torreão, onde é fácil imaginar princesas aprisionadas, a escadaria imponente adequada a bailes aonde chegam homens e mulheres que saem de carruagens puxadas por cavalos de pelo brilhante, a linda pedra de Ançã delicadamente esculpida, os painéis de azulejo e os afrescos de artistas famosos, os tapetes imponentes e as peças de mobiliário preciosas.

O lugar só não parece congelado no tempo passado porque se notam, precisamente, alguns sinais da passagem do tempo, mas ainda assim Mariana sente-se grata quando abre a porta do seu quarto e vislumbra a cama de dossel, o grande espelho dourado que se destaca sobre o papel de parede num lindo tom de rosa velho, o banheiro revestido de mármore com uma banheira antiga onde espera afundar-se mais tarde num banho de imersão regado a óleos florais.

Alberto e Mariana fazem uma refeição simples na área exterior do hotel, abrigados por um guarda-sol, e definem os últimos pormenores da estratégia. Tudo virá a revelar-se, porém, bem mais fácil do que imaginam. E muito mais surpreendente do que poderiam supor.

Pouco depois percorrem a pé a rua principal do Luso, a encantadora vila próxima, que naquela época do ano recebe muitos turistas interessados nas águas termais e nos seus benefícios para o tratamento de problemas renais e dermatológicos. Aquele é um horário em que muitos aproveitam para dormir uma sesta ou simplesmente para repousar, depois dos tratamentos matinais e antes do frescor do fim de tarde, que só acontecerá mais tarde, por isso o café principal da vila está quase vazio. Além da mesa deles, apenas outra está ocupada por um cliente tão embrenhado na leitura do jornal que os ignora por completo.

O garçom aproxima-se, atencioso, e pergunta se desejam alguma coisa. Mariana quer saber se há algum suco natural e acaba por escolher um de melancia; a fruta já está suculenta e de um tom de encarnado que associa sempre aos dias felizes de verão. Quando o rapaz regressa, Alberto lança finalmente o anzol na água, depois do elogio habitual à beleza do lugar e à sorte com as condições meteorológicas que é usado como introito de todas as conversas em quase todos os lugares do mundo:

— Será que por acaso sabe onde fica a casa de um senhor de idade que morreu há uns dias no hospital? Tinha um problema cardíaco, uma válvula avariada que já não podia ser substituída... — Deixa propositadamente incompleto o final da frase enquanto observa o outro para detectar nele qualquer expressão de reconhecimento.

— O senhor Augusto? Sei muito bem, claro. Todo mundo o conhecia por aqui. Mas o que querem? O que é que querem da família dele? — A reação à pergunta, que começara por ser totalmente inocente, denota agora algum constrangimento.

Mariana resolve intervir, sabe que tem um jeito mais doce de pôr as questões, e ainda por cima está habituada a que a achem ingênua. Pode ser que naquele momento lhe venha a ser de alguma valia essa aparência de uma característica que na verdade não julga ter:

— O meu pai esteve no hospital ao mesmo tempo que o senhor Augusto, partilharam o quarto durante uns tempos e agora percebemos que vieram misturados com as coisas dele alguns pertences do senhor Augusto. Queríamos devolvê-los à família, mas não ficamos com ó contato da neta, aquela moça alta...

— Sim, a Marisa. — Nota-se que não é assunto que apeteça ao empregado do café desenvolver.

Mariana mal consegue ocultar a decepção, não é de uma Marisa que andam à procura, o que querem é desvendar os segredos de uma Carolina. Mas Alberto tem de repente uma ideia, ocorreu-lhe um pensamento, ainda que improvável, que talvez seja conveniente explorar:

— Uma moça alta e bonita, de olhos muito pretos e cabelo pintado de azul?

O rapaz encolhe os ombros e baixa ligeiramente o tom de voz:

— Está sempre mudando a cor do cabelo. Acho que da última vez que a vi o tinha esverdeado. Mas também já o vi roxo ou prateado.

— Então devemos estar falando da mesma pessoa. Mas achei que se chamava Carolina. Está claro que me enganei. — Alberto continua a escolher bem as deixas que lhe permitirão obter mais algumas informações do seu interlocutor.

— Não, ela é quem deve tê-lo enganado. É um talento que nasceu com a Marisa. Faz isso desde pequenina, engana todo mundo. Como não gosta do nome que os pais lhe deram, acha que é nome de serrana ou de camponesa, como ela dizia, vai escolhendo outros. Carolina era o nome pelo qual o avô a tratava. O senhor Augusto, coitado, fazia tudo o que ela lhe pedia.

O cliente que ocupava a outra mesa tinha, entretanto, dobrado o jornal e, sem que Mariana ou Alberto notassem, ouvia-os com atenção. O homem estava a caminho do balcão para ir pegar um cinzeiro quando parou perto dos recém-chegados. A moça era um dos seus assuntos preferidos, e não podia deixar escapar a oportunidade de contar algumas histórias, ainda mais numa tarde entediante de sábado em que nem sequer havia um bom jogo de futebol para ver na televisão.

— Não quero me meter na conversa, mas a Marisa é uma espécie de celebridade local. Todo mundo pode contar-lhes coisas sobre ela. E já chegaram aqui outras pessoas com artimanhas parecidas com as suas, para arranjar pretextos a fim de conhecer a família quando o que queriam mesmo era obter informações sobre ela. Isso não nos espanta, sabemos que anda por aí metendo-se em confusões e desgraçando outros idiotas. Como desgraçou o filho dos meus primos.

O discurso do homem era imparável, jorrava e corria como a torrente de um rio violento. Não havia necessidade de fazer-lhe perguntas porque todo o esforço tinha de ser concentrado na compreensão do que ia dizendo, tal o modo veloz como saíam suas palavras. E a história não era simples.

— Quando o meu primo se casou com a Marisa — a sua Carolina —, eram duas crianças. Estavam acabando o colégio, a família do rapaz vivia com conforto, eram donos de uma pousada muito procurada pelos turistas e também tinham um restaurante sempre cheio, faziam uma comida caseira e saudável que era de chorar por querer mais. A família dela não estava no mesmo patamar, todos sabiam que o Augusto não era mau homem, mas que tinha os seus vícios e o dinheiro nunca lhe bastava; a mulher era uma sombra muda, os dois filhos tinham emigrado e só tinha ficado aqui a menina, a neta mais do que querida. Quando começou a crescer, os rapazes ficavam loucos com ela. Era bonita, mas não podia ser só isso. Não parecia daqui, não tinha saído a ninguém, nem ao pai nem à mãe, era mais alta do que todos os outros e depois tinha aqueles olhos achinesados que nem pestanejavam, olhavam como se vissem através de nós. Mas talvez fosse outra coisa, aquilo que punha os rapazes e depois os homens todos atrás dela. Parecia que não tinha vergonha nem medo de nada, que não queria saber de ninguém.

Alberto acha que o outro está se afastando do essencial, há demasiados juízos de valor para poucos fatos, e procura reorientar a conversa:

— Mas dizia que a Carolina, ou a Marisa, se casou com um primo seu? E que não durou? — Percebe que o homem fica vagamente incomodado com a interrupção, mas depressa retoma o discurso:

— Casaram e foi um festão, com a nossa família pagando tudo. A boda podia ter sido no restaurante dos meus primos, mas o Augusto quis que fosse no hotel. Acho que aí nem foi ela que não arredou pé, andou por lá como se não quisesse saber daquilo para nada, o rapaz sempre pendurado nela e a Marisa com aquele ar distraído, ou então estava atenta a outras coisas que a nós passavam despercebidas. Entretanto, os meus primos deram-lhes um carro, ela foi a primeira a tirar carta e começou a desaparecer durante dias inteiros. O rapaz fazia cenas de ciúmes, mas ela o passava para trás, tinha um curso de qualquer coisa em algum lado, uma conferência na cidade, uma ação de formação não se sabia de quê, passava cada vez menos tempo aqui no Luso.

Também Mariana começa a impacientar-se um pouco:

— Coisas de quem casa muito jovem. Mas não vejo como é que daí resulta que a Marisa tenha se transformado numa celebridade local, para usar as suas palavras.

O homem percebe que tem de atalhar caminho, mas também já estava se aproximando do ponto aonde queria chegar:

— Poucos meses depois de casar-se, disse ao marido que precisava estudar mais e que perdia muito tempo na estrada; convinha-lhe ficar na cidade de segunda a sexta, só podia vir aqui passar os fins de semana. A ele custou-lhe muito, tinha uma espécie de fixação nela, um exagero. Mas o seu trabalho era aqui, os negócios da família corriam cada vez melhor, e acabou por concordar. Estava sempre ansioso, coitado, só começava a ficar mais animado na quinta-feira, mas no domingo já andava por aí arrastando-se pelos cantos. Entretanto, no meio disso tudo, desapareceram as joias de família da prima Sãozinha; foi uma grande confusão, e acabaram por despedir a empregada doméstica de toda a vida, a Joaquina, pobre mulher.

Alberto começa a perder o fio da meada:

— A prima Sãozinha quem é?

O outro olha-o de cenho franzido antes de responder:

— Mas quem havia de ser? A minha prima, claro. A sogra da Marisa, ou da Carolina, se preferir. A prima Sãozinha herdou as joias de uma tia-avó que tinha sido casada com um daqueles tipos com brasão na porta de casa, um fidalgote qualquer. Eram peças antigas e valiosas que ela estimava muito. E um dia desapareceram todas. Mas a melhor parte da história não é o desaparecimento das joias. O melhor mesmo é o seu reaparecimento.

Agora é o homem que faz uma pausa de efeito dramático, e Mariana corresponde, obediente, às suas expectativas:

— Foi a Carolina quem levou as joias da sogra, é isso que está querendo dizer?

— Se fosse só isso... — Já sentado na mesa de Alberto e Mariana, o cliente pede mais uma cerveja fresquinha ao empregado do café. Está calor e a conversa vai longa, precisa molhar os lábios antes de continuar. — Descobriu-se tudo quando um belo dia chegou aqui ao café uma senhora toda arrumada, não devia ter mais de trinta anos, vinha com os pais, um casal daqueles que a gente percebe logo que são pessoas de bem. E também andavam atrás de informações sobre a família da Marisa. Acabaram por falar com o marido, e o rapaz ficou tão desesperado que mandou chamar os pais, os meus primos. Quando aquilo acabou, o rapaz nunca mais foi o mesmo. Os senhores traziam as joias e devolveram-nas à prima Sãozinha.

— Mas como é que as tais joias de família chegaram às mãos desses desconhecidos? E como é que eles as associaram à sogra da Carolina? — Alberto começa a gostar mais do enredo, é um espectador assíduo de séries policiais na televisão e tende a acreditar nas suas próprias competências de detetive.

— Pois aí é que está o xis da questão! Se a Marisa tivesse levado as joias para ela, acho que o meu primo ainda a tinha perdoado. Mas ela se enrolou com outro homem, um economista rico que era casado com essa senhora que veio devolver tudo. Ele arranjou-lhe uma casa na cidade e ficava lá com ela sempre que podia, inventava umas desculpas para dar à mulher. Ainda por cima tinham uma criança pequena. A infeliz andava tão ocupada com outras coisas que demorou a perceber o que se passava.

Mariana não compreende, nada daquilo parece fazer sentido:

— Está dizendo que a Marisa-Carolina roubou as joias de família da sogra para oferecê-las à mulher do amante? Isso me parece um grande absurdo, se quer saber.

O homem sorri:

— Agora vai finalmente compreender por que é que ela é uma celebridade local. A Marisa convenceu o amante a comprar as joias da sogra para manter tranquila a mulher enganada. Para lucrar um dinheirão! Convenceu o amante de que não podiam deixar a mulher dele descobrir que tinham um caso. Disse-lhe que precisavam esperar que o bebê deles crescesse, que ele não podia abandonar assim a família, que se sentia culpada e que só continuava dormindo com ele de vez em quando se a mulher não suspeitasse de nada. Explicou-lhe que ele precisava compensar a mulher de alguma maneira. Enrolou-o de tal modo que o fez comprar as joias da prima Sãozinha para oferecê-las à mulher. Tem de concordar que é uma jogada de mestre!

— Se fosse, não tinha sido descoberta. O crime perfeito é aquele que nunca é descoberto. — Alberto quer saber o que é que correu mal, ainda não entendeu como chegaram as três pessoas da cidade ali ao Luso, com as joias cuidadosamente arrumadas num saco de veludo.

— Essa é a parte mais fácil de compreender, homem. — O outro dá-se certos ares de arrogância, porta-se como o dono da única chave que abre todas as portas: — A mulher do tal economista acabou por descobrir que estava sendo enganada. Foi um grande drama, porque encontrou o apartamento que o marido estava pagando para Marisa, disse que ele nunca mais punha a vista em cima do filho, contou tudo às famílias de ambos, à dela e à dele, encostaram-no à parede. E o homem acabou por perceber que ou contava mesmo tudo, sem falhar nenhum pormenor, ou teria muitos problemas. Ou se arrependia sinceramente ou lá se iam o emprego na fábrica do pai e as férias na casa do Algarve dos sogros. Não tinha nada em seu nome. Por isso acabou por explicar tudo bem explicadinho e assim ficaram sabendo que as joias que ele tinha oferecido à mulher lhe tinham chegado por meio da Marisa, e as tinha comprado por uma quantia bem gorda. E quando trouxeram as joias, no tal dia em que vieram denunciar aquela vigarista destruidora de lares, não sabiam que eram herança da prima Sãozinha, mas já suspeitavam de alguma trapaça do gênero. Por isso as traziam e acabaram por devolvê-las à legítima proprietária.

Mariana não consegue ocultar que está impressionada com os acontecimentos descritos e quer saber mais:

— Então isso depois ficou assim? As joias foram devolvidas à prima Sãozinha e pronto? Não aconteceu mais nada?

— Não sabemos o que se passou depois com a mulher que veio aqui com os pais, nunca mais os vimos, ela disse que não perdoava o marido, mas nunca se sabe, não é? Se quer a minha opinião, acho que não se divorciaram. Ela parecia arrasada, mas tinham uma criança pequena. Todo mundo sabe como essas coisas são, também não é preciso fazer disso um bicho de sete cabeças. Mas a Marisa é que ficou a ver navios, sem o economista e sem o filho dos meus primos. O rapaz ainda a tinha recebido de volta, ela fazia dele gato e sapato, mas aí os pais dele, os meus primos, foram taxativos, disseram-lhe que se aquela bandida voltasse ele é que sairia daqui para sempre, com uma mão na frente e outra atrás, que assim ia descobrir num instante se a mulher o queria para alguma coisa. Ele não conseguia decidir-se, andava por aí desesperado, dava dó vê-lo. O certo é que foi ela quem acabou por resolver tudo, foi embora e deixou-lhe um bilhete dizendo que já não gostava dele e que ia começar a tratar do divórcio. O rapaz penou muito tempo, mas acabou por começar a namorar uma garota daqui, é uma moça simples e trabalhadora, pode ser que agora tenha mais sorte.

— E a Carolina, desculpe, a Marisa, nunca mais voltou? — Alberto não percebe que ao fazer a pergunta olha à volta, como se receasse que a mulher de cabelos azuis se materializasse ali de repente, na terra que afinal era a dela.

— Durante muito tempo, não. Mas depois acabou por reaparecer, sempre misteriosa e fugidia. Vinha visitar o avô, às vezes o levava com ela por alguns dias, mas deixou de se dar com todos. Viveu aqui tantos anos e não pode dizer que tem por aqui uma única amiga.

Mariana e Alberto acabam por regressar ao hotel mais cedo do que tinham previsto. A investigação tinha se revelado surpreendentemente fácil. O problema é que agora nenhum deles sabia o que fazer com tanta informação. Alberto acha que deve ter uma conversa com Viriato e pronto, conta-lhe o que descobriram, ele deixa a malfeitora, fica tudo resolvido. Mariana tem menos certezas, diz que o filho vai ficar furioso quando souber que foram os dois à procura de armas para usar contra a namorada como quem vai ao bosque colher cogumelos ou ao campo apanhar flores. E também admite, conhecendo-o, que vai dizer que nenhuma verdade se escreve no singular e que só escutaram uma versão, ninguém deu a Carolina a possibilidade de defender-se daquelas acusações maldosas, seria preciso ouvi-la. Mariana, que afinal foi quem o educou, acredita que o filho pode pensar que o melhor é esquecer aquilo tudo, porque todas as pessoas agem condicionadas pelas suas circunstâncias e a passagem do tempo faz com que tudo mude, as pessoas e as suas circunstâncias. Que sentido faria, por isso, estar julgando agora Carolina por algo que aconteceu tanto tempo antes?

Essas expectativas de Mariana se confirmam quando os dois conseguem, já no meio da semana seguinte, encurralar finalmente Viriato, que se surpreende ao encontrar o patrão na casa da mãe por ocasião de uma singela visita à avó. Tinha sido Alice a desempatar a opinião divergente dos outros dois sobre aquilo que se devia fazer com os fatos descobertos sobre Carolina. Admitia que Mariana tivesse razão quanto à reação de Viriato. Mas achava que não havia alternativa. Tinham de contar-lhe, porque estar esclarecido era a única forma de protegê-lo. Não podiam correr o risco de não dizer a ele. Ele faria, depois e já na posse de todos os dados, aquilo que entendesse.

Viriato começa por não querer acreditar que a mãe e Alberto tenham se dado ao trabalho de passar juntos um fim de semana com o propósito comum de criar problemas para Carolina. Com o único fito de dar cabo da relação dele com a mulher que agora deve estar à espera de que ele chegue em casa. Ficaria ainda mais chocado se soubesse o que aconteceu depois, durante aquela noite no palácio encantado, mas vai ser poupado dessa descoberta, pelo menos por enquanto, e está tão indignado que não repara no constrangimento sutil que paira entre os dois investigadores improvisados.

Não quer ouvir a história até o fim, vai se referindo a "invasão de privacidade", a "fofoca", a "vizinhos atrasados e maledicentes", aos "preconceitos próprios dos lugares pequenos", diz que nunca imaginaria a mãe naquele papel, logo ela, que sempre se portou como uma "defensora dos direitos das mulheres", não compreendia o que estava acontecendo com ela. Só permaneceu na sala porque Alice, com tranquilidade, pôs a mão em seu braço e o segurou levemente, com aquela mão onde ainda se notavam as marcas dos pontos no polegar, uma cicatriz feia pouco abaixo da cabeça do dedo, a rodeá-lo como uma má memória.

Quando Viriato saiu, batendo a porta da rua com um pouco mais de vigor do que o necessário, instalou-se o silêncio entre os outros três. Foi Alice que o interrompeu, com uma afirmação que viria a revelar-se bastante sábia:

— Não importa o que parece na superfície. O que conta é o que chega ao fundo e lá se deposita. Vamos ver o que está no fundo do meu neto quando a poeira assentar.

Durante alguns dias, Viriato quase conseguiu desconsiderar aquilo que a mãe e Alberto lhe tinham contado. Tinha resolvido ignorar, fazer de conta que aquela conversa nunca tinha existido, nem sequer permaneceria zangado com eles por muito mais tempo, *há momentos que mais vale que se apaguem*, pensava. Mas sentia-se cansado logo ao acordar, e a sensação de falta de energia persistia ao longo do dia. Nada lhe agradava muito, irritava-se mais facilmente no trânsito e no trabalho. E, sobretudo, mesmo sem perceber isso, começou a prestar mais atenção em Carolina, aos longos períodos que ela passava olhando para o computador, sempre com ele numa posição que impedia que se visse o que estava fazendo, às suas saídas repentinas, à contraposição entre os dias em que parecia não ter dinheiro nenhum e aqueles em que o convidava para jantar no restaurante da moda e escolhia o vinho mais caro da lista. Reparou que o livro que Carolina dizia estar escrevendo não avançava, quando lhe perguntava qual era o assunto evadia-se à resposta, não encontrava nenhum título da autoria dela nem nas livrarias nem na internet, parecia não ter registro de nenhuma atividade profissional no passado nem, o que era mais estranho, quaisquer projetos para o futuro.

Carolina era uma página em branco, mas a certa altura Viriato passou a cogitar se não haveria nela coisas escritas em tinta invisível que só se revela em contato com o calor. Andava pensando nisso sem saber bem o que fazer até que lhe surgiu uma oportunidade com a qual não contara. Tinham acabado de jantar e estava uma noite morna, o ar suave entrava pelas janelas escancaradas e preparavam-se para sair para uma caminhada e talvez uma cerveja fresca no bar da praça. Mas o telefone de Carolina apitou, ela pegou-o durante cinco segundos e disse que teriam de adiar aqueles planos para o dia seguinte, tinha surgido um imprevisto, precisava sair, já estava aliás com a mochila no ombro.

— Mas é alguma coisa grave? Precisa da minha ajuda? — Viriato, que nunca fazia perguntas, surpreendeu a namorada ao interrogá-la assim pela primeira vez. Ela olhou para ele, um vislumbre de espanto na boca redonda ligeiramente entreaberta e no franzido dos olhos oblíquos, e a surpresa distraiu-a, por isso saiu de casa ainda mais apressada do que de costume enquanto articulava um rápido "não, obrigada", esquecendo-se de levar com ela, ao contrário do que sempre fazia, o computador que era o seu companheiro inseparável. Lembrou-se dele quando já estava na rua, a falta do peso habitual da mochila causava-lhe certa estranheza, sentia-se mais despida do que quando estava nua, mas pensava voltar depressa para casa e, de qualquer modo, tinha o computador protegido com uma senha segura, por isso contrariou a sua própria inclinação para voltar atrás e lá seguiu seu caminho.

Viriato olhou para a porta, foi à janela e viu Carolina afastando-se com aqueles passos largos e seguros que a ele pareciam imensamente sensuais, e teve uma hesitação tão curta que quase não existiu antes de aproximar-se do computador dela e abri-lo em cima da mesa da sala. Era engenheiro da computação, não foi tão difícil acessar aquilo que ela queria que se mantivesse secreto. Antes de chegar lá viu outras coisas, porém. Uma pasta com fotografias onde aparecia uma menina bonita e esguia ainda de cabelos escuros e lisos sentada no colo de um homem mais velho que devia ser o avô; o mesmo homem muitos anos depois numa cama de hospital, mirrado e entubado, com um olhar de desespero e súplica; Carolina de vestido comprido branco perto de um rapaz que a mirava com admiração, sem se dar conta de que ela parecia não estar ali. Noutro local encontrou textos incompletos que supôs que tivessem sido escritos por ela, esboços de pensamentos, frases inacabadas que pareciam ter sido sopradas para o papel, ideias incoerentes e soltas, mas sempre tristes, às vezes revoltadas, com frequência confusas.

O mais surpreendente, aquilo que começou por ter mais dificuldade em interpretar, encontrava-se, contudo, noutra pasta, identificada com o título evasivo de "trabalhos". Viriato, que estava provavelmente à espera de encontrar textos escritos pela namorada, desta vez mais acabados, encontrou antes o que pareciam ser imagens de mensagens recebidas por Carolina, mensagens oriundas de homens diferentes, cujas fotografias por vezes apareciam quando eram enviadas por meio de redes sociais em que os clientes eram assim identificados em perfis pessoais. Eram declarações de amor, desabafos sobre as misérias da vida conjugal, queixas das respectivas mulheres, promessas de prazeres carnais na cama de motéis, convites para fins de semana clandestinos em locais idílicos e por vezes até fotografias de partes íntimas da anatomia de cada um. Eram homens muito diferentes: uns mal sabiam escrever, outros manejavam bem as palavras e as regras que lhes dão ordem; alguns eram românticos, outros agressivamente sexuais; havia os que imploravam e os que ordenavam; uns estavam longe da meia-idade, outros já a tinham ultrapassado fazia muito. Mas havia um denominador comum: eram todos homens casados que tinham segredos.

Viriato só começou a compreender a relevância desse elemento constante, desse padrão, quando encontrou na mesma pasta outro documento no qual a uma lista de nomes masculinos alinhada à esquerda se fazia corresponder uma estimativa em dinheiro que se perfilava à direita. Nessa altura percebeu que esses homens partilhavam afinal duas circunstâncias: os votos conjugais que estavam cheios de vontade de quebrar desde que não fossem descobertos; e a situação econômica desafogada que lhes permitia abrir a carteira para se divertirem na clandestinidade.

Nunca tinha gostado de fazer *puzzles*, irritava-o aquela coisa de ir juntando peças minúsculas para no final obter como recompensa a imagem de uma paisagem ou de um monumento qualquer. Reservava a sua descoberta, ao vivo, com cheiros, ruídos e cores, para as viagens que eram o seu sonho e a sua alegria. Mas dessa vez sentiu a adrenalina da descoberta do desenho global, da compreensão de tudo. Carolina *angariava* nas redes sociais homens ricos e casados — evitou deliberadamente a palavra "engatava" —, trocava com eles mensagens que os comprometiam, fotografava-as e depois as usava para chantageá-los. Ou lhe davam o que queria ou a informação chegaria às esposas recatadas e aos filhos bem-aventurados. E isso não seria bom para os seus casamentos afinal tão felizes, explicava-lhes. Sim, no fundo eram matrimônios felizes, como comprovava o empenho, tão intenso, em protegê-los e em fazer que perdurassem.

Carolina tinha o talento de uma campeã de pesca, Viriato foi percebendo à medida que lia as mensagens fotografadas. Deixava cair a isca como que por acaso, os peixes grandes acreditavam que tinham sido eles a encontrá-la, aquela pérola escondida no fundo do mar, em vez de terem sido eles próprios, palermas, a engolir um anzol cuidadosamente camuflado. Depois esperava que eles se mexessem, que mergulhassem e pinoteassem, com ela tranquilamente à espera de que a ponta do anzol se enfiasse neles cada vez mais fundo na garganta. E só quando os sentia bem presos começava a puxar a linha, devagarinho, a resistência deles lhe aumentava o prazer de predadora, o retardamento propositado do golpe final que antecedia a explosão da vitória.

O rastro da invasão do computador de Carolina é eliminado por Viriato, que o fecha e o arruma cuidadosamente no lugar onde ela o tinha deixado. Há ainda algumas questões sem resposta, sobretudo porque não compreende onde se encaixa *ele próprio* naquele *puzzle*. Mas o que sabe é suficiente para telefonar para Alberto e combinar com ele uma saída na noite seguinte. Ainda não tem ideia do que vai fazer com a hóspede encantadora, mas não lhe é totalmente desagradável tê-la na cama. Amanhã verá. Ou depois de amanhã. Afinal, não há assim tanta pressa.

13

CAPÍTULO TREZE

A CHAVE

Viriato dessa vez chega mais tarde na casa cinzenta e vem, contrariamente ao planejado, sozinho, porque Alberto, com quem tinha combinado regressar ali, alegou uma indisposição de última hora para não acompanhá-lo. O patrão ainda tentou dissuadi-lo de ir sem ele, sugeriu-lhe que adiassem o programa, mas percebeu depressa que Viriato estava inamovível e, como conhecia as suas teimosias, raras mas definitivas, acabou por dizer que telefonaria ao porteiro para facilitar-lhe a entrada. E enviou-lhe as coordenadas de GPS do local, pelo sim pelo não, apesar de no fundo achar que o ideal era mesmo que se perdesse e regressasse para casa. Carolina, que permanecia por lá, não era seguramente uma santa, mas ainda assim devia ser mais seguro um serão passado com ela no sofá do que uma incursão a sós no covil de Renato.

A casa permanece discreta, sem nenhuma placa anunciando que não se trata apenas de mais uma residência particular de um proprietário com a mania de grandeza, mas o estacionamento, a que chega depois de lhe abrirem o portão e de percorrer o caminho estreito, está cheio de carros e, no mesmo local, lá estão estacionadas as duas caminhonetes com vidros escurecidos de modo a ocultar o interior. Apesar de o sistema de sonorização ser tão perfeito que não chega ao exterior nenhum ruído que se possa identificar com precisão, Viriato nota que nessa noite emana do lugar uma espécie de vibração particular, uma energia estranha, desorganizada, que rodopia por ali e exalta os ânimos, estimula os sentidos, acelera o ritmo do coração.

Na entrada, e diversamente do que acontecera na vinda anterior, a sua primeira visita, é revistado por um dos três homens que estão na antecâmara da grande sala de diversão. Viriato pensa que deve se passar ali alguma coisa de anormal porquanto o gigante de cabelo rapado e pescoço de touro lhe passa um detector de metais ao longo do corpo.

Não sabe ainda, mas Renato recebe nessa noite alguns dos seus parceiros de negócios para uma pequena comemoração. Tinha aventado a hipótese de fechar a casa ao público, mas depois achara que seria interessante que os outros tivessem uma demonstração da eficiência do seu negócio. No seu ramo de atividade, não bastava ter poder, era preciso exibi-lo, porque só não eram desafiados aqueles que mostravam que ninguém se atrevia a desafiá-los. Uma casa daquelas não se fechava sem custos para a reputação. Além disso, se era para festejar, a existência de gente de fora talvez se revestisse de algum interesse, garantia certa diversidade e espontaneidade ao ambiente. Desde que os clientes fossem selecionados, claro. Mas garanti-lo era a função daqueles três homens, cuja formação não tinha sido descurada. Ele próprio os tinha preparado. Ou educado, como preferia dizer, não sem um sorriso cruel.

Renato e os seus convidados ocupam um espaço ainda mais reservado do que os outros, mas que lhes permite um vislumbre de toda a sala. Entre os convivas destacam-se dois homens, um africano e um europeu do leste, sobretudo porque são tratados com particular deferência por Renato, pelos empregados da casa e pelo grupo pequeno que acompanha cada um deles. Distinguem-se dos outros também por isso, porque se fazem acompanhar pelos seus séquitos. Os três homens — Renato e os outros dois — estão cientes dos negócios de cada um e dos respectivos territórios e todos têm consciência de que ninguém tem nada a ganhar caso se imiscua em campo alheio. Vários anos passados com muito sangue, e excessivas mortes mostraram-lhes que é mais útil uma partilha sensata das atividades e do mercado. São poucos, chegaram a acordos mais tácitos do que expressos mas que ainda assim não suscitam dúvidas, e a paz entre eles tem se revelado lucrativa. Juntos são também mais fortes e evitam facilmente a chegada de jovens turcos que queiram participar dos lucros daquele negócio das arábias. Tudo corre bem, portanto, desde que os papéis estejam definidos com clareza e cada um se cinja ao seu.

Dmitri é o líder local de um bando que trafica mulheres do leste da Europa, sobretudo trazidas da Romênia, da Bulgária e da Moldávia, e é famoso pela facilidade com que recorre à violência mais extrema. É um homem grande, feio e desagradável, habituado a recorrer à força para conseguir o que quer. Corresponde bem ao estereótipo do bandido sanguinário, sabe e gosta disso. Acha até que lhe é vantajoso, aquela seria a imagem que cultivaria se precisasse, o que não é o caso, porque se dá a circunstância feliz de ser naturalmente assim. Já Sunday, o nigeriano, passaria bem por um atleta aposentado há poucos anos, mas ainda cultor da atividade esportiva e dos hábitos saudáveis, elegante, discretamente vestido com calças claras e uma camisa de marca num lindo tom de azul, sem joias nem adereços além do relógio de aço, sorridente e bebendo apenas água enquanto conversa com Cármen, totalmente compenetrada no seu papel de anfitriã. Aquele não é o único estabelecimento de Renato, mas é a sua casa principal, onde as mulheres estagiam antes de rodar depois pelas suas outras casas e apartamentos. O homem não precisa de intermediários para arranjar mulheres na América Latina, tem angariadores com quem trata diretamente, mas com as africanas e com as mulheres do leste é diferente. Convém-lhe manter as parcerias com Sunday e com Dmitri, e o encontro daquela noite é uma reafirmação dos laços que os unem.

No grupo estão outras pessoas, ao mesmo tempo lisonjeadas (porque naquela noite foram convidadas para comemorar no mais alto nível) e atentas ao risco de cometerem alguma indiscrição ou indelicadeza que seja tomada como desafeto pelos chefes. Renato, Dmitri e mesmo Sunday são gente sensível, não é preciso muito para acharem que os outros estão faltando com o respeito, por isso mais vale ter cuidados, falar pouco, manter os olhos baixos, rir das piadas que contam, elogiar todos os sucessos de que se vangloriam. Estão presentes quatro homens que dirigem casas de Renato espalhadas pelo país e também um outro que se diz advogado e que de fato vai tratando de alguns assuntos jurídicos, por exemplo, dos processos de legalização de certas mulheres, as mais domesticadas. É preciso arranjar-lhes contratos de trabalho, prolongar-lhes as autorizações de permanência, porque elas funcionam como a vitrine do estabelecimento se houver uma inspeção da polícia. Querem falar com as senhoras, fazer-lhes algumas perguntas? Pois que falem com aquelas, enquanto as outras se arrumam temporariamente na sala secreta do porão.

Entre as mulheres, a hierarquia é igualmente clara. Cármen está no topo da cadeia alimentar porque a sua relação com Renato lhe atribui esse lugar. Abaixo dela, mas ainda assim acima das moças que estão ali para entreter os clientes, há mais duas mulheres. São, como todas as outras, vistosas nas suas saias muito curtas, nos sapatos de salto altíssimo, no exagero da maquiagem e nos cabelos perfumados. Distinguem-se das outras, apesar disso, porque têm um ar tão duro como o dos homens, aço escondido sob trejeitos ora infantis, ora sensuais, unhas afiadas nas mãos macias que foram treinadas para fazer carícias. Em muitas casas de prostituição há uma mulher que desempenha o papel de chefe de sala, e quase todas chegam lá como chegaram Cármen e essas duas mulheres. As três começaram por trabalhar como prostitutas e destacaram-se das outras pelas suas competências específicas, que as fizeram ser escolhidas para começar a passar mais tempo nas camas dos patrões. Nem sempre precisam ser as mais bonitas, porque a eficiência e um feitio impiedoso podem se revelar qualidades muito valorizadas pelas chefias masculinas interessadas sobretudo no caráter lucrativo do negócio. Moças bonitas e habilidosas são o que não falta por ali. Mas para controlar as outras, para mantê-las obedientes e disciplinadas, é preciso muito mais do que isso. São necessárias astúcia, frieza e alguma crueldade. Por isso, quando tais qualidades eram detectadas entre as funcionárias, começava a ponderar-se sua promoção.

Mas Cármen não vê a si própria apenas como a mestre de cerimônias, a guarda da prisão ou a torturadora de serviço sempre que é preciso castigar alguém. As suas funções são mais complexas e têm, no fundo, certo toque artístico. É ela quem ensina as recém-chegadas jeitosinhas, mas desenxabidas, a se vestir melhor, a se mexer com elegância, a satisfazer os clientes, na pista de dança, nos reservados ou na cama. É ela quem lhes explica que devem muito dinheiro a Renato: as quantias sempre insufladas da viagem de avião e do deslocamento de táxi ou carro desde o aeroporto de Madri ou de Paris (desde que o controle do Serviço de Estrangeiros e Fronteiras se tornou mais apertado em Lisboa e no Porto, teve-se de procurar outros aeroportos), o aluguel do quarto, o preço da alimentação, as roupas e o cabeleireiro, os telefonemas esporádicos e controlados para a família, os exames médicos, os medicamentos, as outras drogas, os preservativos e mais um sem-número de coisas de que as mulheres precisavam. E as multas, claro. As mulheres às vezes demoram a compreender as regras e as consequências, e cabe a Cármen explicar-lhes ambas, com particular ênfase nas segundas. Têm de ser delicadas e submissas com os clientes, porque se algum se queixar delas é um grande problema. Há um número mínimo de bebidas que têm de convencê-los a tomar por noite, e, se não o atingirem, cobram-lhes os copos em falta, a preço de cliente. Também precisam subir aos quartos uma quantidade determinada de vezes, e o tempo de cada homem não pode ultrapassar os trinta minutos, senão têm de pagar uma multa. Quando descem dos quartos sem ligação à rua para a sala de festas, é bom que cheguem a tempo e hora e cuidadosamente arrumadas. Há por ali um cronômetro sempre ligado e uma máquina de contar dinheiro a que têm de prestar culto. É a única verdadeira divindade local, ensina-lhes Cármen.

Cada vez mais, acha que não é tão valorizada por Renato como devia. O trabalho do cotidiano cabe sobretudo a ela, o homem só intervém nas situações mais delicadas, mesmo a aplicação dos castigos físicos é quase sempre incumbência dela, manusear a chibata tornou-se quase tão natural como escovar os dentes. Naquele dia esforça-se por aparentar a alegria que se espera dela, mas tem andado abatida. Sente-se a cada dia mais sozinha. Renato procura-a cada vez menos e reserva cada vez mais aos seus cães as raras demonstrações de afeto. E com as outras mulheres não pode contar, porque ou têm medo dela e a evitam como quem evita uma doença contagiosa, ou a lisonjeiam com uma simpatia falsa enquanto afiam as facas que trazem na liga com planos para ocuparem o seu lugar. Só há uma exceção, pensa com frequência: Alma, cuja companhia tem o condão de acalmá-la, que lhe diz com sinceridade que continua bonita porque as ruguinhas pequenas e quase invisíveis lhe acrescentam suavidade, que lhe massageia a testa quando as enxaquecas ameaçam enlouquecê-la, que lhe traz chás frios nos dias de calores súbitos em que o cabelo se cola de repente à cabeça e o corpo se cobre de transpiração. Alma, que a chama e a convence a parar naqueles momentos em que a toalha enrolada parece ganhar vida própria e continua a mexer-se e a silvar depois de as costas da outra mulher já estarem vergadas.

Como muitas vezes lhe sucede quando pensa em Alma, a brasileira materializa-se perante seus olhos. Está atravessando a sala e os olhares dos outros cravam-se, naturalmente, nela. Traz os caracóis platinados artisticamente arranjados e o vestido é azul muito claro, no modelo de sempre, justo na parte superior do corpo, com a cintura vincada e a saia rodada que ondula suavemente, sem cobrir-lhe os joelhos, em torno das pernas graciosas. Por onde passa desce uma cortina de doçura que esconde as arestas do lugar, atenua os perfumes agressivos, suaviza os risos rudes dos homens, disfarça a falsidade dos gestos afetuosos das mulheres, torna os copos mais limpos e brilhantes, e a banda musical, que nesse dia toca ao vivo, parece de repente quase afinada. Asali acompanha-a, o vermelho da blusa sobressai na pele muito escura e dessa vez acertou no tom do batom. Cármen tranquiliza-se ao confirmar que Luba não está com elas, o que significa que Renato concretizou a sua intenção de fechá-la no quarto de castigo. Aquela não é noite para correr riscos, e nunca se sabe quando é que a romena se descontrola, ainda mais com Dmitri presente.

Cármen vê que Alma continua a caminhar sem perceber que Asali parou para dirigir a um dos homens de Sunday palavras que dali não consegue compreender; espera que a africana não tenha ido implorar mais uma vez por notícias da filha, como se todos os nigerianos que circulam pelo mundo soubessem como que por magia o que se passa com a menina naquele exato momento. Não tem paciência para aquela obsessão com os filhos, se dependesse dela só trabalhava com mulheres que nunca tivessem sido mães; ela própria abortou quando foi preciso porque sabia que na vida que lhe coubera viver não havia espaço para crianças. Mas não tem tempo para continuar pensando no assunto porque repara que Alma é abordada por um homem jovem, que certamente nunca tinha visto por ali porque, se o tivesse encontrado, não se esqueceria do seu cabelo arruivado, dos ombros largos, da elegância dos seus movimentos. A brasileira parece aceitar o convite dele para que o acompanhe até uma mesa próxima, e o homem puxa uma cadeira para Alma sentar-se enquanto faz um gesto ao empregado do bar, Cármen supõe que esteja pedindo bebidas para os dois.

Se Viriato já tinha ficado maravilhado com Alma quando a vira ao longe por breves momentos, agora que olha para ela de perto tem uma sensação de encantamento crescente, quase adolescente. Ao contrário de quase todas as outras mulheres que tinha observado por ali, não nota nenhuma provocação nos movimentos da moça, que não faz beicinho, não acaricia com as mãos os próprios cabelos, não endireita as costas como se tivesse engolido um garfo apenas para projetar o busto, não toca como que por acaso no corpo do companheiro. A voz de Alma é tranquila e suave, sem a rouquidão sensual ou a infantilidade do miado de gatinha que por ali abundam, supõe Viriato que depois de intenso treinamento. De qualquer modo, o mais surpreendente nem é isso. Nem o nariz minúsculo e perfeito, nem a boca de lábios grossos que fazem lembrar framboesas, nem o rostinho em forma de coração. O mais deslumbrante são aqueles olhos claros, quase transparentes, de onde a luz e a inocência parecem não ter ainda fugido. *Mas isso talvez seja impossível, afinal, trabalha aqui*, pensa Viriato.

— É a primeira vez que você vem aqui? — Alma também está com dificuldades de associá-lo àquele lugar, e Viriato alegra-se quando compreende que as interrogações e a surpresa não estão reservadas só a ele. *Ou então talvez seja só a pergunta de abertura, a que fazem a todos os clientes na conversa inaugural*, corrige-se em seguida, quando se lembra de que também a portuguesa ruiva tinha feito, na visita anterior, uma indagação semelhante.

— É a segunda. Na primeira vez eu a vi, mas imagino que não tenha me visto. Pareceu-me que estava tentando ajudar a resolver um problema. Uma amiga sua que estava dançando não agradou ao público... — A descrição parece-lhe pouco exata, mas não quer ser rude e explicar que o problema estava em a moça não ter se despido toda, como era esperado. Compreende, porém, pela expressão de Alma, que ela sabe aquilo a que ele está se referindo. Mas volta a surpreendê-lo quando, em vez de evitar o assunto, como ele esperava, se refere diretamente à amiga:

— A Luba não consegue resistir a ser livre, por isso nem sempre faz aquilo que se espera dela.

— Ela está bem? Como hoje não a vi por aqui, receei que houvesse algum problema.

Alma não gosta de mentir e por isso só contorna a realidade quando não tem mesmo nenhuma alternativa, mas não lhe parece que aquele seja ainda o caso, porque lhe é suficiente omitir uma parte da verdade:

— Não está muito bem, por isso hoje não veio trabalhar. Mas espero que melhore. E... Viriato. É o seu nome, não é? Por que voltou? — Olha-o sem pestanejar, de maneira a fazê-lo compreender que está realmente interessada na resposta.

Não tinha planejado fazê-lo. E mais tarde nem compreenderá bem como é que aconteceu. Mas o certo é que lhe conta tudo o que descobriu sobre Carolina, o que necessariamente inclui a explicação sobre o modo como a encontrou e como passaram a viver juntos desde então. Nesse ponto hesita, não sabe se "viver juntos" corresponde exatamente ao que está acontecendo, mas acaba por achar que sim, pelo menos no sentido mais literal.

A mulher ouve-o com atenção, sempre silenciosa, sempre focada apenas nele, apesar de os homens que servem bebidas continuarem passando, olhando ostensivamente para os copos vazios. Sem que Alma lhe diga nada, Viriato pede mais duas bebidas, encomendaria mais vinte se isso lhe garantisse a possibilidade de tê-la ali, sem tempo, a ouvi-lo com aqueles olhos muito abertos e a testa ligeiramente franzida pela concentração. Quando ele acaba, a enxurrada de palavras finalmente interrompida, Alma põe a sua mão direita, pequena, sobre a mão esquerda dele, num gesto que é só de consolo, e pergunta-lhe como está a avó. Viriato aprecia a forma como ela atribui prioridades aos assuntos. Sim, primeiro a saúde de Alice, só depois o resto.

O resto terá, porém, de ficar para depois, porque são interrompidos pela chegada de um homem. Viriato reconhece-o como aquele que o atendeu no bar, que se inclina para falar em voz baixa com Alma. A mulher primeiro contrai-se, ensombra-se por momentos, mas nela a escuridão nunca dura muito. O homem entrega-lhe qualquer coisa pequena, cabe numa mão fechada, e vai embora com a mesma rapidez com que chegou.

Nota-se algum pesar na expressão de Alma quando se despede, ou pelo menos é nisso que Viriato quer acreditar:

— Desculpe, tenho de ir. Muito obrigada por ter confiado em mim e ter partilhado comigo a sua história. — E levanta-se da cadeira, já pronta para cumprir ordens.

Mas Viriato está estranho, quase como se tivesse bebido uma espécie de soro da verdade, como se as emoções lhe borbulhassem tão à flor da pele que a superfície cutânea podia não ser suficiente para contê-las.

— Não quero que vá. Não vá ainda. Eu encomendo mais bebidas para nós.

Alma não precisa dizer nada para ele compreender que o que está pedindo é impossível e que vai ter de conformar-se com isso, pelo menos dessa vez.

— Pode ao menos me explicar o que se passa? O que é que aquele homem lhe deu? — Mal a conhece, mas já acha que tem o direito de fazer-lhe perguntas; Alma pode ter esse efeito nas pessoas, é tão próxima que às vezes os outros a tomam como logo deles. Mas Viriato não é um deles. E não o sente como mais um qualquer, por isso abre a mão que mantinha fechada e na palma lá está a chave, pequena, prateada, marcada com um número que mesmo àquela distância curta é difícil de identificar.

— Como é que faço para encontrá-la fora daqui? — Nota-se, agora, alguma urgência na voz de Viriato.

Mas ela já não lhe responde. Sabe que naquele momento estão vários olhares pousados neles, com donos treinados para perceber mesmo as conversas que não ouvem porque o barulho da música, os risos e o tinir dos copos não permitem. E não quer que aconteça a Viriato o que já aconteceu com outros antes dele, que não sabiam com quem estavam se metendo. Já está se afastando dele quando interrompe o movimento e a ele se dirige para pedir-lhe que vá embora:

— Vá para casa, Viriato. Hoje não é um bom dia para ficar aqui mais tempo. — Quando se vira e segue o seu caminho, agora sem voltar a olhar para trás, Alma sabe que não foi só no interesse dele que disse aquilo. Foi também porque, egoisticamente, o que sobretudo não quer é que Viriato perceba que logo a seguir, pela mesma porta quase oculta nas traseiras do bar, será Dmitri que deixará a sala.

14

CAPÍTULO QUATORZE

O ANEL

Alma esvoaça desajeitadamente ao longo do teto do quarto, gostaria de sair para o céu noturno, mas a janela está como sempre trancada, sobretudo quer afastar-se da visão daquilo que Dmitri está fazendo com o corpo dela. Sabe que consegue fugir, consegue sempre, quando é preciso despe-se da sua pele como quem se despe de um casaco pesado e deixa o corpo pousado em algum lugar, como uma coisa, enquanto ruma a lugares melhores.

Com Dmitri é mais difícil, porém, porque o odeia tanto que lhe custa ignorar que ele está ali, às vezes se pergunta se conseguiria matá-lo caso lhe surgisse uma oportunidade para isso. Não é capaz de se esquecer do que ele fez a Luba, porque sabe que foi aí que ela se partiu, às vezes receia que sem conserto. A experiência ensinou-lhe que as pessoas são capazes de sobreviver a muitos sofrimentos, resistem a verdadeiros horrores, mas há de repente um momento em que se partem e daí em diante dificilmente voltarão a ser quem foram. Esse momento é indefinível e imprevisível, os efeitos variam de pessoa para pessoa, e às vezes nem enquanto se vive se tem consciência de que foi naquele instante que tudo aconteceu; há pessoas cujos pedacinhos se espalham logo pelo chão, mas há outras que demoram mais a desmoronar, que vão caindo aos poucos, vão se perdendo ao longo de muitos caminhos. Alma acha que Luba faz parte desse segundo grupo.

Luba foi agarrada por três homens quando ia a pé para a escola, rápida, esquiva e vigilante porque tinha sido avisada, como todas as outras crianças, do perigo representado pelos bandidos que caçavam meninas e as levavam depois para longe, onde lhes faziam coisas muito más que naquela época apenas intuía, porque na aldeia pobre e rude onde viviam certos assuntos nunca eram tocados. Havia menos meninas na escola, algumas famílias tinham achado que mais valia não correrem o risco de as terem fora de casa, por ali não havia nem rei nem lei que não fosse a dos mais fortes. Além disso, os estudos não lhes eram indispensáveis para o trabalho no campo, o destino que quase certamente estava reservado a todas. A mãe de Luba tinha cedido às súplicas da filha e só por isso a menina continuava a ir à escola, mas no caso dela a ideia de que a educação alarga os horizontes veio a revelar-se uma triste ironia, porque a caminhada rumo ao colégio desembocou afinal numa prisão muito pior do que aquela que provavelmente a esperaria ali se tivesse ficado sossegadamente guardada em casa, como queria a família.

Devem tê-la obrigado a respirar alguma coisa que a fez perder a consciência, porque só voltou a ter conhecimento de si na parte de trás de um carro, amordaçada e com os braços e as pernas imobilizados. Sentia-se enjoada e tinha dores no corpo, mas isso era pouco se comparado com a sensação de pânico crescente que lhe esmagava o peito, a transpiração que lhe umedeceu de repente o rosto, o coração que parecia explodir, o medo de morrer e a vontade de morrer depressa para acabar de uma vez por todas com aquilo tudo. Um dos homens estava sentado perto dela, os outros dois ocupavam os lugares da frente. O condutor era Dmitri, mas isso só veio a descobrir depois. Quando voltou a acordar já não estava no carro, agora ocupava, enrolada sob uma manta fina, um pouco do espaço de um caminhão quase cheio com caixotes de mercadorias. Também lá estava outra moça, mas não a viu de imediato, porque a outra dormia, tão drogada como ela durante a maior parte da viagem. A certa altura perdeu a noção do tempo, já não sabia quantos dias e noites tinham passado, percebia apenas o cheiro que ia piorando, apesar das paradas breves que faziam em lugares desertos, sempre de madrugada, para a satisfação das necessidades mais básicas. Atravessaram países, cruzaram vales, montanhas e planícies rasgadas por estradas cinzentas, com Luba oscilando entre uma inconsciência abençoada e uma semiconsciência povoada por saudades e terrores, mais terrores do que saudades, e acabaram por chegar ao norte da Itália. E foi ali, no apartamento sujo de uma cidade enlameada e fria, que Luba ficou partida em milhares de pedacinhos.

Havia outras mulheres, todas, como ela, originárias do leste da Europa, umas enganadas porque achavam que vinham para trabalhar em restaurantes ou em centros comerciais, outras vendidas pelos próprios familiares, outras ainda, como Luba, simplesmente apanhadas e trazidas à força. Eram todas relativamente bonitas, jovens, magras, assustadas, esgotadas, intimidadas, mas nem todas estavam revoltadas. Algumas já tinham sido domadas de modo que a sua vontade de lutar ou de fugir fosse esmagada a ferro e fogo, de preferência com marcas que não se pudessem apagar de nenhuma memória. Nem das que eram punidas nem das que assistiam aos castigos alheios, porque todas ficavam, de uma forma ou de outra, marcadas.

Luba não podia saber da existência desse ritual cuidadosamente pensado para quebrar todas as resistências. E, por isso, resistiu ao primeiro homem que tentou estuprá-la. Ele esbofeteou-a com violência e insultou-a em romeno. Logo a seguir entraram os outros. Eram mais três, com Dmitri no comando das operações, e levaram-na para a sala, enquanto berravam para chamarem as outras, queriam todo mundo reunido. Havia pouco espaço, a sala estava muito úmida e aquecida, Luba se recordará sempre dos rostos das outras, da morena de malares salientes que chorava em silêncio, da ruiva de olhos enlouquecidos, das que se esforçavam por fixar apenas o chão, das que batiam os dentes com medo de que a orgia de violência crescesse e acabasse por envolvê-las. Os homens violaram-na repetidamente. A certa altura deixou de compreender a sequência dos acontecimentos, havia apenas uma amálgama de partes de corpos, ela sangrava, eles riam-se sem alegria, embrutecidos, para eles tudo aquilo era afinal apenas mais uma parte do trabalho.

A moça quebrou-se, é certo, mas o ritual não produziu nela o resultado que era o habitual nas outras mulheres. Tudo nela se esmigalhou, exceto, precisamente, aquela rebeldia com que os homens queriam acabar. Foi, ao contrário do pretendido por eles, a única coisa que permaneceu: a revolta de Luba, aquilo que ainda a mantém, contra todas as previsões, viva. A romena perdeu, nesse dia, o medo de todos os castigos físicos, o receio por todos os sofrimentos do corpo com exceção das dores provocadas pela abstinência da heroína, por isso a droga tornou-se o único instrumento de que os seus algozes dispunham para controlá-la.

Mas Alma precisa se esquecer por momentos de Luba para poder libertar-se de Dmitri, abandonando, para isso, também o seu próprio corpo, aquela massa inerte da qual foge, evadindo-se do quarto repugnante para campos mais verdes e águas mais azuis. Quer aproximar-se das palmeiras que adentram a areia fina e quase chegam à rebentação suavíssima do mar transparente em cima do qual os barquinhos de madeira parecem flutuar, no fim de semana quase feliz que passou com Artur e Beatriz no hotelzinho do litoral da sua cidade nordestina onde bebia água de coco enquanto o menino brincava com outras crianças muito pequenas e Beatriz lia um livro ao sol.

Tinha ido depois com Jorge a um outro hotel muito parecido com aquele, mas a recordação desses dias empalidecera-se quase completamente, por isso não podia invocá-la para fugir de Dmitri. De vez em quando, nos momentos em que sentia necessidade de compreender o que lhe tinha acontecido, tentava revisitar essas semanas de que apenas guardava uma memória segura: tinham-lhe parecido, na ocasião, absolutamente radiosas, sentia-se leve e livre como nunca se sentira antes, a esperança a inundara e tomara conta dela toda, os contornos das coisas pareciam-lhe mais nítidos, os alimentos mais saborosos, a brisa mais doce, os objetos tornaram-se mais suaves ao toque, a almofada mais fofa, o lençol da cama mais reconfortante. A imagem que tinha de Jorge era cada vez mais tênue, havia dias em que chegava a duvidar que ele tivesse existido realmente, mas não podia ser apenas um fruto da sua imaginação, porque se o fosse ela não estaria ali. Tinha gostado de sua masculinidade, lembrava-se do sobressalto que ela lhe provocava. E recordava-se do conforto que sentia quando ele a abraçava, a sensação de pertencimento e harmonia que nunca tinha experimentado, a promessa de segurança que lhe era tão absolutamente nova.

Alma já não era capaz de descrever nem o rosto, nem o corpo, nem a voz de Jorge. Mas havia algo, além da presença dela ali, que lhe provava que o homem tinha existido mesmo. Já não o usava no dedo, tinha-o tirado logo que, chegada a Portugal, compreendera que afinal o que a aguardava não era a festa de casamento com que o noivo a tinha feito sonhar. Mas nunca tinha conseguido desfazer-se do anel, que tinha inscritos os nomes dos dois no interior, e a partir de certo momento decidira usá-lo no pescoço, enfiado num colar barato que tinha encontrado na gaveta de um dos muitos quartos anônimos por onde tinha passado desde que chegara à Europa.

Estranhamente, aquele anel que podia ser maldito tinha se tornado para ela uma espécie de amuleto. Não porque ainda acalentasse relativamente a Jorge qualquer esperança de índole romântica. Tinha se conformado havia muito com a ideia de que o homem era um canalha. Logo que chegou a Madri, para onde tinha voado sozinha porque o noivo lhe tinha garantido que já não havia lugares vagos no avião para o qual ele tinha passagem, estranhou o fato de a mulher que a esperava tê-la recebido com tanta frieza. Jorge tinha lhe explicado que teria sua irmã e sua futura cunhada a aguardá-la, mas pedira-lhe que não falasse no casamento se na alfândega lhe perguntassem qual era o motivo da viagem. Mais valia que dissesse que vinha só para passar férias na casa de uma amiga da família, parecia tão novinha que qualquer referência matrimonial podia ser uma fonte de problemas. E ainda por cima havia aquela suspeição contra os casamentos entre portugueses e brasileiras, achava-se que muitos eram simulados com o fito nas regalias de uma vida na Europa; as pessoas não podiam imaginar como era linda a história de amor que os dois estavam vivendo. A suspeita, que tinha surgido a propósito dos casamentos dos jogadores de futebol sul-americanos com mulheres europeias, tinha depois se alastrado a outras constelações de possibilidades. Alma tinha achado as explicações de Jorge bastante lógicas, por isso seguiu as indicações à risca. Mas a mulher que conheceu quando chegou a Madri lhe causou arrepios, e o homem que as esperava no carro à porta do aeroporto não lhe provocou melhor impressão.

A razão pela qual Alma ainda trazia o anel no peito era outra, muito diversa do amor ou da saudade. Tinha descoberto que aquele anel a ajudava a relativizar a importância do que lhe tinha acontecido, porque tantas outras mulheres, tão diferentes umas das outras e de si própria, por uma razão ou outra, usavam assim as suas alianças. Alma acreditava que se pode ser afogado pelo sofrimento em dois tipos de casos, cada um nos antípodas do outro: quando só vemos o nosso próprio sofrimento ou quando somos sensíveis a todos os sofrimentos de todas as outras pessoas do mundo. Neste último caso, quando se tem o coração aberto aos incontáveis padecimentos alheios, corre-se o risco de submergir por tanta dor e de se perder a alegria de viver, não se consegue dormir à noite porque se imaginam os gritos de todas as crianças maltratadas, de todas as mulheres estupradas, de todos os homens torturados. O sofrimento alheio torna-se uma obsessão e um entretenimento perverso, não há notícia de catástrofe que nos passe despercebida e que não nos desespere. E há o risco de que se passe a pensar que não faz sentido viver porque todo o viver é dor e ninguém aguenta sozinho o peso de todos os males do mundo. No polo oposto, o egoísmo mais profundo de quem acredita que o seu sofrimento é o mais intenso de todos arrisca-se a revelar-se igualmente letal, porque mergulha a pessoa na pior das solidões, a solidão de quem se sente totalmente sozinho na sua dor. Não nos sentirmos únicos na dor ajuda a atenuá-la. O sofrimento encolhe se for acompanhado.

Alma descobriu que não pode carregar nas costas todos os problemas do universo, como seria porventura mais da sua natureza, e aquele anel aziago a lembra de que precisa prestar alguma atenção às traições da sua própria vida. Mas o anel também lhe recorda, sobretudo quando vê alianças idênticas nos decotes de outras mulheres tristes, que não foi a única em quem a vida pregou rasteiras.

15

CAPÍTULO QUINZE

A MESA

Mariana tinha regressado na véspera porque Alice continuava melhorando em um ritmo impressionante — na opinião dela própria, mais graças aos favores de Santo Antônio do que aos méritos humanos, o que por vezes gerava certo incômodo entre os seres não celestiais.

A chegada proporcionou-lhe a sensação de paz que aquele lugar sempre lhe trazia, o silêncio apenas quebrado pelo canto dos grilos e das cigarras, o rumor suave e constante que a aragem da noite produz quando se esgueira entre os ramos das árvores, o cheiro da madeira e das folhas, o céu liso e imenso emperolado de estrelas movediças. E a sua casinha minúscula que nunca a deixava esquecer-se de que a aventura está ao nosso alcance em qualquer momento da vida, desde que queiramos vivê-la. O *tipi* era tão pequeno que para caber nele tinha precisado desfazer-se de grande parte da mobília, da roupa e até dos livros que tinha acumulado ao longo da vida. A escolha foi trabalhosa, precisou separar aquilo que queria oferecer a Viriato ou que ficaria guardado na casa da praia daquilo que seria para oferecer a outras pessoas ou simplesmente jogar fora, mas ao mesmo tempo revelou-se um alívio, porque, agora que sabia que nas coisas também respiravam memórias, aproveitou para desfazer-se daquelas que não queria preservar.

A música de Chico César "De uns tempos pra cá" tinha sido a sua companhia mais constante durante esse período de desapego; ouvira-a tantas vezes que a tinha decorado e às vezes a recitava em silêncio, mesmo sem dar por isso:

"De uns tempos pra cá
os móveis, a geladeira
o fogão, a enceradeira
a pia, o rodo, a pá
coisas que eu quis comprar
deu vontade de vender
e ficar só com você
isso de uns tempos pra cá

De uns tempos pra cá
o carro, a casa, o som
tv, vídeo, livros, bom...
o que em tese faz um lar
admito, eu quis comprar
começo a me arrepender
pra ficar só com você
isso de uns tempos pra cá

Coisas são só coisas
servem só pra tropeçar
têm seu brilho no começo
mas se viro pelo avesso
são fardo pra carregar

De uns tempos pra cá
o pufe, a escrivaninha
sabe a mesa da cozinha?
lençóis, louça e o sofá
não precisa se alterar
pensei em me desfazer
pra ficar só com você
isso de uns tempos pra cá

De uns tempos pra cá
telefone, bicicleta
minhas saídas mais secretas
tô pensando em deixar
dê no que tiver que dar
seu amor me basta ter
pra ficar só com você
isso de uns tempos pra cá

Coisas são só coisas
servem só pra tropeçar
têm seu brilho no começo
mas se viro pelo avesso
são fardo pra carregar"

Na casinha de madeira de Mariana só cabiam as coisas que lhe traziam recordações que não queria perder, aquelas coisas preciosas que guardavam momentos felizes. Olhava-as e revivia aqueles instantes, quase conseguia ouvir as vozes, sentir os abraços, destruir por instantes a inexorabilidade da passagem dos anos. Nessas alturas chegava a achar que o tempo não importa assim tanto, por vezes conseguimos escolher aquele em que queremos estar. Tinha ficado também com duas ou três peças que associava a momentos difíceis, mas que eram indispensáveis à compreensão da pessoa que tinha se tornado porque sem eles também não conseguia dar sentido à sua história.

Tinha-lhe pesado, durante a sua ausência para se ocupar de Alice, a falta das amigas, sobretudo de Leonor, por isso, depois da noite bem-dormida, tinha convidado a todas — só faltava Mônica, que também tinha precisado ir à cidade durante alguns dias — para um café da manhã tardio e abundante com vocação para transformar-se em almoço. Havia uma mesa de madeira comprida, com bancos corridos de ambos os lados, que todas tinham resolvido deixar ao ar livre, no espaço entre a casa principal e os *tipis* que a ladeavam. A sombra proporcionada pela árvore frondosa não era suficiente para abrigar a mesa toda, por isso nos dias de sol aconchegavam-se mais umas às outras, de modo a ocuparem apenas o lado coberto. Leonor e Adelaide tinham decorado a copa do velho sobreiro com bandeirinhas de tecidos coloridos presas umas às outras por um longo fio azul-turquesa, e Manuela tinha trazido velas de diferentes tons e odores, além de ter espalhado por todo lado almofadas grandes de tecidos impermeáveis e alegres.

— Se vamos viver como se fôssemos *hippies*, mais vale que façamos isso com algum estilo. — Para Manuela, "algum estilo" pressupunha um critério mais exigente do que para o resto dos comuns mortais, mas o certo é que o resultado acabou por ser tão encantador que as outras a incentivaram a não desistir desse seu recém-descoberto talento para a decoração de espaços exteriores.

Mariana tinha ido à casa grande para abrir o guarda-louça antigo e escolher os pratos e os copos que queria usar para pôr uma mesa que mostrasse às amigas o quanto sentira falta delas. Pegou pratos rasos e amplos com formatos irregulares e cores suaves, lilás, amarelo-pálido, rosa-velho, azul-bebê, copos de vidro, xícaras de estampado *liberty* nos mesmos tons dos pratos, guardanapos de linho nos quais Mônica tinha bordado o nome de cada uma delas, jarras para a água e para os sucos, uma leiteira e um açucareiro que Leonor tinha herdado dos avós. Gostava de ver misturadas na mesa peças diferentes umas das outras, não conseguia encontrar harmonia na uniformidade.

Nem sempre usavam toalha porque gostavam de sentir os veios da madeira e porque cada uma tinha escolhido os seus tabuleiros, a que recorriam quando faziam refeições mais rápidas, mas naquele dia Mariana quis ver estendida na mesa uma toalha que Alice tinha lhe oferecido muitos anos antes, pouco depois de casar-se, branca mas com um suave bordado floral nos cantos, uma toalha que reservava para momentos especiais, daqueles que não precisavam invocar nenhuma data marcada no calendário para se justificarem perante os outros.

Já sentadas à mesa, o assunto começou por ser os respectivos pais — as manias associadas à idade, as doenças, a necessidade acrescida de acompanhamento, um cenário que ainda não era o delas mas em que já pensavam de outra maneira, sem desdém, porque intuíam a sua proximidade —, mas depressa se desviou para os filhos, que, apesar de não dizerem diretamente respeito a Manuela e a Leonor, que não os tinham, eram tratados como se fossem um assunto de todas, porque era assim que as coisas se passavam por ali.

Mariana descreve o seu encontro com Carolina na casa do filho, a má impressão que a moça deixara e a ida ao Bussaco à procura de pistas, sem nunca recear o julgamento das amigas porque, tantos anos depois, todas sabem que nenhuma tem segredos que afastem definitivamente as outras, reconhecem-se quer nas suas virtudes, quer nos seus defeitos.

— Você não pode meter-se mais nessa história, Mariana. Se já contou ao Viriato o que descobriu sobre a tal Carolina, agora tem de ser ele quem vai decidir o que quer fazer com a informação à academia. — Adelaide é a primeira a falar, mas ainda não acabou a frase e já Manuela abana a cabeça com veemência para manifestar discordância.

— Esperar para ver o que acontece? Mas nem pensar, porque ainda corremos o risco de que essa pistoleira dê cabo da vida do rapaz. Eu acho que devíamos ir ao encontro dela e explicar-lhe que, se não partir rapidamente, é conosco que vai se haver. — Manuela não está, como de costume, com meias medidas.

Mariana acha que é capaz de ser boa ocasião para trazer alguma racionalidade à conversa e, se possível, uma pitadinha de humor:

— Deveríamos ir? Todas? Essa é que é uma grande ideia, Manuela. As cinco, lado a lado, com casacos pretos compridos e cinturões para prendermos as armas. E chapéus. De preferência em câmera lenta e com uma música de fundo tirada de um *western* do John Wayne. Não podemos nos esquecer dos lenços no pescoço.

As outras riem, Manuela inclusive. Gostam da imagem, no fundo. Corresponde em parte à forma como, juntas, se veem. Mas compreendem que talvez seja uma intervenção um pouco exagerada, porventura desproporcionada face à gravidade das circunstâncias. Leonor precisa de mais informações:

— Mas o Viriato reagiu como, quando lhe contou? Você tem certeza de que não aconteceu nada depois disso? Que a moça continua lá na casa? — Parece a Leonor certo excesso de passividade, mesmo para alguém pouco dado ao conflito aberto.

— Reagiu como eu já previa. Ficou zangado comigo e com o Alberto por causa daquilo que vê como uma invasão primária da sua privacidade. E da dela. E disse que só tínhamos ouvido uma parte, que ninguém tinha dado à Carolina o benefício do contraditório, que podia ser tudo inventado por gente mal-intencionada. — Mariana nota que a sua referência à colaboração de Alberto faz com que Leonor levante uma sobrancelha, num misto de surpresa e interrogação, mas esse é um assunto que terá de ficar para outra ocasião. Mariana acha que ainda pode vir a decidir que o melhor é apagá-lo para sempre, estratégia que lhe parece cada vez mais adequada num conjunto amplo de situações. Eliminar um problema fazendo de conta que nunca existiu é um método de dissolução de dificuldades que não deixa de ter os seus méritos.

Adelaide procura tranquilizar a amiga, acredita, com aquela intuição a que com o tempo foi aprendendo a dar mais ouvidos, que Carolina não representa uma grande ameaça para a tranquilidade de Viriato:

— Não se preocupe muito, Mariana. Há coisas que são muito importantes para as interiorizarmos só por meio das palavras dos outros. Precisamos convencer-nos de outras maneiras. Por meio daquilo que vemos e daquilo que sentimos. O seu filho ficou alerta com as informações que lhe deu, mas agora precisa confirmá-las ou não por sua própria experiência. Você fez a sua parte quando lhe deu conhecimento daquilo que tinha descoberto. O resto é com ele. E penso que pode confiar no discernimento do Viriato, não acha? É sensato desde que nasceu.

As amigas fazem uma pausa na conversa enquanto Mariana volta a encher os copos de todas com um suco de abacaxi e hortelã que tem sabor de sol e de esperança. Inspiram o ar perfumado da manhã e comentam o prazer que é estarem ali, em paz, tão juntas. Mas Leonor ainda quer partilhar com as outras uma ideia que lhe vem ocorrendo, cada dia mais aguda, e que agora talvez se torne pertinente a propósito da história de Viriato e de Carolina:

— Há uma grande diferença entre a audácia e a coragem. Quando somos jovens é fácil sermos audazes, porque a audácia é instantânea, irrefletida, é dela que precisamos para mergulhar numa piscina à noite sem saber o que está no fundo daquela água tão escura, para saltarmos pela primeira vez de um avião com um paraquedas, para passarmos férias sozinhos num país longínquo. Mas a coragem é outra coisa, é coisa de gente crescida. A coragem é necessária para darmos um rumo diferente à nossa vida, já cientes daquilo que vamos perder e desconhecendo ainda tudo o que podemos ganhar, se é que podemos. A coragem pressupõe reflexão e escolhas, mudanças profundas, pessoas que ficam para trás. O Viriato talvez tenha descoberto que é audaz naquelas viagens todas que faz. Mas ainda lhe falta saber se tem ou não coragem.

16

CAPÍTULO DEZESSEIS

A BARRA

Todo mundo sabe que o silêncio pode ter peso, e também ninguém desconhece que não é sempre o mesmo. Há momentos em que fica de repente mais pesado, ainda que esteja à volta das mesmas pessoas a quem pouco antes tinha parecido bastante mais leve. É uma coisa inexplicável e acontece subitamente, o peso do silêncio começa a sentir-se e pronto. Como a fome, o frio ou a dor de dente. E a certo ponto deixa de poder ignorar-se, está ali a exigir atenção, torna-se um ser vivo guloso e irrequieto que demanda ruído para voltar a aquietar-se.

Passam poucos minutos das duas da manhã, e Viriato, recém-deitado na sua cama de lençóis brancos com Carolina ao lado, tem uma sensação de esmagamento, sabe que ela ainda está acordada e que sente que ele também não adormeceu, estão ambos nus e afastaram o lençol porque não gostam de ligar o ar-condicionado, o vento que entra através da janela que deixaram aberta é fraco e morno. Era capaz de ser uma boa ocasião para usarem o sexo para fugir ao silêncio, é uma estratégia que costuma produzir bons resultados, mas não parece apetecer a nenhum dos dois naquele momento. Ela permanece imóvel, de barriga para cima com os braços esticados ao longo do corpo e pernas tão retas como se tivesse sido arrumada num caixão para assim permanecer por toda a eternidade, mas ele não tem posição, vira-se para um lado e depois para o outro, levanta-se para ir buscar um copo de água e quando regressa não consegue voltar a estender-se, senta-se na beira da cama e pensa nas palavras que quer usar para dizer o que precisa dizer-lhe.

— No dia em que você saiu e deixou aqui o computador, vi os arquivos que você tem sobre outros homens. — Faz uma pausa para dar a Carolina o espaço que merece para manifestar a sua indignação, mas ela permanece previsivelmente calada. Nem a respiração tranquila dela se altera. — Não tinha pensado em falar sobre esse assunto, achei que não me dizia respeito e que conseguiria ignorá-lo. Mas agora não é possível estar aqui deitado com você sem dizer nada sobre isso.

— Você quer que eu vá embora? — faz a pergunta, mas não se mexe ainda, continua deitada naquela sua posição enganosa de cadáver.

Viriato não gosta da forma como a questão é colocada:

— Não. Se quisesse que fosse embora já tinha lhe dito. Essa é a maneira mais fácil de resolver isso, claro... consigo imaginá-la pegando as suas coisinhas e sair por aquela porta sem uma explicação. Mas não acha que mereço um pouco mais do que isso?

Não, Carolina não acha. Acha até precisamente o contrário. Por isso levanta-se com suavidade e começa a vestir-se calmamente, não conta precisar mais do que uns minutos para arrumar as suas coisas e sair. Viriato gostaria de conseguir lidar com a situação da mesma maneira elegante e silenciosa — *acabou-se e pronto, para que gastar palavras com explicações que só ficam na superfície das coisas, afinal mal nos conhecemos* —, mas não consegue:

— Só não entendo onde é que eu me encaixo nessa história. Não sou casado, não pode extorquir-me dinheiro com chantagens... esteve comigo durante este tempo todo por quê?

Carolina já está pronta para ir embora e Viriato pensa que ela vai mesmo sair sem responder a nada, afinal, já devia saber que não gosta de perguntas, demora-se a olhar para ela, tão alta, tão única, tão sensual, tão silenciosa, tão solitária, com o azul escorrendo-lhe dos ombros e os olhos orientais, sempre inexpressivos e quase ausentes, rindo-se para dentro do resto do mundo.

— Não preciso do seu dinheiro para nada. O que já arranjei me basta, no momento. Você quer saber por que é que fiquei aqui com você? Talvez não tivesse outro lugar para onde ir. Ou quem sabe tivesse. Quem sabe só fiquei porque gosto de você. — E sorri, zombeteira, disposta a não lhe facilitar a vida, já é tempo de ele aprender que as respostas dos outros não bastam para esclarecer todas as nossas dúvidas. As verdadeiras respostas não nos chegam nas palavras dos outros, ou pelo menos não nos chegam só por meio delas, precisamos ser nós a descobri-las, a confirmá-las, a fazê-las nossas.

— Você tem na gaveta da mesinha de cabeceira um cartão com o único número de telefone que uso sempre. Caso precise muito de mim para alguma coisa. Mas, por favor, não o use em vão.

Viriato ouve-a abrir e depois fechar a porta, sabe que agora está descendo as escadas, dois degraus de cada vez, mas não ouve nenhum barulho, ela mexe-se sem ruído e desaparece sem deixar vestígios, como um predador na savana. Talvez no futuro precise esforçar-se muito para se recordar da passagem de Carolina por ali e sabe que só poderá contar com a sua memória, porque ela não deixou nada para trás, nem uma fotografia, nem um par de tênis para ele se lembrar dos pés brancos e longos, nem um elástico que tivesse usado para prender o cabelo. Não vai conseguir adormecer e não quer abrir naquele momento a gaveta onde pode estar o tal cartão, receia a tentação que seria encontrar o número mágico. Sim, mais vale que saia também.

Os ponteiros do relógio de pulso de Viriato já anunciam as três horas da manhã quando toca a campainha do portão que dá acesso à casa cinzenta. Sabe que é tarde, mas o horário de abertura é mais dilatado durante o verão e confirma, ao chegar ao estacionamento, que ainda estão por ali muitos carros.

A primeira cara conhecida que vê é a de Alberto, sentado na mesa de costume e acompanhado pela brasileira simpática com quem já estava na primeira noite em que Viriato lá tinha ido com ele. O patrão não parece especialmente agradado por vê-lo e cumprimenta-o sem gosto:

— Pelo visto você aprendeu o caminho. Desde quando é que começou a vir sozinho? — Há animosidade escorrendo de cada palavra, e Viriato acha que a explicação não pode estar só na sua recém-descoberta autonomia para chegar à casa de prostituição. Pergunta-se se Alberto estará preocupado com os riscos que ele pode correr por ainda desconhecer o código de conduta local e nem sequer lhe ocorre que Mariana, a sua mãe, pode ser um elemento daquela equação complexa. Ou aquilo que Alberto prefere que Mariana desconheça, por razões pouco claras mesmo para ele. Seja como for, Viriato não imagina que o incômodo do outro pode não estar tanto em encontrá-lo ali como em ser encontrado ali, por isso se justifica:

— A Carolina foi embora hoje. Quis espairecer um pouco. — Acha que esta é a melhor maneira de matar o assunto, e tem razão.

O patrão fica notoriamente satisfeito com a novidade e nem lhe ocorre perguntar a Viriato se os outros lugares de que ele é cliente, os bares e as discotecas da cidade aonde os amigos vão, estão todos fechados naquela noite.

— Levou as coisas dela e deixou a chave da sua casa? Mesmo assim, talvez não seja má ideia mudar a fechadura. — Alberto não precisa esforçar-se para parecer sensível, Viriato conhece-o há tempo suficiente para saber que por trás daquele pragmatismo rude se esconde uma preocupação genuína. Não pode contar com Alberto para passar-lhe a mão na cabeça — e também não queria, de qualquer modo —, mas o outro não lhe faltará num momento de verdadeira necessidade.

A brasileira interrompe-os para dizer que várias amigas estão à espera de um sinal de Viriato para lhe fazerem companhia, "fácil de compreender, com um moço tão bonito", mas um relancear de olhos pela sala não lhe permite vislumbrar a única companhia que procura.

— A Alma não está? Conversamos um pouco no outro dia e gostaria de voltar a falar com ela... — Deixa a frase suspensa enquanto nota a ruga de contrariedade que regressa à testa de Alberto.

A resposta da brasileira simpática lhe permite manter alguma esperança. *Alma ausentou-se durante um tempo, mas é possível que ainda regresse.* Até porque Asali e Luba, os outros dois vértices do triângulo, estão sentadas numa mesa próxima, o que torna mais provável o retorno da terceira.

Alberto parece ter bebido mais do que é seu hábito, nota-se nele uma espécie de desalinhamento que não lhe é comum mesmo depois de já ter dado um grande lucro a Renato, tem os ombros curvados, o cabelo curto despenteado, os olhos congestionados, o papo do pescoço está mais visível, tem a camisa mal apertada e o colarinho amarfanhado. De qualquer modo, não há copos vazios à sua frente, a política da casa é muito clara e desaconselha que se esteja recordando aos clientes aquilo que já consumiram, afinal, há formas mais sutis de registro. Viriato, que conhece mal aquela outra dimensão da vida do amigo porque o Alberto-empresário-rico não se dobra e nunca aparenta qualquer fragilidade, estranha o desânimo dele, puxa a conversa para o futebol, é um assunto de que o outro gosta e que lhes permitiria passar para terreno sempre seguro. Mas Alberto não está interessado, agrada-lhe falar sobre coisas diferentes:

— Hoje de manhã estava sentado no café, vieram dois homens à minha mesa e cumprimentaram-me como se tivéssemos nos conhecido a vida toda. Não os convidei logo para se sentarem porque olhava para eles e não conseguia perceber quem eram aqueles dois velhos, grandes e com excesso de peso, os cabelos ralos, os dentes amarelecidos e com falhas, os narizes abatatados e avermelhados. Eram muito parecidos, por isso supus que fossem irmãos, e havia neles qualquer coisa remota que me trazia alguma recordação indefinível e distante, talvez o modo de sorrir de um ou o olhar tímido do outro, não sei bem. Eles acabaram percebendo que eu não os reconhecia, claro. E um deles me disse que era o Jorge, mas isso também não ajudou; só percebi quem eram quando o outro apertou o braço do irmão e o chamou de "Tucas". Fiquei tão envergonhado que, se houvesse por ali um buraco, tinha me enfiado nele para sempre. O "Tucas" era o meu melhor amigo no colégio, mas perdi o rastro dele quando fui para a universidade e ele foi para o exército, chegavam-me notícias dele por outras pessoas, mas não nos víamos fazia muitos anos. E depois me aparece aquele homem, tão diferente do "Tucas", tão velho, tão irreconhecível. Fiquei sem saber o que havia de dizer-lhe, trocamos umas palavras banais, mais vazias do que cascas de amêijoas no fim de um almoço à beira-mar, só nos reconhecemos realmente quando ele me pôs a mão no ombro para despedir-se e eu vi, no fundo dos olhos dele, a imagem do menino que se atirou no rio para ir buscar a nossa bola depois de eu ter desferido pontapé com força demais, o adolescente que apanhou na cara para defender-me quando três sujeitos mais velhos me escolheram como saco de pancada na saída do colégio. Mas agora não sei se ele sabe que eu o vi nesse momento de despedida, no fundo dos olhos. O meu "Tucas" está escondido dentro do corpo daquele homem velho, eu o vi lá, mas tenho medo de que ele não tenha percebido que o reconheci, que nos encontramos.

Viriato, que noutras ocasiões já tinha visto o amigo algo abalado pelos dramas e pelas manipulações da filha, estranha ainda assim aquela manifestação de fragilidade naquele momento e naquele lugar. A brasileira, pelo contrário, não se surpreende nada, porque sabe que os homens são atraídos para a casa cinzenta (e para casas como aquela, mas pintadas de outras cores) menos pelo sexo pago do que pela possibilidade de se mostrarem tal como são, sem o receio dos julgamentos daqueles com quem lidam na vida real, a vida que fica lá fora quando a porta da entrada se fecha e eles adentram a sala escurecida povoada de mesinhas e cadeiras forradas de vermelho.

— Depois de eles terem saído do café, fiquei pensando como é que era possível. Como é que o tempo pode transformar-nos tanto a ponto de eu deixar de reconhecê-lo. Mas depois me ocorreu que o pior nem é isso. O pior é eu não conseguir reconhecer o rapaz que eu próprio fui. Só me lembro do "Tucas" como ele era há quarenta anos, e o velho em que ele se transformou é um desconhecido para mim, mas tenho de me esforçar para me recordar de quem eu era há quarenta anos, como se o meu presente tivesse afogado o meu passado. Dele a minha memória só guardou o rapaz, mas de mim não sobrou nada do rapaz que fui. — Alberto não lidava mal com o álcool, pelo menos na maioria das vezes. Não ficava agressivo nem ruidosamente alegre, antes se tornava melancólico e mais dado a reflexões existenciais, o que era, ainda assim, uma diferença significativa face ao seu estado sóbrio.

A brasileira volta a encostar-se nele e aperta-lhe o braço com gentileza:

— Isso acontece a todos. Só não acontece com Peter Pan e com os meninos da Terra do Nunca. Crescemos e vamos esquecendo. Lembra-se da história? Eu vi o filme de animação na televisão, numa dessas tardes de domingo em que não há nada para fazer e dá vontade de fingir que não estou aqui.

Viriato, que tinha começado a cogitar que aquele lugar pode ser surpreendente, corrige-se quando reconhece que talvez seja ele quem precise abandonar alguns preconceitos, mas não tem tempo para explorar essa linha de pensamento porque Alberto está imparável, os diques foram derrubados pelas palavras que saem da caverna escura da sua garganta para depois explodirem como fogo de artifício na penumbra da sala:

— O "Tucas" foi embora e eu me confrontei de repente com o que me aconteceu nos últimos quarenta anos. Vocês já se atentaram àquelas pessoas que fazem um balanço da vida na passagem de ano, talvez para saberem que desejos pedir antes de engolirem as doze passas? Aconteceu-me isso, só que foi pior, porque não estamos em dezembro e porque não fiz o balanço de um ano, mas sim de décadas. E não havia festa nem espumante nem camarão nem passas nem projetos para inaugurar em janeiro... — Alberto hesita, talvez não queira ou não consiga dizer a que resultado chegou depois dessa ponderação, se é que a questão chegou a pôr-se nessa forma conclusiva, final, definitiva.

A mulher continua acariciando-lhe o braço, mas não é fácil a Viriato compreender se a sua empatia é genuína. *Conseguirá ela preocupar-se com a angústia de Alberto depois de ter visto no telejornal uma criança síria de olhos desorbitados que foge das bombas com um menino ainda menor apertado contra o peito? Não achará ela todos aqueles queixumes quase escandalosos quando se lembra das moças estupradas, espancadas e humilhadas que ao longo dos anos, nesse tipo de trabalho, inevitavelmente encontrou? Ou quando se recorda do pai destruído pela cachaça e dos dois irmãos que morreram, um por causa do crack, que era a sua única razão de viver, e o outro porque foi atingido por uma bala perdida entre traficantes de crack e os policiais que entraram no morro para prendê-los?* — o mais espantoso, dá-se conta Viriato enquanto essas ideias lhe cruzam o espírito ao mesmo tempo em que olha para a mulher, é que há nela uma preocupação que parece verdadeira, como se ela soubesse que a única forma de respeitar o sofrimento dos outros é não comparar padecimentos, porque há sempre um mal maior, mas, para aquele que sofre, o seu sofrimento é único e incomensurável.

A alteração da música, que passa subitamente de um ritmo lento e romântico para um sincopado rufar de tambores a que se segue a voz de Ella Fitzgerald entoando "Whatever Lola Wants", anuncia o último *striptease* da noite, aquele que antecede o início da saída dos clientes mais relutantes em regressarem às suas casas, às suas vidas, às suas mulheres. Luba porta-se bem, dessa vez. O espetáculo corre como seria de esperar, a romena ora é uma serpente a tornear uma árvore, ora voa como uma equilibrista no trapézio, às vezes contorce-se como a assistente de um mágico, em outras faz lembrar uma suicida que se atira do alto de um penhasco e que plana depois no ar, totalmente livre antes de se esborrachar nas pedras do chão. A maquiagem espessa que lhe cobre o corpo fibroso oculta as cicatrizes e as marcas de agulhas, e no final da exibição a mulher se transforma num turbilhão que gira em torno da barra. Alma, que entra na sala nesse momento e olha para a amiga, sabe que ela desejaria tornar-se um furacão que arrancasse do chão aquele tubo de aço que é o símbolo da sua sujeição, a gaiola do papagaio, o aquário do peixinho dourado, a jaula do macaco, um furacão que estilhaçasse as paredes, fizesse ruir o telhado, levasse com estrépito as persianas, afundasse os alicerces e depois alisasse a terra, deixando-a tão incólume e limpa como se nunca tivesse existido ali nenhuma casa cinzenta.

O espetáculo acaba e Luba afasta-se coberta por um robe de cetim prateado, altiva e selvagem sob os aplausos dos clientes mais entusiasmados. Em circunstâncias normais abandonaria depois a sala pela porta discreta, mas naquela noite regressa à mesa onde Asali, e agora também Alma, a esperam. A nigeriana precisa delas e mais vale que conversem ali, onde o ruído da música e as vozes dos clientes lhes abafam as palavras. Os quartos são menos seguros, e todas o sabem. Asali, que não tem notícias da filha, sente há dias uma espécie de opressão generalizada que lhe provoca dores no corpo todo, tem o pressentimento de que a menina não está bem, nos pesadelos que não a deixam dormir já não consegue ver o rosto dela, quando se aproxima e acredita que está quase a olhar para Bashira abre-se de repente um buraco debaixo dos pés e cai, cai, continua a cair enquanto grita, e acorda coberta de suor, com o coração acelerado e as lágrimas escorrendo pelo rosto. Foi falar com Renato, implorou-lhe que a deixasse partir apenas durante alguns dias, somente os necessários para fazer uma visita rápida à família e confirmar que a menina está crescendo com saúde.

— E o que lhe respondeu? — A pergunta de Alma tem acoplada uma resposta gorda que consegue prever com uma certeza tão grande que apostaria nela a casa e o carro, se os tivesse. É um "não", claro. O que ela quer saber é antes *como* é que Renato respondeu, com que crueldade e violência.

— Riu-se. Deu uma gargalhada. E mandou-me embora. Como se eu tivesse ido lá para contar uma piada. — As outras conhecem o riso mecânico do homem, um movimento de boca e de dentes desacompanhado pelos olhos inertes, como se sua cara se dividisse em duas partes, a de baixo que gargalha e a de cima que vigia e ameaça.

O olhar de Luba é feroz:

— Não devia ter ido falar com ele. Você tem de ir embora, Asali. Não te vigiam o tempo todo. Não é só por sua filha, que deve estar bem. É por você.

A nigeriana discorda. Sabe que não vale a pena lembrar Luba da existência do feiticeiro *ju-ju* que a amarrou àquele destino ou do relicário que no piso de baixo a mantém mais presa do que grilhões nos tornozelos. Para Luba, nada daquilo existe. Mas há outras coisas que a romena respeita.

— A janela do meu quarto também tem grades, e as portas ficam todas fechadas a chave depois de os clientes saírem. E há os cães. Se me apanham, me matam. — Asali prefere recordar as amigas dos obstáculos que sabe que elas podem compreender.

Alma está dividida, os riscos inerentes à fuga são grandes, mas as consequências de permanecerem ali não lhe parecem menos desvaliosas:

— Estamos aqui há tanto tempo, e as nossas dívidas continuam a aumentar. De vez em quando, nos dão uma colher de chá, deixam você enviar algum dinheiro à família ou um presente para a sua filha, vão oferecendo a Luba aquilo que ela quer e que não devia querer, mas não estamos mais perto de deixarmos isto definitivamente. Dizem-nos que temos de pagar o quarto, a comida, o cabeleireiro, a esteticista, os exames médicos, os preservativos, as multas quando os clientes se atrasam, quando acham que não estamos bem arrumadas, quando se vendem poucas bebidas, quando se queixam de nós. Ainda lhes devemos aquilo que pagaram por nós quando nos compraram. Os anos passam, e a Bashira está crescendo sem você, Asali.

— Mas você quer que eu fuja como? O feitiço pode me matar, a mim e à minha menina. — O desespero de sempre, quando se lembra daquilo. Dessa vez, porém, Alma pensou numa resposta:

— Temos de recuperar o seu relicário. Se o levar com você, o Renato já não pode fazer-lhe mal. E depois procure outro feiticeiro, mais poderoso, para desfazer o mau-olhado. Pode libertar-se disso, Asali. Só temos de pensar bem, definir o nosso plano e segui-lo à risca.

— Mas como é que eu consigo sair daqui sem eles suspeitarem de que vou fugir? E depois como é que chego ao meu país sem me apanharem? — Para Asali, a distância entre aquela sala e Lagos parece a lonjura que separa duas galáxias em pontos remotos do universo, não faz ideia de como chegar às palafitas de Makoko e voltar a sentir o movimento reconfortante da água mexendo-se debaixo dos pés, o chapinhar provocado pelo mergulho dos remos, o cheiro do peixe a ser defumado, as gargalhadas das crianças que usam pneus velhos como se fossem boias.

Estão conversando ali há tanto tempo, dá-se conta Alma, quando vê passar de novo, desconfiado, um dos sabujos de Renato. Precisam precaver-se. A casa começou a esvaziar-se, e o ruído provocado pelos clientes atenuou-se, as mulheres tornam-se de repente mais visíveis. O rapaz alto com quem conversou numa noite anterior está levantando-se de uma mesa e começa a caminhar na direção dela, e Alma surpreende-se quando nota o ligeiro sobressalto que isso lhe causa. Chega depressa, com passos ágeis, os olhos sempre fixos nos dela, um sorriso ligeiro de reconhecimento.

— Boa noite, Alma. Posso convidá-la para um último copo?

Alma faz-lhe sinal para que ocupe a quarta cadeira, a única disponível, nota-lhe a surpresa ligeira por perceber que terão companhia, percebe o desagrado de Luba, mas resolve ignorar esses sinais porque acabou de ter uma ideia, uma ideia louca, mas que lhe surgiu de repente como um raio de luz numa noite muito escura, por isso trata de fazer as apresentações.

— Viriato, estas são as minhas amigas Luba e Asali. Gostaria que você as conhecesse. São a minha família.

17

CAPÍTULO DEZESSETE

A SERINGA

Cármen já tomou muito mais analgésicos do que devia, mas as dores no peito continuam parecendo-lhe insuportáveis. Tinha passado por tantas intervenções estéticas que estava preparada para um desconforto muito maior do que aquele para o qual o médico a tinha avisado, mas dessa vez era diferente. Tinha de morder os lábios para não gritar alto e sentia-se febril, havia ali qualquer coisa que não estava certa. Não devia ter feito aquilo, as próteses antigas não estavam causando problemas, tinha sido uma estupidez querer substituí-las pelo novo modelo que em tese tornaria o toque nas suas mamas mais semelhante ao contato com seios verdadeiros. *E tudo isto para quê, se já nem me lembro bem da última vez que o Renato pôs as mãos sobre mim?* — pensar no homem que é a sua obsessão provoca-lhe sempre, até naquele momento em que se sente como se lhe estivessem queimando o peito com ferros em brasa, a mesma mistura de alvoroço com ressentimento.

Desde que ele a tinha escolhido para braço direito na gestão dos negócios e para companhia mais frequente na cama, começara a acreditar que tinham se tornado um casal e o mimava de todas as maneiras possíveis. Demorou a compreender que ele achava a maioria delas incomodativas e até ridículas. Cármen fingia que gostava dos seus cães sinistros e chegou até a se oferecer quando ele não estava para alimentá-los, apesar de recear, sempre que ia ao andar de baixo, tornar-se ela própria o alimento daquelas bestas selvagens de olhos avermelhados e dentes afiados. Quando Renato se tornou um fanático da alimentação saudável, passou a ir à cozinha antes de ele acordar para preparar-lhe uns sucos verdes horrorosos que a ela faziam lembrar sopa crua, tristes misturas de couves, pepinos, água de coco, berinjelas e beterrabas, sementes de linhaça, gengibre, repolhos, aipo e uma série de outros ingredientes estranhos que a faziam desejar ainda mais ardentemente o seu café com leite e o seu pãozinho com manteiga e queijo.

Aprendeu a fazer massagens relaxantes porque ele às vezes sentia um incômodo no pescoço e nos ombros e até encomendou uma maca portátil com um buraco em cima para a cabeça ficar mais confortável e um apoio para os braços não ficarem pendentes quando ele se deitava de barriga para baixo. Comprou óleos de massagens, velas rituais, música oriental, mas nada adiantava, o homem parecia talhado em pedra, sempre hirto e tenso, não havia massagem que o acalmasse. A segunda sessão acabou como a primeira, seus braços e suas costas desfeitos, os dele tão contraídos como antes, distendendo-se apenas quando lhe ordenou que fizesse desaparecer o mais depressa possível aquela parafernália toda, a não ser que preferisse que *ele* se desfizesse *dela*.

A certa altura Cármen começou a pensar que não podia esperar que ele fosse mais carinhoso e leal, afinal, ele era como era, e ela é que o escolhera apesar de ele ser assim, por isso tinha de encontrar em si própria uma solução para aquela insatisfação. A ideia tinha surgido vendo um daqueles programas de televisão que duravam a tarde toda e depois até pensou que podia ter interpretado mal a mensagem, mas naquele momento, quando ouviu a mulher de pele sem manchas, cabelo sempre arrumado, dentes brancos e sorriso permanente dizer com uma certeza inabalável que cada um tem de encontrar a felicidade dentro de si próprio, ficou pensando que tinha andado fazendo tudo errado ao pedir a Renato que se tornasse o garantidor de sua alegria. Tinha de aceitá-lo como era e esforçar-se por ser mais feliz. Viu anunciados no mesmo programa dois livros de autoajuda e encomendou-os logo, esperou ansiosa que chegassem pelo correio e durante quase uma semana incomodou menos do que antes as mulheres da casa porque se embrenhou na leitura como quem estuda o mapa que a conduzirá a uma arca do tesouro. Lia devagar, com dificuldade e concentração, mordiscando o lábio inferior enquanto sublinhava a lápis leve as ideias que achava que lhe podiam ser mais úteis.

Pouco a pouco, começou a tentar aplicar algumas das sugestões recém-lidas. Quando notava a irritação crescer, respirava fundo e procurava bloquear o espírito, mas não conseguia prestar atenção aos seus pulmões, muito menos senti-los se expandirem, e também não notava nenhuma energia radiosa a inundá-la de repente como que por magia. Procurou alterar algumas rotinas, descobrir atividades novas que a entusiasmassem, mas as idas ao cinema a entediavam; quando entrou na cozinha para experimentar receitas novas, notou que o cheiro do alho ficava agarrado às mãos e saiu correndo; as suas incursões na jardinagem não eram compreendidas pelas orquídeas raquíticas, que morriam mais depressa do que borboletas.

Havia outro problema com os livros, disso se deu conta Cármen. As pessoas que os escreveram não conheciam Renato, por isso faziam uma série de propostas que seriam impensáveis caso alguma vez tivessem cruzado com ele. Algumas até lhe davam certa vontade de rir. Como se ela pudesse acabar com uma discussão com o seu homem dizendo-lhe simplesmente “me olhe nos olhos”, porque isso o distrairia da raiva e o faria concentrar-se apenas nos dois e no quanto se amavam. Renato não pode distrair-se da raiva porque é mais feito de raiva do que de ossos, carne e músculos. E o amor é tão estranho do modo como se relacionam que nem sabe se ele compreende o conceito ou se lhe soaria a palavra de uma língua alienígena. Outro conselho, segundo o qual ela devia escutar Renato como se estivesse ouvindo a si própria, concentrando-se realmente naquilo que ele sente, trata-se de mais um gigantesco disparate, porque no caso dela não há nada para escutar. Renato não fala, a não ser para dar-lhe ordens e transmitir instruções sobre a gestão do negócio. Dar-lhe a oportunidade de manifestar os seus “sentimentos” é uma ideia absurda, primeiro porque Renato tem sempre a faca e o queijo na mão e ninguém lhe dá oportunidades, depois porque só se pode manifestar aquilo que se tem. E um dos problemas está precisamente aí: Cármen não sabe se Renato tem algum tipo de *sentimento*.

Acabou por ser forçada a compreender que mais valia desistir daquilo tudo. A colombiana resolveu deixar de inventar e regressar ao seu modo de ser habitual por duas razões convergentes. Tinha começado percebendo que as suas tentativas de mudança eram vistas como esquisitices pelas outras mulheres, que as tomavam por um sinal de fragilidade, o que abalava a sua autoridade. A portuguesa protuberante que ela sabia que já tinha partilhado uma vez ou outra a cama de Renato estava ficando mais atrevida, e havia um grupinho de descerebradas que se juntava em torno dela como a antecipar uma nova liderança; os risinhos e os sussurros paravam quando Cármen passava, mas eram retomados com mais rapidez do que aquela que o respeito devido aconselharia. E depois tinha visto aquela reportagem no tal programa de televisão. Sobre as diferenças entre sociopatas e psicopatas. Dessa vez era um homem de voz grossa que falava, indignado, a propósito de um crime de homicídio praticado por um rapaz magro e de ar ausente com um aspecto faminto na fotografia que aparecia em grande plano na tela. Tinha atirado pela janela do terceiro andar a filha bebê que não parava de chorar quando a única coisa que ele queria era dormir, deixar de ouvir dentro da cabeça aquelas vozes assustadoras que só passavam com os comprimidos que lhe receitavam na consulta de psiquiatria, os comprimidos que tinham acabado, e ele sem dinheiro para apanhar os transportes, sem forças para tomar banho e fazer a barba antes de ser ouvido pelo médico cansado que o ajudava a manter-se quase normal.

O que chamou a atenção de Cármen foi a palavra "psicopata" que o especialista zangado sobrepunha à fotografia do rapaz de olhos espantados. Para ela aquilo significava uma mistura de "muito mau" e "doente" e já lhe tinha ocorrido a propósito de Renato de quando em quando, naqueles momentos em que até ela ficava impressionada com a crueldade dos seus atos. Logo ela, que tinha nascido e crescido numa Colômbia onde não era incomum encontrar cadáveres na rua quando se saía para ir à mercearia e onde as mulheres estavam dispostas a todos os sacrifícios para se assemelharem às *misses* universo que eram o sonho de todas as meninas, sem imaginarem sequer que ser namoradas de traficantes de droga ou de políticos corruptos era seguramente menos do que aquilo que podiam almejar.

O especialista da televisão insistia na explicação do conceito de psicopata, e Cármen, que continuava à procura de respostas para a sua desgraça, subiu o volume e gritou a duas tagarelas que se calassem, que estavam a distraí-la, que desaparecessem dali. O homem estava dizendo que tanto os sociopatas como os psicopatas têm personalidades antissociais que se manifestam por meio da agressividade, do egocentrismo e da falta de empatia pelos outros, do talento para a manipulação que quando querem os torna encantadores, da incapacidade para aceitarem sem violência as contrariedades do dia a dia. Mas depois, acrescentava com ar sabedor, há caraterísticas específicas dos psicopatas. Cármen, que já tinha identificado em Renato muitos dos traços genéricos antes atribuídos aos sociopatas — ele se achava o umbigo do mundo e não queria saber de mais ninguém, alternando as manifestações de simpatia com as explosões de raiva —, quase pensou que o especialista estava traçando um retrato do seu homem quando passou a enunciar os predicados de um verdadeiro psicopata. Os psicopatas não têm consciência? Confirmado: Renato nunca se sentia culpado de nada, e por mais sangue e lágrimas que tivesse feito verter nesse dia, pousava a cabeça no travesseiro e dormia, sem remorsos, um sono de criança. São calculistas e frios? Sim, Renato traçava os seus planos e seguia-os à risca, enganando quem precisasse e esmagando quem lhe atravessasse o caminho. Não têm a capacidade de desenvolver relacionamentos afetivos genuínos? Era, também, o caso de Renato, que não gostava de ninguém a não ser de si próprio. O cérebro de um psicopata é diferente? A isso já não podia responder. Mas dava para imaginar que se um dia os cientistas abrissem ao meio a cabeça de Renato descobririam uma massa cinzenta muito escura e nunca vista, viscosa, que era preciso analisar ao microscópio até descobrirem todos os seus segredos, aqueles que ele não partilhava com ninguém, mesmo os que tinha fechado a sete chaves no cofre do porão.

Essa classificação tão exata e indubitável de Renato na categoria dos psicopatas teve em Cármen um efeito muito tranquilizador. Assim ficava tudo explicado. E se o cérebro dele era diferente então era possível concluir que, coitado, não havia nada que pudesse fazer para ser melhor. Não era, no fundo, livre para se orientar pelo bem, e a culpa era do córtex pré-frontal ou de outra coisa qualquer do gênero arrumada naquele crânio duro, uma coisa que já tinha nascido com ele, um germe do mal que se expandia à medida que ele crescia e que não era dizimado por medicamento nenhum. Confirmava-se que tinha uma espécie de doença grave, o seu homem.

Tratou-se de uma descoberta muitíssimo útil, porque a ajudou a pôr em prática a única sugestão dos livros de autoajuda que no caso dela parecia viável. "Perdoe e aceite", estava escrito em letras maiores no título de um dos capítulos finais. Havia ocasiões em que era difícil. Quando ele começava o dia mais bem-disposto do que devia depois de experimentar uma das moças novas. Quando passava semanas sem convidá-la para o seu quarto nem visitá-la no dela. Quando ela adoecia e ele se mantinha o mais distante possível para evitar os contágios, porque afinal não podiam ficar os dois de cama porque alguém tinha que tratar do negócio. Quando ela lhe suplicava que saíssem para umas férias em algum lugar, mesmo que por poucos dias, e ele nem se dignava a justificar a resposta negativa. Quando lhe falava no seu sonho de comprarem uma casinha com jardim, num país distante e luminoso, para viverem em paz uma aposentadoria dourada, e ele fazia de conta que nem a ouvia. Quando ele a esbofeteava com as costas da mão porque ela estava ficando agitada demais nas suas exigências. Mas também quando o via olhar com escárnio para as suas rugas que cresciam como se aranhas subissem em seu rosto enquanto dormia e aí tecessem as suas teias, quando despedia a cozinheira que ela tinha contratado na semana anterior sem lhe pedir opinião, quando aceitava em casa mulheres jovens demais que ela não tinha aprovado ou quando puxava a toalha para fazer tombar no chão a sopa que ela tinha escolhido porque os legumes não eram todos, como ele exigia, de agricultura orgânica.

Sim, havia momentos em que Cármen sentia que o odiava, e nessas ocasiões pensava que ela é que estava doente e que a sua única enfermidade se chamava Renato. Se conseguisse livrar-se dele talvez ainda tivesse uma oportunidade. E começava a não lhe sobrar muito tempo para inverter aquela vida azarada, que lhe tinha cabido desde que nascera numa sexta-feira de má memória para todos, sobretudo para o pai, que tinha perdido no parto a mulher que achava que era o amor da sua vida. *Ainda bem*, pensava Cármen de quando em quando, *assim pôde apegar-se a essa ideia idiota de que era um infeliz por ter perdido o seu único amor e ainda ganhou um pretexto para me odiar e maltratar, a mim, que lhe levei a santa esposa.*

As dores intensas e a ausência de Renato ameaçavam tornar aquele dia um desses momentos em que o ódio de Cármen ganhava vantagem sobre o amor, a paixão, o medo, o respeito ou fosse lá o que fosse que a mantinha agarrada ao bandido, pendente da sua aceitação, mendiga da sua atenção, refém da força das suas mãos e dos poderes hipnóticos dos seus olhos frios.

Está se tornando insuportável, geme Cármen, enquanto mexe com muito custo o braço para chegar ao telefone pousado na mesinha de cabeceira. Marca o número de Renato, que tinha saído algumas horas antes, como sempre sem deixar exatamente claro para onde ia ou quando voltava, porque vive obcecado com a sua segurança pois gosta de provocar insegurança nos outros, vetores que sabe que estão interligados. A sua segurança alimenta-se da insegurança dos outros. Não manter rotinas, usar caminhos diferentes, não estar nos mesmos lugares sempre à mesma hora, não partilhar com ninguém a informação sobre o que fará em seguida, são regras que cumpre escrupulosamente para sentir-se mais seguro. Mas chegar sem avisar também cumpre o propósito de manter os outros sob tensão e sujeitos ao seu domínio, porque em momento nenhum escapam por inteiro ao controle do dono, ele quer que sintam que estão tão vigiados como se lhes tivesse instalado uma câmera nos olhos e um gravador na boca. O telefone toca, toca, mas Renato não atende logo. Cármen, que também está habituada a que isso suceda, insiste. Ele não faz quase nada por impulso, nunca responde imediatamente a mensagens nem atende logo seja quem for, os outros é que precisam dele, ele não precisa de ninguém. Só cede a impulsos quando é para bater ou para matar, mas isso também já não sucede com tanta frequência como antes, a passagem do tempo começou a pôr-lhe algum freio.

Renato atende o telefone, finalmente, e Cármen soluça enquanto lhe diz que precisa ir para o hospital, que já não aguenta mais, que se sente ardendo, que acha que está com alguma infecção. A mulher tinha necessitado de certo tempo para descobrir se as lágrimas lhe eram ou não de alguma utilidade. Por um lado, sabia que Renato desprezava as manifestações de fragilidade e que não tinha a capacidade de condoer-se de ninguém. Mas, por outro lado, foi percebendo que a capacidade de provocar ou atenuar o sofrimento dos outros o fazia sentir-se poderoso, e ele gostava disso. Dava-lhe prazer o conhecimento de que tanto podia causar muitas lágrimas como secá-las sem precisar de um lenço. Por isso, em alguns momentos, Cármen achava que chorar lhe seria vantajoso e aprendeu a fazê-lo em várias intensidades por mero comando mental. Ligava e desligava a torneira das lágrimas melhor do que uma atriz de teatro formada pelo Conservatório. Mas daquela vez não tinha precisado mandar a si própria soluçar, as dores eram tantas que estava ficando com medo de morrer.

— Vou falar com o doutor Joaquim. Ele passa aí para vê-la. — Nem uma palavra de conforto e Renato desliga. Não quer dar a Cármen a oportunidade de continuar a lamuriar-se e de pôr em causa a competência do médico que é mais um dos seus homens de confiança, ainda que com funções muito específicas.

Os soluços de Cármen, mesmo que ela os procure abafar para não serem ouvidos pelas outras mulheres, são percebidos por Asali quando atravessa o corredor. Não tem confiança suficiente com a madame para perguntar-lhe se precisa de alguma coisa, mas se apressa a contar para Alma que se passa algo. A informação por ali pode valer mais do que ouro, porque ora ajuda a obter alguma vantagem, ora permite que se evite um problema; a única dificuldade está em saber como usá-la.

O alívio da colombiana, quando Alma lhe bate à porta e depois a entreabre para perguntar se pode entrar, é enorme. De fato, estava pensando em chamá-la e sente-se como se a moça tivesse escutado os seus pensamentos, mas não se surpreende com isso, porque se habituou a pensar nela como uma criatura quase iluminada, capaz de sentir e de compreender aquilo que escapa a todos os outros. Alma ainda está de camisola, comprida e pouco mais branca do que os caracóis do seu cabelo, parece mais jovem sem nenhuma maquiagem e muitíssimo mais bonita, e Cármen volta a interrogar-se sobre o que ela faz ali, sobre os disparates do destino que a prenderam naquele lugar esquecido quando devia estar sendo apreciada em salas de cinema pelo mundo afora, a espreguiçar-se, lânguida e feliz, na cabine de massagens de termas onde as toalhas felpudas se estreiam para cada cliente e vêm bordadas com muitas estrelas, ou trabalhando como voluntária de uma organização internacional que auxilia outras mulheres sofridas numa região distante da Ásia ou num bairro longínquo de uma grande cidade africana. Se as coisas fossem como deveriam ser, Alma poderia ser tudo o que quisesse ser. Mas não, estava ali, e, naquele momento, Cármen dava graças por isso.

— A febre está muito alta, Cármen. Temos de fazer alguma coisa e depressa. Quer que chame um táxi para levá-la ao hospital? — Alma também sabe que Renato não está em casa e só por isso se atreve a fazer tal sugestão. Mas a outra ainda não está pronta para tomar essa decisão. Ambas conhecem as instruções em matéria de saúde, e a principal é nunca, em circunstância alguma, irem ao hospital. Os centros de saúde e os hospitais são lugares predispostos à descoberta de coisas que se quer manter ocultas, e todo mundo tem noção disso, incluindo os profissionais, que sabem detectar os sinais e que levam a sério a obrigação de denunciar os fatos suspeitos de que têm conhecimento no exercício das suas funções.

— Não, Alma, o hospital, não. O doutor Joaquim deve estar chegando. Fique aqui comigo, não quero que me deixe sozinha com ele.

O médico não demora, com efeito. Renato é o seu principal cliente — apesar de os exames médicos *dele* serem sempre feitos numa clínica famosa, que não ia correr o risco de pôr-se nas mãos daquele carniceiro — e não gosta que faça esperar suas mulheres. Entra no quarto curvado, antecedido pelo cheiro de tabaco e pelo barulho das moedas a tilintarem no bolso esquerdo — é um tique de que não consegue libertar-se, mexe-lhes constantemente com aquela mão —, a direita está ocupada segurando a pasta de couro envelhecido onde guarda os seus utensílios. Cumprimenta Cármen com mais deferência do que aquela que reserva às outras mulheres, mas ainda assim com um respeito limitado, afinal conhece-a há muitos anos e os seus serviços clínicos já foram ocasionalmente pagos, em outros tempos, também com passagens por sua cama. Agora já não, porque tem uma espécie de acordo — há por ali muito trabalho para ele, entre análises das mulheres para ver se não têm doenças incomodativas para os clientes, uma gravidez indesejada ou outra, certos retoques estéticos a que são obrigadas, o tratamento das doenças que são frequentes porque o trabalho delas acaba por ser muito desgastante para o corpo e para o espírito. Só quem nunca viu o que ele vê é que pode dizer que aquelas moças andam atrás de dinheiro fácil. Felizmente é um generalista, percebe tanto infecções urinárias como gripes e depressões, tem sempre à mão um comprimidinho milagroso para resolver todos os males. E sobretudo nunca se esquece de que o paciente dele é o cliente e que o cliente não é necessariamente o doente, por isso, em caso de divergências, o interesse que prevalece é o de Renato. Os direitos de esclarecimento e de consentimento são apenas de quem lhe paga, e por isso é só ao homem que dá explicações e é dele que recebe instruções. O que, feitas as contas, facilita-lhe bastante a tarefa, porque as mulheres são muitas e nem sempre particularmente lúcidas.

A observação das mamas de Cármen não lhe permite demasiadas dúvidas, estão inchadas e avermelhadas e há um líquido que escorre das cicatrizes; aparentemente os drenos não estão sendo suficientes para evitar a acumulação de líquidos. Mede-lhe a febre e confirma que se aproxima perigosamente dos quarenta graus. Preferiria que a moça de caracóis platinados não estivesse ali olhando para ele com aqueles olhos redondos e muito abertos em que não lê nenhuma censura apesar de ter sido ele a informá-la de que estava infectada pelo vírus da AIDS — o que, para surpresa dele, não determinou a expulsão imediata de Alma da casa, porque era tão especial que ainda havia clientes que só a escolhiam, desde que fossem tomadas as precauções devidas. Pediu a Alma que saísse, mas Cármen não o permitiu, antes se agarrou com mais força à mão da outra, por isso teve de conformar-se com a sua presença.

— Vou ter que retirar algum líquido com uma seringa, Cármen. Depois disso vai sentir-se aliviada, garanto. — A voz sai infelizmente mais firme do que a mão com que tira da pasta uma seringa e uma agulha; devia levar mais a sério a decisão de deixar de beber uísque, não quer que Renato venha a notar que os tremores começam a se tornar mais frequentes.

A picada na carne intumescida e dolorida tem em Cármen o efeito de uma descarga elétrica, a dor se torna lancinante, grita e procura libertar-se, mas o médico a segura com a outra mão que revela uma força insuspeita, e Alma, com lágrimas nos olhos, também a agarra enquanto lhe suplica que aguente só mais um bocadinho, já falta pouco, está quase, quase. Quando aquela tortura finalmente acaba, Cármen está tão desfeita que mal consegue compreender as palavras ditas pelo doutor Joaquim antes de sair às pressas. Está prescrevendo-lhe um antibiótico, e não, não é preciso que alguém saia para ir comprá-lo na farmácia. Ele próprio, previdente, já veio munido de uma embalagem, limita-se a deixá-la em cima da mesinha de cabeceira e recomendar que Cármen coma qualquer coisa e tome de imediato a primeira cápsula. E que não hesite em voltar a chamá-lo, caso o tratamento não dê o resultado esperado. Ele está, como sempre, à disposição.

18

CAPÍTULO DEZOITO

AS GRADES

Alma acredita em coincidências, algumas vezes benfazejas e outras nem tanto, por isso não estranha que Viriato volte a aparecer logo numa das noites seguintes, precisamente quando está se tornando urgente uma avaliação mais exata do papel que ele pode desempenhar no plano que ela começa a traçar. Vê sua chegada, de novo sozinho e bonito, a camisa branca revelando-lhe o pescoço e o início do peito já bronzeado, percebe que os olhos dele varrem a sala até a encontrarem e nesse instante seu sorriso se alarga, mas só por momentos, até se dar conta de que ela está acompanhada por outro homem e que isso deve constituir um obstáculo para que se aproxime. Cumprimenta-a em silêncio, ainda de longe, e dirige-se para o bar. Mas Alma precisa conversar com ele, e felizmente o cliente que antes tinha se aproximado dela é um daqueles que podem ser despachados para outra companhia, invoca uma justificativa, explica que tem um assunto a tratar com um senhor que acabou de chegar, se encontrarão em outro momento, ele que a desculpe.

— Posso me sentar ao seu lado? — Alma repara na surpresa e logo em seguida na alegria de Viriato quando deixa de olhar para o copo pousado sobre o balcão e se dá conta de que é ela que está ali.

— Claro, fico muito contente. Só não fui me encontrar com você porque achei que estava ocupada e que seria inconveniente. — Há uma hesitação antes da palavra "ocupada", Viriato não quer ser desagradável, mas não achou que fosse preferível ter dito que Alma estava trabalhando. Aquele é um tema em que se sente caminhando com passos periclitantes por cima de uma película de gelo fino que pode partir-se a qualquer momento, e não tem ainda a certeza de querer descobrir o que está por baixo. Se aquele é o trabalho de Alma, não compreendeu inteiramente tudo o que cabe no conceito. Ela o olha em silêncio, sossegada, e ele sente necessidade de falar-lhe de imediato do medo que o trouxe ali naquela noite. — Já percebi que sempre que venho aqui há caras novas e há outras pessoas que desapareceram. Preocupa-me muito a hipótese de chegar e já não a encontrar. Se você for embora, não tenho nenhum contato seu, nenhuma maneira de descobrir onde está, nem sei se Alma é o seu nome verdadeiro, parece-me muito coerente, muito certo, sei lá, como se o tivesse escolhido para você própria ou como se alguém que a conhecesse bem o tivesse atribuído a você. — Viriato sente que o que mais quer é puxá-la contra o peito, envolvê-la com os braços e fazê-la sair dali com ele, *quem sabe se para sempre*, mas tem uma noção do ridículo, porventura exagerada, que lhe tolhe os movimentos e lhe limita o discurso.

Alma tem dúvidas sobre como responder-lhe. Precisaria explicar-lhe a estrutura complexa da casa para ele compreender que as mulheres que ele vê e que tende a agrupar num preconceito comum — porque são todas jovens, vistosas e ganham dinheiro entretendo homens — têm na realidade vidas muito variadas, são todas diferentes umas das outras, as suas histórias nem sempre se repetem, algumas ainda podem fazer escolhas enquanto outras foram totalmente privadas dessa possibilidade.

— Você não precisa se preocupar com isso. Sim, há um grupo de moças que roda por várias casas, mais ou menos de três em três meses. Mas eu não faço parte desse grupo. Não é provável que eu desapareça sem que você saiba. — A última frase é cuidadosamente ponderada, mas Viriato só muito mais tarde poderá compreendê-la na sua plenitude, e mesmo assim apenas se as coisas correrem como Alma espera.

Não vale a pena dizer-lhe tudo já. Em breve precisará contar-lhe que ela, Luba e Asali estão ali contra a vontade, tão presas como se dos seus tornozelos saíssem correntes que só acabam em argolas fixas no cimento da casa cinzenta. Mas nem todas as outras moças tinham sido vendidas por alguém a Renato, ele não tinha comprado todas, algumas não tinham tatuada na pele a letra inicial do nome dele. *Coisa do Renato.* Ocasionalmente também trabalhavam ali mulheres que durante o dia estudavam na universidade e à noite queriam ganhar uns trocos para poder comprar o casaco dos seus sonhos ou financiar a viagem que fariam nas férias, ou jovens mães desempregadas que tinham o aluguel de casa para pagar e deixavam as crianças entregues aos avós e a amigas para apanharem o transporte que as levaria até ali e as deixaria na madrugada seguinte na porta dos apartamentos suburbanos e pequenos onde iam recolher os filhos, preocupadas por não terem podido tomar o banho que lhes expulsaria dos cabelos e dos corpos o cheiro indesejado do fumo, do álcool e dos homens. O contato entre essas mulheres e as outras, tal como ocorria com ela e as suas duas companheiras, estava sujeito a outro tipo de controle, era fortemente desestimulado. No fim da noite, as mulheres que tinham casas e famílias à espera entravam nos carros de vidros fumê que as aguardavam no estacionamento e se esqueciam daquele lugar como se ele nunca tivesse existido. Eram quase todas portuguesas. E as que viviam na casa cinzenta eram quase todas estrangeiras, com uma exceção ou outra. Naquele negócio, Renato achava que as estrangeiras eram uma mais-valia, ou porque os clientes preferiam mulheres mais exóticas ou então, mais prosaicamente, porque achavam que elas prestavam serviços mais diversificados e mais baratos. Por ali, todas já tinham ouvido dizer que as estrangeiras eram mais "desinibidas", o que tendia a ser encarado como uma vantagem, apesar de que, por baixo dos risos dos homens que afirmavam isso, pudesse ser notada, camuflada, uma ofensa. Mas explicar isso tudo a Viriato implicaria, provavelmente, ter de contar-lhe que havia muitos quartos no andar superior da casa que não eram usados apenas para elas dormirem. É certo que já tinha lhe mostrado a chave pequena, mas, como ele não a tinha visto subir depois com Dmitri, não tem uma ideia exata sobre o que pensará dela. E contar-lhe poderia esperar, mais valia que fossem devagar, havia algumas coisas sobre ele que ainda precisava descobrir.

A conversa entre os dois segue, a partir desse momento e por instantes, rumos mais tranquilos. É sobretudo Viriato que fala; sua companheira tem uma longa prática de ouvir discursos masculinos e ficar calada, mas dessa vez é diferente, porque se sente ansiosa por saber mais sobre ele, quer conhecê-lo. Ele volta a falar-lhe na recuperação quase milagrosa da avó, na instabilidade que cada vez mais vai notando em Alberto, na originalidade do projeto habitacional da mãe e das amigas, mas também conta a ela o enredo de um filme que viu e de que gostou muito, fala num livro novo, elogia um restaurante que abriu na parte baixa da cidade e que tem uma variedade de pratos deliciosos e de sobremesas originais. Alma escuta-o com avidez e quase entristece, por momentos, quando se recorda de que naquela vida lhe cabe ouvir as histórias dos outros não só porque é isso que quem paga dela espera, mas também porque na realidade tem pouco para contar, nunca foi ao cinema, não tem romances na mesinha de cabeceira para ler antes de adormecer, as únicas receitas que conhece são as da cozinheira da casa, que está longe de ser criativa.

São interrompidos de vez em quando pelo empregado do bar, que vai trazendo bebidas, enquanto as palavras se espaçam à medida que descobrem outras formas de comunicação. Alma deixa que ele lhe dê a mão, ele a segura primeiro com suavidade, mas depois agarra-a com mais força, como se receasse que alguém a levasse; ela pousa sua outra mão sobre as mãos enlaçadas dos dois, dubitativa, espantada, esperançosa, assustada. Quando Viriato retoma o discurso, já não é sobre si próprio que quer falar, precisa agora saber mais sobre ela. Quer notícias do lugar onde Alma nasceu, gostaria de saber se tem saudades de casa, se lhe custou habituar-se ao frio europeu, se tem irmãos, se há algum homem diferente dos outros que a espere no fim da noite, se tem projetos, planos ou sonhos que se passem fora dali, se quer encontrar-se com ele em outro lugar. Ela sobressalta-se, nesse ponto, e ele não compreende logo o porquê. Mas depois percebe que ela talvez esteja habituada a ouvir aquela pergunta feita por alguém para quem "outro lugar" é sinônimo de um reservado ou de uma cama num quarto convidativo e apressa-se a esclarecer que gostaria de convidá-la para um passeio à beira-mar ou para irem a um concerto, há uma banda de música irlandesa que toca num dos palcos da cidade, poderiam ir juntos.

— Eu sou prostituta, Viriato. O meu trabalho aqui não é só fazer companhia aos clientes e incentivá-los a pedir mais bebidas. — As palavras explodem como uma bomba no silêncio de uma madrugada de domingo numa vila pacata do interior; nunca pensou que fizessem aquele ruído nem que lhe custasse tanto dizê-las, até porque lhe escaparam muito antes de ter sequer pensado naquilo que iria responder ao convite de Viriato. Estava habituada a assumir essa sua condição de puta e não sentia quanto a isso nenhuma culpa, remorso ou sequer vergonha. Sabia que não fazia mal nenhum a ninguém. Gostaria que as coisas fossem diferentes. Talvez houvesse ainda uma pequena hipótese de que viessem a ser. Não foi, portanto, por vergonha que as palavras lhe saíram com tanto sofrimento como se lhe estivessem arrancando a alma pela boca. Foi só por medo, um receio avassalador, como havia muito tempo não sentia, o medo de tê-lo perdido para sempre naquele momento. Irremediavelmente.

Ele fica calado. Não é que a hipótese não lhe tivesse passado pela cabeça, claro. Se quisesse ser razoável teria até de admitir que era mais uma probabilidade do que uma mera hipótese. Mas no fundo não tinha conseguido acreditar. Não lhe parecia possível. Não compreendia como podia Alma manter-se assim luminosa depois de ser tocada por tantos homens cujo contato não desejava. Não compreendia a possibilidade de ela por vezes conseguir separar o corpo do resto de si, limitando as invasões à carapaça enquanto se mantinha acantonada num lugar só seu, onde se escondia e se preservava, alheia aos outros.

A verdade é que Viriato não sabia quase nada. Ignorava esse último reduto de Alma onde se mantinham intactas as suas crenças e as suas esperanças. Desconhecia também as marcas que as invasões lhe tinham deixado no corpo. Ela própria só descobrira a mais grave de todas depois dos exames que Renato, com a ajuda do doutor Joaquim, tinha tornado obrigatórios. Nem sabia exatamente quando lhe tinha sido transmitido o vírus, porque a febre e as dores no corpo podiam ser com facilidade associadas a meros sintomas de gripe, que ia desvalorizando, como sempre fazia com o mal-estar em geral, convicta de que se o ignorasse ele acabaria por passar. Sentia-se muitas vezes adoentada, mas nunca tinha pensado *naquilo*, o que não deixava de ser incompreensível tendo em conta todas as mulheres que já tinha visto começarem a definhar, cada dia mais magras e anêmicas, a maquiagem cada vez mais carregada para disfarçar as manchas e as feridas na pele. O doutor Joaquim tinha lhe explicado que era uma sorte apanhar *aquilo* no século vinte e um, em que já não se morria *disso*. Desde que tomasse os comprimidos todos e adotasse as precauções óbvias, não haveria maiores problemas. *Podia viver até os cem anos.* Mas ela não gostava de remédios, esquecia-se de tomá-los e de vez em quando sentia-se mais cansada do que seria normal. A sua pele, porém, mantinha-se incólume e brilhante, com aquele tom torrado que refulgia saúde, ocultando quer as doenças, quer as tristezas.

É compreensível, pois, que Viriato não tenha facilidade de ver as coisas como elas são. Continua calado. Mas não larga a mão dela, e Alma pensa que talvez isso possa ser um bom sinal. O sorriso, porém, desapareceu-lhe dos olhos e permanece mudo durante uma eternidade. Os músculos do seu rosto se esticam, os lábios perdem o formato de arco para se transformarem numa linha reta, os ombros endireitam-se. E quando finalmente fala, não é para dizer aquilo que Alma esperava ouvir:

— Podemos ir para esse lugar mais privado onde você trabalha? O que tenho de fazer? Pago primeiro?

Quando, pouco depois, passam pela porta camuflada, Alma já tem na mão a chave pequena marcada com o seu número e sente, enquanto sobem as escadas, ela à frente, que talvez a esperança comece finalmente a abandoná-la. Um cansaço avassalador a invade e se espalha por dentro, uma fadiga mortal que chega em forma de onda gigante. Imagina-se por momentos deixando-se afogar, sente a água salgada que lhe entra pela boca e pelo nariz, vê-se a esbracejar suavemente e depois percebe o alívio chegando enquanto boia, leve e livre, numa água de repente mansa e transparente como o ar; já não sabe se está mergulhada num líquido tépido ou se plana à solta num céu sem nuvens, nem quer saber, porque só almeja a paz do não sentir, do não pensar, do não sofrer, do não desejar.

Mas eis que chegam, eis que se vê a rodar a chave na fechadura e a afastar-se para deixá-lo entrar no quarto que lhe parece sempre imundo e infecto apesar do cheiro de detergente e dos lençóis novos. Vê que ele olha em volta, detém-se por momentos no lavatório de onde pende uma toalha rosada, na cama de tamanho médio e aspecto inócuo, na janela com as persianas sempre corridas para que não se notem tanto as grades exteriores. Talvez aquele quartinho neutro não corresponda ao que Viriato esperava, não há espelhos estrategicamente colocados nem banheiras de hidromassagens cobertas por pétalas de rosa. Aquele poderia ser o último reduto de uma empregada doméstica interna nos anos setenta do século passado, uma casinha desolada encolhida até caber numa única divisão dentro de outra casa maior e mais feliz, poucos metros quadrados onde tem de encaixar uma vida inteira que chora, dorme, acorda, trabalha, sonha, sofre e sorri só de vez em quando. Os preservativos e os remédios estão guardados num armário pequeno e feio ao lado do lavatório, e Alma fica agradecida por tê-lo deixado fechado.

Viriato continua de pé, não está à vontade naquele lugar, sente-se como se tivesse crescido de repente até se tornar um gigante cuja cabeça quase bate no teto, ou então foi o espaço que encolheu e ele receia mexer-se e acertar sem querer em algum objeto que depois voe pelo ar e se desfaça com estrondo ao chegar ao chão. Mas quando olha para Alma se dá conta de que talvez tenha sido apenas ela que se fez minúscula como que por magia, e o carinho e a tristeza sobrepõem-se ao latejar nas virilhas que tinha sentido antes de aquela porta se abrir. Envergonha-se. Pede licença para sentar-se e ela anui com a cabeça, mas não há uma única cadeira à vista e por isso senta-se na cama *dela* ou na cama que *não é dela, mas que ela usa*. Alma permanece no meio do quarto e aquilo lhe parece muito errado, por isso roga-lhe que se sente junto dele, e quando ela o faz, sempre em silêncio, ele a abraça com força. Sente sua respiração acalmando-se e o corpo amolecendo e se descalça, para poder encostar-se à cabeceira com as pernas estendidas enquanto a puxa para o seu colo, a sua cabeça escondida no peito dele, os dedos dele perdidos nos caracóis platinados dela, a umidade de suas lágrimas molhando depois a base do pescoço dele, ambos cada vez mais alheios ao tique-taque do relógio que na mesinha de cabeceira conta inexoravelmente o tempo que passa.

A pergunta que Alma aguardava e que Viriato não lhe tinha feito antes, para sua grande decepção, só surge quando o toque de um telefone os interrompe de forma abrupta. É o sinal de que chegaram ao fim os minutos de que dispunham, e ambos percebem a urgência de dizerem o que ainda não tinha sido dito.

— Você quer *estar* aqui? Quer *continuar* aqui? — A cabeça de Viriato era um redemoinho de questões em busca de respostas, mas essas duas resumiam quase tudo. O resto poderia ser conversado depois.

— Não. Quero fugir. Mas não posso ir sozinha, tenho de levar a Asali e a Luba. E o Renato não vai deixar, vai procurar-nos por todo lado. Você não imagina como ele é perigoso. Se suspeitar que está metido nisto, ele o mata.

Viriato não compreende de imediato os problemas que aquela resposta implica, porque só retira dela o que para ele é essencial. Se Alma escolheu não ficar ali, talvez isso signifique que podem ter um futuro juntos. E isso faz com que nenhum obstáculo seja intransponível.

— Ele não pode tê-la aqui contra a sua vontade. Temos de ir à polícia, isto vai se resolver, fica tranquila. — Viriato põe na voz uma confiança que não tem a certeza de sentir. Mas para Alma aquela não parece uma boa solução, talvez nem sequer uma solução, e o medo se nota nos seus olhos claros, quase esbugalhados perante cenários dantescos que ele ainda não consegue ver.

— Não podemos fazer isso. O Renato diz que alguns dos clientes que vêm aqui são policiais. E que é por isso que não podemos cobrar nada deles. Mas mesmo que isso não seja verdade, o que é que vai nos acontecer? Não temos documentos, estamos ilegais. Se bobear ainda vão achar que somos mais criminosas do que eles. Vão provar que lhes devemos muito dinheiro e que por isso é que trabalhamos aqui, que só viemos porque quisemos. É a nossa palavra contra a deles. E quando o Renato e o Dmitri se livrarem das complicações com a Justiça, vêm atrás de nós e das nossas famílias, torturam e matam para dar o exemplo. Não seria a primeira vez, nem vai ser a última... — Alma faz-se mais pessimista do que seria da sua natureza porque precisa alertá-lo para os riscos que os espreitam. É necessário que ele compreenda aquilo com que lidam. Além de que não há no que disse nenhuma pitada de exagero. Ela sabe o que aconteceu a outras mulheres que tentaram fugir. E viu como foram sendo tratadas as pequenas rebeliões de Luba. Alma não conhece a música de Manu Chao que é uma espécie de hino de todos os clandestinos — *"Solo voy con mi pena/ Sola va mi condena/ Correr es mi destino/ Para burlar la ley/ Perdido en el corazón/ De la grande Babylon/ Me dicen el clandestino/ Por no llevar papel/ Pa'una ciudad del norte/ Yo me fui a trabajar/ Mi vida la dejé/ Entre Ceuta y Gibraltar/ Soy una raya en el mar/ Fantasma en la ciudad/ Mi vida va prohibida/ Dice la autoridad"* —, mas, se a conhecesse, encontraria nela a confirmação de que não há nenhuma lei em que possa confiar.

Viriato a ouve com atenção, ainda que aquilo que mais queira seja tirá-la imediatamente dali. Segura-lhe as mãos pequenas, olha-a com determinação e fala sem hesitações, as palavras articuladas devagar vincando cada uma das suas sílabas:

— Se você quiser vir comigo agora, vamos sair daqui os dois sem ninguém nos impedir, porque eu vou fazer um telefonema e em breve teremos à nossa espera, lá embaixo, quem nos escoltará na saída. Vamos embora? — Quer transmitir-lhe força e segurança, larga-lhe momentaneamente as mãos para afagar seus ombros e depois suas costas, esforça-se por vestir os olhos com um sorriso plácido, mas não é totalmente bem-sucedido nesse seu propósito.

Alma agita-se:

— Acho que você não compreendeu bem o que lhe disse. De qualquer maneira, não saio daqui sem a Luba e a Asali. — A resposta é firme, sem tergiversações. Viriato terá de conformar-se com a inevitabilidade de abandonar sozinho a casa cinzenta, pelo menos naquela noite.

O telefone continua tocando, insistente, e Alma sabe que se não atender alguém subirá, provavelmente um dos homens de Renato, com instruções para abrir a porta seja de que maneira for. Há uma explicação simples para isso relacionada com a segurança das próprias mulheres; a ideia é evitar que fiquem muito tempo sozinhas com clientes que podem descontrolar-se e tratá-las pior do que aquilo que é permitido pelos códigos internos. Aquele é um trabalho que supõe certos níveis de desconforto, claro, e a finalidade é sempre a satisfação dos clientes, mas Renato não permite que lhe estraguem a mercadoria. Esse é o limite, por isso há alguma vigilância que se justifica pela proteção das mulheres. Mas também todos sabem que essa não é a única razão. Alma compreende que o tempo dela com Viriato se esgotou e se apressa a levantar-se, não quer que os encontrem assim, vestidos e abraçados em cima de uma cama cujos lençóis permanecem intactos num cenário cuja originalidade faria com que fosse considerado inevitavelmente suspeito.

Ele acaba por sair, contrafeito, mas não sem antes garantir-lhe que pensará num plano para tirá-las as três dali, e depressa. Ainda tem tempo para lhe enfiar na mão um papel minúsculo e cuidadosamente dobrado que tinha tirado do bolso. Alma abre-o com as pontas dos dedos e decora o número de telefone escrito em tinta azul. Só alguns minutos depois, quando o coração começa a aquietar-se, pensa que Viriato já trazia consigo aquele recado para ela. Por baixo dos algarismos, numa letra masculina e irregular, há uma mensagem. *Ligue a qualquer hora. Estou sempre aqui para você.*

19

CAPÍTULO DEZENOVE

OS DENTES

A manhã ainda não se desvendou completamente, persiste lá fora uma réstia do negrume da noite, e Alma continua absorta nas memórias do seu encontro com Viriato, que a impedem de adormecer. Saboreia aquelas recordações como se fossem cerejas encarnadas e suculentas, que primeiro mordisca para testar-lhes a firmeza, a frescura e a doçura, e com que depois se delicia até o caroço, que enrola na língua, relutante em cuspi-lo. A única pancada é tão tênue que não tem sequer a certeza de que tenha existido, mas logo em seguida a porta se abre — as portas delas nunca estão trancadas por dentro — e Luba e Asali deslizam para o interior do quarto com a agilidade silenciosa de bailarinas ou acrobatas.

Asali vem agitada, com o pingo de sangue nos lábios que costuma ser o sinal externo da sua turbação interior, o cabelo volumoso despenteado que a faz parecer mais alta do que na realidade é. Ainda não despiu a roupa de trabalho que lhe evidencia as formas até o despudor, mas descalçou-se, não queria que o ruído feito pelos saltos altos denunciasse aquela visita conspirativa. O contraste entre a nigeriana e Luba é quase assombroso, no movimento e nas cores: a inquietação extrema de Asali opõe-se à letargia de Luba, a pele escura da primeira faz da palidez extrema da segunda uma característica quase sobrenatural. E apesar do desespero manifesto da africana, é a passividade doentia da romena que mais chama a atenção de Alma, *continua a enfiar aquela porcaria nas veias mal a noite de trabalho acaba*, é o pensamento que logo lhe ocorre ao primeiro vislumbre da amiga.

— Você tem de me ajudar, Alma. Como me prometeu. Preciso fugir hoje, mas tenho de levar o relicário que está lá embaixo. — Asali treme, contém-se para não levantar a voz, esforça-se por controlar os dentes que ganharam vida própria e batem como castanholas.

Luba e Alma, que vinham dizendo a Asali, fazia tanto tempo, que devia ir embora, sem nunca conseguirem causar abalo na convicção enraizada de que a fuga faria recair sobre ela (e sobre os seus) calamidades piores do que as dez pragas do Egito, veem-se agora na necessidade de pedir-lhe que pense no que vai fazer depois de sair da casa cinzenta.

— Estamos de acordo, Asali, você não pode continuar aqui. Mas precisamos definir um plano para que o Renato não a encontre, para conseguir chegar ao seu país. E para isso temos de nos organizar, juntar dinheiro, definir rotas, encontrar quem nos ajude... — As palavras sensatas de Alma esbarram na irredutibilidade de Asali. Não quer esperar mais. Não lhe é possível esperar mais.

— Você não entende, Alma? Tem algo acontecendo com a minha menina. Sinto-a gritando por mim dentro da minha cabeça o tempo todo, é como se estivessem me estourando os ouvidos. Está chamando por mim há muitos dias, mas agora a vozinha dela mal se ouve, é como se já não tivesse fôlego, como se mal conseguisse respirar, tem um arfar de gatinho molhado. E estou sempre a vê-la, maior do que era quando a deixei, mas cada vez mais frágil, parece tão doente, a minha menina... se não voltar depressa, posso já não chegar a tempo.

De nada adianta dizer-lhe que bastaria esperar mais uns dias para se organizarem e para poderem contar com o auxílio de Viriato. Que talvez ele a pudesse levar de carro até Vigo, onde apanharia o primeiro dos aviões que a fariam chegar a Lagos. Ou que talvez fosse preferível fazerem o caminho por terra e mar até Marrocos, porque a falta de documentos é capaz de prejudicar a ideia da viagem de avião, e já na África sempre seria mais fácil procurar depois soluções de transporte com outro grau de discrição. Asali já está além da possibilidade de ser afetada por argumentos racionais, o seu corpo é percorrido por tremores que anunciam a inevitabilidade de pôr-se em marcha, avassalada por uma ânsia de movimento que é imune a qualquer tentativa de contenção. Luba, que talvez a compreenda antes de Alma, põe o ponto final na divergência:

— O Renato não está e a Cármen ainda não consegue sair da cama. Pode ser uma oportunidade. Vamos aproveitá-la, Alma. Mas só você é que consegue entrar no quarto da Cármen e trazer as chaves. Se fizer isso, eu trato do resto.

Alma tem um mau pressentimento. Aquela pressa vai prejudicar o seu plano. Mas não tem alternativas e sabe que já não é tempo de limpar ou contar as armas. Mesmo as Terezas Batistas cansadas de guerra precisam em algum momento matar o capitão (in)Justo. Por isso mais vale que procure aproveitar o que puder do plano que tinha começado a delinear. Pega uma caneta e escreve no interior do pulso de cada uma das amigas, com algarismos tão pequenos como as letras tatuadas nas suas peles, o número de telefone que Viriato lhe deixou. Explica-lhes rapidamente que ele já sabe tudo e que prometeu ajudá-las. Devem telefonar-lhe logo que saírem da casa. Logo, sem demora. Asali não compreende, pois se vão ficar todas juntas, por que precisam elas daquela indicação? Basta que a própria Alma contate o namorado quando se virem do lado de fora daquele inferno. As outras duas se entreolham, mas nenhuma precisa explicar que as coisas podem dar errado e, se assim for, talvez nem todas consigam tornar-se livres. Asali acaba por entender por si própria, sem que sejam necessárias mais explicações. Renato está ausente, naquele momento, mas tem poderes de fantasma que lhe permitem aparecer e desaparecer sem anunciar-se, nos momentos menos esperados. Além disso, deixou, como sempre, capangas a quem o temor inspira alguma eficiência. E há Cármen, claro, que nunca pode ser subestimada, por mais doente que esteja.

O quarto da colombiana, o maior da casa em seguida ao de Renato, não tem dessa vez a porta fechada a chave por dentro, ao contrário do que por regra sucede, porque essa é uma das prerrogativas de Cármen. Mas nessa altura, ainda devorada pela febre e com dores lancinantes que só doses cavalares de analgésicos atenuam, não pode dar-se ao luxo do isolamento, é possível que tenha de chamar alguém caso necessite de auxílio, por isso Alma entra com facilidade, silenciosa, e fica imóvel durante uns segundos para habituar-se à penumbra e para avaliar o estado da outra. Chega pronta para justificar a visita extemporânea com o propósito de indagar sobre o estado da doente, mas Cármen parece profundamente adormecida, a respiração é suave e constante, o corpo tem a mansidão que só o abandono do sono garante, a pele do rosto revela ainda alguns rubores da febre, mas o sofrimento deve ter se atenuado. Alma sente o próprio alívio e aproxima-se com cuidado da mesinha de cabeceira, precisa abrir a gaveta pequena sem ruído, não quer acordar a guardiã do templo. Consegue atingir os seus propósitos com surpreendente facilidade, o móvel antigo deve ter sido lubrificado pouco tempo antes, porque não estremece com qualquer ranger impertinente, e o molho das chaves que dão acesso ao porão passa depressa para a sua mão esquerda, envolto já no pano grosso que tinha trazido para ocultá-lo e para abafar tinidos indesejados. Quer tanto abandonar aquele lugar que não repara, quando já está de costas e se aproxima da porta, que a respiração de Cármen se alterou e que a mulher a observa, agora, com olhos muito abertos, atentos e pensativos.

Quando Alma reencontra as suas duas companheiras, ambas estão já prontas para a evasão, trocaram as saias curtas e as blusas justas por calças e camisas largas de algodão, tênis e mochilas leves que encheram com os seus parcos pertences, afinal não é muito o que têm para levar daquela vida. Asali continua nervosa, Luba permanece inerte e Alma duvida por momentos do real empenho da romena em ir embora, talvez lhe sejam fornecidas ali algumas comodidades sem as quais não pode passar, pelo menos no seu juízo. Mas aquela também já não é a ocasião para pensar nisso, ela própria precisa trocar de roupa e agrupar as poucas coisas que não quer abandonar.

A casa parece em absoluto repouso quando iniciam a descida para o porão, mas todas sabem que aquele é um lugar tão cheio de vidas desordenadas que a paz nunca é total, há sempre alguém que vela, alguém que chora, alguém que vigia. Por isso os corações batem a galope, pelo menos os de Alma e Asali, porque Luba parece uma sonâmbula, tão magra e branca, com o capuz do casaco de treino enfiado na cabeça até as sobrancelhas, os olhos esbatidos e claros tão apagados que não se destacam no rosto cadavérico e impávido. Vão abrindo várias portas até chegarem à sala onde Renato guarda os seus tesouros e os seus segredos, e o relicário lá está, com a fotografia de Asali e Bashira, o passaporte de madeira escura sem o qual a africana que não tem documentos nunca poderá regressar a casa. Alma pega-o com cuidado e prepara-se para entregá-lo a Asali quando pressente, ao longe, um início de movimento, uma antecipação de ruído, um restolhar suave no chão. Acaba o gesto, porém, e Asali segura com reverência nas algemas disfarçadas que ocupam um lugar central nos seus pesadelos, o corpo treme antes de se acalmar com a sensação de que, agora sim, recomeça a ter a vida nas mãos, talvez haja em algum lugar uma promessa de liberdade.

Alma é a primeira a entender que o movimento que tinha antecipado está prestes a surgir na forma de músculos e, sobretudo, de dentes. Dois dos cães enlouquecidos de Renato, treinados pelo homem para a mais brutal selvageria, foram deixados fora das jaulas, e o primeiro se anuncia, ainda imóvel mas já com os olhinhos pequenos e cruéis fixos nelas, as orelhas triangulares hirtas, o maxilar entreaberto a revelar as lâminas pontiagudas e aguçadas, o arfar leve que antecede o salto. Alma avalia o espaço entre elas e a porta e parece-lhe de repente uma lonjura fatal, por contraposição à proximidade dos animais.

— Os cães estão soltos. Vamos embora. Depressa. Corram!!

O que se passa nos instantes seguintes não é compreendido por nenhuma das mulheres na sua plenitude, acontece tudo ao mesmo tempo, tão depressa e com tanta intensidade como se estivessem no vórtice de um tornado, a corrida desvairada dos animais na direção delas, a corrida louca delas rumo à porta, os latidos ensandecidos, o barulho do relicário caindo no chão e Asali perdendo segundos preciosos quando se abaixa para apanhá-lo, Luba percebendo isso e interrompendo sua marcha para auxiliar a amiga, Alma olhando para trás e hesitando, Asali retomando a corrida, forte nas suas pernas escuras de músculos rijos e tensos e, finalmente, Luba parando, Luba que dá as costas às amigas e que se vira para os animais selvagens, um sorriso alucinado agora preenchendo-lhe os lábios e os olhos vazios de tudo, sem dizer nada, mas com quase gritos escapando com violência de seu peito, urros de vingança e de morte, berros de vitória, brados de encorajamento a Alma e Asali para que fujam, para que não olhem para trás, para que a mantenham viva nas suas recordações, para que vão à aldeiazinha romena dizer à mãe dela que a filha nunca a abandonou nem a esqueceu.

Haverá hiatos e diferenças nas memórias que Alma e Asali guardarão daquele momento. A nigeriana escolherá pensar que Luba estava cumprindo o seu destino. Já não queria viver, sacrificar-se por elas deu-lhe o motivo de que precisava. Deu um sentido a tudo. Conseguiu fugir de Dmitri e de Renato, mas também das suas dependências, da sua ausência de esperança, da sua dor vertiginosa. Asali escolherá acreditar que foi por ter compreendido isso e por ter respeitado a vontade de Luba que ela própria continuou a correr, desesperada, sempre com o relicário contra o peito, a galgar cada metro como se fosse perseguida por todos os demônios do inferno e como se a sua Bashira a esperasse na meta, o seu prêmio, o seu arco-íris, a sua tudo. Alma, não. Alma guardará a imagem da Luba selvagem lutando com os cães selvagens, dos dentes deles cravados na carne dela, do sangue a jorrar com força, e de nada adiantará que Asali lhe diga que Luba não sentiu dores, que a heroína que ela injetava tinha sido naquele dia uma espécie de anestesia misericordiosa, que Luba estava agora, finalmente, em paz. Alma só se recordará de que não conseguiu ajudar a amiga, os homens de Renato chegaram depressa e encontraram-na imóvel, ajoelhada e perdida a olhar para o que tinha sobrado de Luba, agora convertida quase só nos restos em que os animais ainda se banqueteavam. Sangue e dentes. Dentes e sangue.

20

CAPÍTULO VINTE

A ESCADA

Quando a polícia chegou, Alma não deu logo conta do que se passava. Cármen tinha conseguido evitar que Renato a matasse, mas não que a deixasse em muito mau estado. O homem ficara de tal modo enfurecido que nem a dependência de Dmitri pela brasileira — era ela o chamariz para o parceiro de Renato, o instrumento usado para mantê-lo sob controle — o impedira de espancá-la paulatinamente, e só tinha parado quando a colombiana, já mais recuperada, se pôs à frente dele e o recordou de que Asali tinha conseguido escapar e que podia não ser bom momento para ocultar outro cadáver e justificar mais ausências.

Alma só compreendeu muito mais tarde como se tinham desenrolado os acontecimentos que lhe mudaram outra vez a vida. Só nesse momento é que percebeu que Cármen a tinha visto sair do quarto com as chaves e que tinha resolvido não criar obstáculos à fuga, desconhecendo, porém, que os cães não estavam todos presos. Descobriu também que Asali tinha conseguido escapar, entrar em contato com Viriato e resolvido colaborar com a polícia na medida do necessário para salvá-la. Logo na noite seguinte, Alberto, que também tinha sido imediatamente convocado pelos inspetores envolvidos na investigação, voltou à casa cinzenta acompanhado por dois novos amigos, ambos com o aspecto descontraído, fanfarrão e mulherengo que por ali era esperado, naturalmente à paisana e desarmados. Queriam fazer um reconhecimento do local antes de ser decidido o passo seguinte, precisavam confirmar as informações dadas por Asali, Alberto e Viriato, e sabiam que já tinha sido pedido a um juiz que emitisse os mandados de busca.

Não podiam contar, porém, com o trevo de quatro folhas que o destino lhes pôs no caminho e que se revelou tão útil ao sucesso de toda a operação. Cármen tinha pedido a uma das mulheres da sua confiança que a avisasse imediatamente caso Viriato ou Alberto voltassem à casa cinzenta e desceu ao salão, impecavelmente arrumada no seu vestido preto, cílios postiços, faces artificialmente rosadas e sandálias muito altas presas por uma tira em volta do tornozelo. Sondou cuidadosamente os três homens até perceber o que na realidade os trazia ali — não é que eles fossem inábeis nas suas mentiras, ela é que tinha décadas de experiência na avaliação das intenções masculinas, por isso não era fácil enganá-la —, descobriu de imediato que os dois homens que acompanhavam Alberto eram policiais e explicou-lhes, com tranquilidade, que estava disposta a colaborar para que Renato fosse preso, como merecia, e para que as moças que ali estavam contra a vontade fossem libertadas e ajudadas.

A colombiana tinha visto muitas séries americanas e julgava que a sua colaboração podia ser devidamente premiada de modo a não ter de ir ela própria para a prisão, mas não era essa a sua principal motivação. O descaso de Renato face à sua doença a tinha confrontado com a possibilidade da sua substituição na gestão da casa já estar sendo cogitada, e a intuição aguçada por uma vida inteira de insídia a tinha levado a procurar descobrir o que se passava. Acabara por confirmar que a portuguesa atrevida com quem Renato agora partilhava com mais frequência a cama estava na linha de sucessão e achava que já não teria de esperar muito para assumir as funções de *madame*. "A Cármen está gasta. Não compreende os desafios dos novos tempos nem as oportunidades de negócio que estão atrás da porta. Um dia destes cai de uma escada e pronto. O Renato já percebeu que precisa de sangue novo. E eu tenho sangue na guelra", tinha-lhe constado que era o que andava a dizer às tontinhas que a seguiam como se fosse a primeira-dama de uma grande potência mundial. *Palermas*, tinha a colombiana pensado, apesar de tudo com menos rancor do que teria imaginado sentir, *não perdem por esperar. Eu é que vou lhes estender a escada, e mais vale que seja cedo do que tarde.*

Foi Cármen quem, dois dias depois da visita de Alberto e dos seus novos amigos policiais, fez o telefonema combinado, dando conta de que os homens de Renato tinham se ausentado para mais diligências relacionadas com a morte de Luba e com o desaparecimento de Asali. O grande chefe estava praticamente sozinho na casa, era uma boa ocasião para pôr em marcha a operação de resgate. Foi também Cármen quem abriu a porta aos policiais que exibiram o documento assinado por um juiz e que entraram para de imediato se espalharem, ágeis e silenciosos, pelos três pisos da casa cinzenta. Renato, sozinho no porão e apenas ladeado pelos seus cães, não ofereceu resistência, provavelmente porque ainda acreditava que o dinheiro gasto amaciando certas personalidades e as fotografias comprometedoras de outras tornariam inevitável que alguns poderosos o ajudassem a safar-se daquele pequeno incidente. E as mulheres tinham instruções claras quanto ao que deviam dizer numa situação daquelas. *Claro que estavam ali de livre vontade. E com certeza que tinham documentos. Ou então, se eles não existiam, era porque tinham vindo de férias e preparavam-se para regressar voluntariamente aos seus países. Não, ninguém as forçava a nada. Conhecer a Europa era um sonho antigo de todas, não lhes tinham feito promessa nenhuma nem ajudado a entrar ilegalmente no país. Sexo pago? Ali? Que ideia absurda, pois se aquele era um estabelecimento de gente tão séria, senhores inspetores.*

Foram encontradas várias armas, quantidades interessantes de diversos ertopecentes e alguns instrumentos de tortura que, se fosse caso disso e as coisas dessem errado, Renato justificaria alegando que algumas das moças a quem generosamente empregava no bar ou na limpeza tinham preferências íntimas incomuns, sobretudo desde que tinham se tornado espectadoras assíduas de filmes mais atrevidos que alugavam na locadora. As primeiras mulheres ouvidas, entre elas a portuguesa com aspirações a *madame*, corroboraram com eficiência e atrevimento a versão do dono da casa, e por momentos acreditou-se que a coisa toda fosse muito maior.

Tudo mudou, porém, quando a polícia resolveu entrar também num quartinho a que só se chegava por uma porta disfarçada atrás de um painel de madeira, de que muito poucos tinham conhecimento e que Renato acreditava que permaneceria secreto, sobretudo porque tinha desconsiderado a eventualidade de Cármen escolher não continuar a ser uma protetora dos seus segredos. Aí foram encontradas duas moças aterrorizadas recém-trazidas por Dmitri da Moldávia, cujas resistências e inibições ainda estavam sendo quebradas por uma combinação infalível de jejum, estupros e pancada, circunstância que muito contribuiu para a detenção de Renato e para a decisão judicial subsequente de aplicação da medida cautelar de prisão preventiva.

Alma, de cara desfeita e corpo pisado, com os caracóis colados à cabeça e a ameaça das raízes negras nos cabelos claros tornando-se uma realidade cada vez mais inegável, reagiu à libertação com menos entusiasmo do que seria devido. A única coisa que a preocupava era saber onde estava Luba, descobri-la, encontrar aquilo que tinha sobrado dela, para depois cumprir a promessa de levá-la até a remota aldeiazinha romena onde finalmente a entregaria à mãe. Mas o corpo de Luba nunca chegou a ser encontrado, apesar de a casa e os terrenos circundantes terem sido revirados, as piscinas esvaziadas, todas as potenciais testemunhas ouvidas. *Há diversas maneiras de fazer desaparecer o que foi uma pessoa*, pensava Alma sem cessar. Todavia, também existiam outros momentos em que duvidava de que a romena tivesse realmente morrido, imaginava-a num vulto longilíneo que vislumbrava ao longe, ouvia a sua voz rouca nas ocasiões menos plausíveis, até lembrar-se dos dentes e do sangue, do sangue e dos dentes, e então retomava a procura dos restos, porque não desistia da crença de que Luba nunca teria paz enquanto não se despedissem dela.

Quando foi encontrada pelos policiais, Alma não se comportou, portanto, como alguém a quem estavam libertando de um longo calvário. Havia uma parte de si que queria ir, mas outra sentia que precisava ficar porque não iria embora sem Luba.

Tinha as faces encovadas, e os olhos grandes haviam perdido o brilho; foi preciso que um dos seus salvadores a ajudasse a calçar-se e a cobrir-se com um casaco, já não havia quase nada que quisesse levar, e só quando já estava no corredor é que se lembrou de que tinha de ir buscar um anel preso a um fio, que estava largado em cima da mesinha de cabeceira. Não viu Renato e só cruzou com Cármen por instantes; a colombiana parecia tão segura de si como sempre, rodeada por dois policiais que a devem ter escoltado para outro lugar qualquer, porque não voltariam a encontrar-se.

As moças trazidas à força da Moldávia acompanharam Alma no carro da polícia que as levou até um prédio sutil onde foram recebidas por duas mulheres cautelosas que lhes explicaram que poderiam ficar ali, em segurança, até decidirem se queriam ser ajudadas a regressar aos seus países ou se preferiam continuar em Portugal. Explicaram-lhes que tinham direito a um período de reflexão, mas também que a permanência naquele espaço implicava um conjunto de deveres e que durante um tempo lhes ficariam vedadas todas as comunicações com o exterior que não fossem previamente autorizadas, porque já tinha havido casos de vítimas que não tinham resistido a contatar os agressores, dando-lhes conhecimento da sua localização e pondo em risco todas as outras residentes.

Foi ali que Alma e Asali se reencontraram e se abraçaram para chorar juntas a perda de uma parte das suas vidas, Luba, que afinal tinha se sacrificado para que elas recuperassem o resto das suas vidas. Muito depois, quando nenhuma das duas tinha mais lágrimas, Asali explicou à amiga o que tinha sucedido desde que começara a correr com o espírito livre de tudo o que não fosse a imagem de

Bashira, o seu rostinho magro, os seus olhos escuros e pestanudos tantas vezes tristes, os caracóis que nenhum pente domava, as mãozinhas sempre à procura do calor do corpo da mãe.

— Não tinha maneira de abrir o portão, mas, não sei como, consegui subir o muro e pular para o outro lado. Não sei explicar, era como se tivesse ventosas nas mãos e asas nas costas, transformei-me numa mistura de polvo e de águia e depois continuei correndo como uma leoa, evitei a rua e fui pelo campo até encontrar outra estrada mais larga e um conjunto de casinhas ao fundo. Tinha medo de pedir ajuda, não sabia se as pessoas que lá viviam conheciam o Renato, mas tinha ainda mais medo de continuar sozinha lá fora, sabia que não ia demorar muito até virem atrás de mim, por isso bati à primeira porta, mas ninguém abriu. Tive mais sorte na segunda tentativa, veio à janela uma mulher que devia ter uns quarenta anos, tinha uma cara desconfiada e estava aborrecida por eu tê-la incomodado, mas quando percebeu o meu desespero abriu-me a porta, deixou-me entrar e depois deu duas voltas na chave por dentro. Pedi-lhe para usar o telefone e disquei o número que você escreveu no meu pulso. O Viriato atendeu no terceiro toque. Ele queria vir logo, só perguntava por você, mas a mulher estava ouvindo a conversa e tirou-me o telefone da mão. Falou com ele e disse-lhe para ligar imediatamente para a polícia. Disse-lhe que só se fosse louco é que vinha para as imediações daquela casa amaldiçoada naquele momento, que a caça já devia ter começado, que não bancasse o valente porque assim não ia conseguir ajudar ninguém. Mas acho que ficou com dúvidas sobre aquilo que o Viriato ia fazer, porque logo em seguida telefonou ela para a polícia. E ainda teve tempo para esconder-me na despensa e me trazer um iogurte e um pão com queijo antes de chegarem dois homens e uma mulher que pareciam da família, tão comum era o carro em que vinham e tão descontraídas as suas roupas. Mas não demoraram para me tirar de lá. Pediram-me para contar tudo várias vezes, fizeram as mesmas perguntas de maneiras diferentes e eu sempre dizendo que tinha de voltar para casa, que a minha Bashira poderia estar em perigo, que tinha de ir buscá-la... Falei a eles do ataque dos cães a Luba, mas não sabia que tinha sido tão grave, que ela não tinha sobrevivido. Culpo-me muitas vezes por não ter percebido logo, talvez eles tivessem ido buscá-la imediatamente. Mas estava tão obcecada com a minha filha que não conseguia pensar bem em mais nada...

Asali faz uma pausa para recuperar o fôlego e para confirmar o interesse de Alma na sua narrativa.

— Foi na polícia que me explicaram que não podia regressar já a Lagos. Eu primeiro pensei que estavam dizendo aquilo porque iam me prender e fiquei em pânico, mas acho que eles perceberam, disseram logo que não era isso. O problema era outro. Se o Renato tinha angariadoras e capangas em Makoko, era lá o lugar mais óbvio para eles me procurarem e me castigarem. O que criava um perigo maior para a Bashira e para a minha família. Mas eu perguntei depois se queriam que eu não fosse embora só porque precisavam de mim para eu contar no tribunal tudo o que o Renato nos tinha feito. Eles reconheceram que a minha ajuda seria útil, claro. Mas prometeram-me que não tinha de ir a nenhum julgamento e que não precisava voltar a encontrar o Renato. Disseram-me que eu ia ser protegida, que há uma coisa chamada "declarações para memória futura", que ninguém iria voltar a me fazer mal. E entraram em contato com a polícia nigeriana para eles garantirem que Bashira e a minha mãe estão bem. Já tive notícias da minha menina, Alma. E não falta muito para estarmos juntas outra vez.

O reencontro de Alma e Viriato foi mais difícil e demorou mais tempo. Só aconteceu cerca de um mês depois de terem se visto pela última vez — ele tinha pedido logo para ir encontrá-la, mas lhe disseram que era prudente aguardar um pouco, dar a Alma tempo para se recuperar física e emocionalmente, e depois ele próprio teve de tratar de um assunto complexo que exigiu várias diligências até ser solucionado. Um assunto que tinha de ser resolvido para que Alma pudesse ter alguma paz.

Foi um reencontro diferente do que tinham imaginado. Ele obteve a autorização de que necessitava para visitá-la e ela esperou que ele chegasse, ansiosa, sentada na sala anônima com os joelhos muito encostados, as costas retas, as mãos enlaçadas pousadas no regaço, os olhos perdidos. A funcionária que o acompanhou desde a entrada do prédio perguntou a ambos se queriam um café ou um chá, mas nenhum dos dois respondeu de imediato, cada um perdido na contemplação do outro, e a mulher acabou por se afastar depois de ter dito a Alma que estaria por perto, que a chamasse se precisassem dela.

Alma levantou-se lentamente para cumprimentá-lo e ele enlaçou-a avidamente sem querer descobrir se era só a face que ela se preparava para estender-lhe. Estava farto de encontrá-la em lugares com regras que não eram as dele nem as dela, queria que ficassem finalmente sozinhos, o alívio por sabê-la segura misturava-se com a urgência de tê-la de outra maneira, a raiva associada à compreensão daquilo que outros homens lhe tinham feito comprimia-lhe a garganta e retesava-lhe os músculos, tinha vontade de bater e de partir coisas, vinha mais abrupto do que terno e paciente, estava pronto para soluções radicais. Já não era um rapaz. E ela, que não sabia tudo o que Viriato tinha feito depois de ter sido avisado de que Dmitri viria atrás dela, sentiu mesmo assim essa mudança, e assustou-se com ela.

— Gostaria que viesse comigo para casa, Alma. Não há razão para continuar aqui. O Renato está preso e o Dmitri já não representa nenhum perigo para nós. — Ela não lhe pediu, felizmente, que explicasse essa última afirmação, provavelmente porque ficou presa na sua primeira declaração. *Ir com ele para casa.*

— Mas ir para a *sua* casa *como*? O que você acha que vai nos acontecer? — Há alguma incredulidade na voz de Alma, não tem a certeza de ter entendido aquilo que ele lhe está propondo.

— Eu a amo. Quero ficar com você para sempre. Nunca pensei que isso seria importante, mas se para você for, quero me casar. — Era a primeira vez que dizia assim. Não tinha pensado que diria isso assim. E, se tivesse pensado, teria porventura escolhido um outro cenário e um outro momento. *Mas são as coisas da vida.* Da vida a que não se consegue pôr freio. Talvez tenha sido um risco declarar-se a ela daquela maneira, naquele momento. Mas não seria também um risco deixar de fazê-lo? Podia ter lhe escrito uma carta e nela exposto, de forma ordenada e sensata, todos os seus sentimentos e os seus vários projetos para o futuro dos dois. Seria porventura mais esclarecedor. Talvez ela o levasse mais a sério. Desde que a carta chegasse a tempo, e que não ficasse perdida, juntamente com centenas de milhares de outras cartas, na garagem de um carteiro que só foi descoberto oito anos depois de ter começado a guardá-las, sem sequer abri-las, as cartas que lhe competia distribuir porque estavam a outros destinadas. Viriato tinha lido a notícia sobre o carteiro italiano apenas denunciado, tanto tempo depois, quando algum funcionário mais atento de um centro de reciclagem desconfiou daquele espantoso volume de papel na casa de um homem só. O caso tinha perturbado Viriato, não resistia a imaginar o efeito na vida das pessoas daquelas palavras nunca recebidas. Ou só recebidas muitos anos mais tarde. Quantos amantes teriam deixado de reencontrar-se? Quantos filhos perderam a oportunidade de visitar os pais com quem estavam brigados e que não sabiam moribundos? Quantos amigos permaneceram unidos porque um deles nunca tomou conhecimento das ofensas que o outro lhe tinha dirigido? Viriato não queria que existissem não ditos entre ele e Alma, não queria esperar mais, era só nela que pensava e pensava nela todo o tempo.

Mas Alma pensava noutras coisas. Não é que a declaração de amor de Viriato não a tivesse emocionado. Emocionou-a tanto que os olhos ficaram rasos de lágrimas e precisou fazer um esforço para readquirir o controle sobre si própria. Não é que não quisesse acreditar que era possível. Acreditar era o que mais queria, na realidade. Mas Alma, que tinha acreditado quase sempre, mesmo quando isso parecia impossível a todos os outros, *Alma a otimista*, descobriu naquele momento que acreditar é uma coisa que não se escolhe. Ou se acredita, ou não se acredita. E ela acreditava que Viriato a amasse. Ou, pelo menos, que achasse além de qualquer dúvida que a amava. No que não acreditava era no "para sempre", mesmo que o "para sempre" não fosse realmente para sempre.

Tinha pensado muito no que lhes poderia suceder, naquelas últimas semanas, agora com tanto tempo livre e com recordações para revisitar. Sabia que Viriato receberia a notícia da sua doença com compaixão e solidariedade, ajudando-a a tratar-se, desvalorizando a importância *daquilo*. Durante quanto tempo, porém? Como lidaria ele com as restrições que a enfermidade dela transportaria para a vida dos dois? E o que acharia da improbabilidade de ela ter um filho dele? *É um homem tão jovem*, pensava ela, *pode relativizar agora a vontade de ter uma criança no colo, mas olhará com inveja, mais cedo ou mais tarde, para os pais que jogam bola com os filhos no domingo, no parque municipal?* O que mais preocupava Alma, porém, eram as coisas pequenas. Sentiria vergonha dela quando a levasse para jantar com os amigos e ela pegasse mal nos talheres ou não soubesse degustar certos pratos? Quando ela falasse com erros e nem percebesse isso? Quando a apresentasse à mãe e não soubesse o que dizer sobre ela além do nome? Quando o silêncio se instalasse entre os dois e não tivessem nenhum assunto sobre o qual conversar porque ela nunca tinha lido um livro, viajado ou ido a um museu? Continuaria a olhar para ela com desejo quando os seios começassem a cair e as veias das pernas se tornassem mais salientes? Quando a visse à luz do dia com as suas roupas baratas e vulgares? Ou quando fosse ele comprar-lhe as roupas que ele próprio escolheria porque ela não tinha dinheiro nem gosto? Ele a respeitaria quando saísse para trabalhar e a deixasse na sala olhando para o programa de televisão da manhã? Continuaria a amá-la quando tivesse passado tanto tempo que ela tinha deixado de ser uma vítima e ele já não podia ver-se como um herói?

Não, não podia fazer-lhe isso. Nem suportaria, Alma, ser espectadora do esmorecimento do seu amor por *ela*. Mais valia que ele seguisse a sua vida com a memória intacta e reluzente da história de ambos. Curta e profundamente incompleta, mas gloriosa. Sem as imperfeições nem as máculas que a passagem dos dias inevitavelmente acrescentaria.

— Não, Viriato. Não quero me casar com você. Nem ir viver em sua companhia. — Foi a absoluta surpresa, a profunda estupefação que Viriato não conseguiu ocultar, que a fez pensar que tinha decidido bem, o que a tranquilizou de algum modo, apesar da dor tão grande. Ele tinha tomado o "sim" dela como uma inevitabilidade. Provavelmente, por ausência de alternativas. Quase como se fosse impensável que ela recusasse o bilhete premiado da loteria que ele era. O que Alma só conseguia avaliar como um dos piores alicerces possíveis de um "para sempre" qualquer.

21

CAPÍTULO VINTE E UM

OS PRESENTES

A grande árvore estava de novo decorada com frascos de vidro de vários tamanhos pendurados nos galhos com fio invisível, em alturas diferentes, e dentro de cada frasco reluziam flores de muitos tons ou velas brancas com chamas pequenas e brilhantes. Os meses tinham passado, os dias desesperançados do outono faziam já parte do passado, as longas noites de inverno que favorecem o recolhimento tinham se esfumado, e agora a natureza voltava a enfeitar-se num convite à alegria.

Bashira corria em volta das casinhas de madeira à espera de que Mariana se juntasse a ela e aceitasse a sua ajuda para acabarem de pôr a mesa. Entretanto fazia ouvidos moucos aos chamados insistentes da mãe, que na cozinha do espaço comum aos cinco *tipis* descascava as batatas-doces que depois seriam assadas no forno e transformadas no delicioso purê que acompanharia o cordeiro destinado aos carnívoros ou o salmão embrulhado em papel prata mais a gosto dos outros.

Quando Asali tinha finalmente conseguido regressar para a Nigéria, acabara por chegar à conclusão de que Makoko já não era o seu lar. A grande cidade estava cada vez mais agressiva, as incertezas em torno do futuro do bairro, sempre sob a ameaça de demolição, potencializavam a violência de quem sente que já não tem nada a perder, havia vários homens enraivecidos e várias mulheres parecidas com Gina para que Asali se conformasse com a ideia de Bashira continuar a crescer ali. Viriato persistia em enviar-lhe mensagens para saber notícias dela e da menina, tinham acabado por ficar mais próximos quando ele, devastado pela rejeição de Alma, procurou em Asali ajuda para compreender o que estava acontecendo. A africana ainda tentou desempenhar um papel a meio caminho entre a fada madrinha, o pombo-correio e o cupido — essas criaturas que partilham a mesma circunstância alada, como se as asas fossem um atributo indispensável à sua missão de facilitadores da comunicação amorosa —, não tendo os seus esforços, porém, logrado atingir qualquer sucesso. Alma não parecia Alma, era como se tivesse adquirido algumas características de Luba. Asali achava por vezes que o espírito da falecida talvez tivesse ocupado o corpo da amiga naquele derradeiro momento em que escapava da carne despedaçada pelos dentes dos cães de Renato e procurava uma nova hospedeira. O corpo de Alma era o mais próximo nesse instante, isso era inegável, e uma qualquer forma de possessão tornaria mais compreensível a sua drástica mudança de humor: não queria saber de Viriato, não queria partilhar projetos para o futuro, não queria sair, não queria conversar, não queria que ninguém lhe fizesse perguntas ou sequer lhe tocasse. Por mais que os outros dissessem a Asali que aquela ideia do espírito de Luba no corpo de Alma era disparatada, era difícil convencê-la disso; continuava insistindo na necessidade de orações de descarrego, banhos de arruda, taças com sal e alhos espalhadas por todo lado, copos de água com cânfora escondidos debaixo da cama. Mas nada adiantava. Alma tinha se escondido em algum lugar dentro de si e não queria ser encontrada, aparentemente quase não deu pela partida de Asali rumo a Lagos. Viriato, esse sim, continuava telefonando-lhe mesmo depois de ela já ter chegado à África. Foi por ocasião de uma dessas conversas a distância que Viriato respondeu aos desabafos de Asali com uma pergunta:

— Por que você não traz a Bashira para Portugal? Se quiser vir, eu a ajudo a encontrar um trabalho aqui. Já pensou nisso alguma vez? — A voz do homem chegava-lhe como se ele estivesse mesmo ali ao lado, abençoados sejam os milagres das novas tecnologias.

Sim, Asali já tinha pensado nisso. Pensava aliás nisso cada vez com mais frequência. Mergulhada na multidão ondulante, quente e ruidosa do bairro, dava para sentir uma estranha falta do frio europeu, do silêncio e da solidão. Mas tinha muito medo de voltar a atravessar tanta terra e tanto mar para recair nas mãos de homens como Renato, não tinha dinheiro suficiente para que ela e Bashira viajassem com segurança e não queria expor a criança a mais riscos.

Viriato ajudou-a a ultrapassar esses obstáculos e semanas depois recebeu-as no aeroporto, para em seguida rumarem ao sul em direção às casinhas habitadas por Mariana e as amigas. O assunto tinha sido levado ao conselho das quase-anciãs, o nome irônico que as próprias davam às reuniões excepcionais marcadas quando haviam de tomar decisões importantes, e tinha sido decidido por maioria — a discussão foi dura e não houve uma deliberação unânime, mas ali não havia vencidas e, uma vez tomada a decisão, passou a ser de todas — que acolheriam Asali e Bashira. Pelo menos temporariamente. Num regime que seria experimental para todas as envolvidas. Bashira era uma criança vivaz, com sentido de humor e uma curiosidade infindável, muito parecida com as cinco europeias para lá da meia-idade na necessidade de receber e de dar carinho.

A menina vivia com a mãe na casa comum, maior, e enquanto Asali limpava, cozinhava, lavava e passava a roupa a ferro, a companhia da menina era disputada de *tipi* em *tipi*, mas a partir do meio da tarde as mulheres e a menina juntavam-se todas na sala grande, lanchava-se e abriam-se livros, descobriam-se palavras novas e contavam-se histórias, todas aprendiam e todas ensinavam.

O arranjo acabou por revelar um tão extraordinário sucesso que todas as envolvidas quiseram-no tornar o mais definitivo possível. Asali passou a ter um contrato de trabalho por tempo indeterminado que fizeram questão de deixar registrado em papel grosso e que foi assinado com uma linda caneta de tinta azul, em torno de um bolo de chocolate com *chantilly* e nozes. A data merecia ser comemorada, afinal, aquele era o primeiro contrato de trabalho assinado por Asali, que trabalhava desde os onze anos.

Também se celebrou devidamente a entrada de Bashira na escola do povoado mais próximo, à qual a mãe e as avós se revezavam para levarem-na logo de manhãzinha, e o fato de a menina ter começado a criar laços fez com que as mulheres conhecessem pessoas novas e se tornassem amigas de alguns pais e avós das outras crianças. Mariana e as amigas tinham decidido abrir a sua pequena comunidade a Asali e a Bashira pensando que assim iriam ajudá-las, ainda que porventura à custa de perdas para o conforto das suas vidas tranquilas, mas depois descobriram que elas é que foram acolhidas por uma comunidade maior e que esse era o melhor antídoto que poderiam desejar contra a tristeza e a solidão.

Agora estavam quase terminados os preparativos para a festa de aniversário da menina, que continuava correndo em volta das mesas que rodeavam a grande árvore, ainda mais entusiasmada do que era seu hábito, aguardando ansiosa a chegada dos convidados e, sobretudo, das outras crianças às quais tinha distribuído, no recreio da escola, convites que ela própria desenhara e recortara sob a supervisão atenta de Leonor, a especialista local em trabalhos manuais, como a própria gostava de sublinhar.

Viriato e Alberto apareceram juntos, e Mariana foi a primeira a abraçar cada um deles, antes de Bashira se atirar para cima com o ímpeto de um cachorro jovem, desejosa de descobrir o que estava dentro da grande caixa que ambos transportavam e que vinha rematada por um laçarote amarelo. Os gritinhos de júbilo devem ter sido ouvidos no povoado quando a menina descobriu que se tratava de uma piscina inflável acompanhada pela respectiva bomba, e os generosos ofertantes viram-se condenados ao trabalho penoso de enchê-la, primeiro de ar e depois de água, porque as avós-galinha não queriam que a menina se metesse lá dentro enquanto não aquecesse um pouco, que o tempo ainda não estava para essas aventuras, por isso mais valia tratarem do assunto antes do almoço para ver se Bashira e os amigos podiam experimentar o brinquedo novo lá para o meio da tarde.

A chegada de Alma, mais tarde, não foi muito notada, não só porque a maioria dos convidados já tinha se espalhado, depois de terem enchido os pratos com as entradas variadas que Asali tinha preparado com alegria e amor (e que cobriam a mesa de madeira protegida pelos galhos e folhas da grande árvore), mas sobretudo porque a brasileira já não era a mulher para quem todos os olhares convergiam quando entrava numa sala. Os caracóis platinados, os cílios revirados e os vestidos de saia rodada e corpete ajustado até a cintura fina tinham desaparecido. Alma parecia agora muito jovem, quase recém-saída da adolescência, com os caracóis negros mais apertados porque tinha deixado de alisar o cabelo, uma túnica larga e branca por baixo da qual se vislumbravam uns calções castanhos, ligeiramente mais claros do que a pele das suas pernas rematadas por sandálias rasas e de camurça. A cor surpreendente dos seus maravilhosos olhos, o contorno delicado do seu pescoço ou a perfeição dos seus lábios cheios não tinham desaparecido, mas já não havia nada que os evidenciasse; pelo contrário, só se revelariam a um exame mais minucioso. Asali foi a primeira a vê-la e apressou-se na sua direção, desejosa de apertá-la contra si e sentir o cheiro da pele que a tinha confortado tantas vezes ao longo do cativeiro, mas o encontro das duas ainda comportava uma pitada de amargura. Era o momento em que ambas davam conta mais intensamente da falta de Luba; era muito difícil aceitar que nunca voltariam a ser três.

A poucos metros das duas, Viriato experimentou aquela mistura de emoção, ansiedade e júbilo que só o atingia na presença de Alma. Não tinham voltado a conversar depois do "não" rotundo dela na casa de acolhimento e nenhum dos dois sabia como reagiria o outro quando as circunstâncias da vida os juntassem de novo, mesmo que só de raspão. Alma ainda pensava nele todos os dias, muitas vezes com o arrependimento inerente à miríade de imagens de felicidade que por causa da sua resposta tinham deixado de experimentar. Teria decidido bem? Ou não passaria de uma covarde cujo medo a tinha impedido de acordar todos os dias, feliz, entre os braços do homem que amava? Imaginava-se com ele de tantas maneiras, enroscados no sofá com uma manta a cobri-los, sentados na bancada da cozinha com restinhos de açúcar nas mãos e quindins no forno, abrigados sob o mesmo guarda-chuva passeando na chuva na véspera de Natal, a brindarem só os dois numa festa de passagem de ano cheia de desconhecidos, ele lavando-lhe o cabelo encaracolado enquanto tomavam banho juntos, os dois muito encostados dançando sem música numa sala vazia e escura. É difícil ser original no amor, e Alma sonhava com aquilo que quase todos sonham antes de descobrirem como se enterram os sonhos. Houve muitas ocasiões em que esteve quase pegando no telefone para ligar-lhe ou saindo de casa para procurá-lo, afinal era tão fácil pôr fim àquele sofrimento, talvez ainda fosse tempo, podiam adormecer juntos já nessa noite. Mas, no último instante, algo lhe tolhia os movimentos e fazia tudo o que fosse preciso para não pensar mais nele, esfregava o assoalho com força, ficava debaixo da água fria da ducha até faltar-lhe a respiração, calçava uns tênis e saía para correr sem rumo, cada dia mais longe, a cada semana mais forte.

Viriato esperou que os olhares dos dois se cruzassem para se aproximar de Alma e cumprimentá-la, afetuoso mas formal, aliviado por Carolina não ter vindo com ele, apesar da vontade que ela tinha de conhecer as mulheres da casa cinzenta, como as chamava. Mas Mariana e Alice também não sabiam do reaparecimento da marciana — era o nome pouco carinhoso que lhe davam quando ocasionalmente ainda se referiam a ela —, e até Carolina conseguia compreender que aquela festa de aniversário de Bashira não era o momento indicado para ser ela a sair do bolo. Além disso, ambos sabiam que, se fossem juntos ao almoço, estariam dando uma aparência de estabilidade a um relacionamento que não existia. Carolina ia dormir na casa de Viriato muito de vez em quando e era sempre bastante agradável para ambos, mas, na manhã seguinte, nunca se referiam a um próximo encontro. Que podia ou não acontecer. Nesse dia tinham acordado juntos, mais cedo do que era hábito no fim de semana, porque a viagem de Viriato tomaria mais do que um par de horas, e a mulher de cabelo azul tinha comentado a sua curiosidade relativamente a Alma e a Asali, ouvira falar tanto nelas que aquela seria uma oportunidade para confirmar se correspondiam ou não a tudo o que se dizia. Mas a hipótese desse encontro estava, ambos sabiam, fora de cogitação.

Tinha sido Alma, de algum modo, quem provocara o reatamento daquela história cheia de limitações. Logo na polícia, Asali tinha deixado claro que a prisão de Renato nunca seria suficiente para garantir a segurança da amiga, pelo menos não enquanto Dmitri estivesse em liberdade. O homem tinha uma obsessão por Alma, nunca deixaria de querê-la enquanto estivesse vivo; por alguma razão desconhecida acreditava que, se a perdesse, perdia-se a si próprio. As palavras de Asali foram tão impressionantes que, apesar de Viriato ter ficado com a ideia de que na polícia as tinham desvalorizado, não conseguia apagá-las nem sequer enquanto dormia. Dmitri infiltrou-se nos seus pensamentos e nos seus pesadelos. Com uma minúcia de cientista, estudou todos os cenários e concluiu que apenas num deles estaria garantida a segurança de Alma. Dmitri não poderia continuar em liberdade, mas também não poderia ser preso, porque, mesmo que assim fosse, sairia da prisão um dia, mais ano menos ano, para vir atrás da sua Alma. Só havia uma solução, e Viriato não foi confrontado com grandes dilemas morais. Lembrar-se de Alma, de Luba e das moças da Moldávia era-lhe bastante. Mas precisava de auxílio, primeiro para descobrir o paradeiro do homem, depois para atraí-lo para uma cilada. Não podia contar com a polícia, claro. Mas talvez pudesse contar com Carolina. E não conseguia lembrar-se de ninguém com mais talento, vocação ou predisposição para uma missão como aquela. A sua previsão tinha se confirmado. Carolina atendeu o telefone e revelou-se, depois, de uma eficácia extrema. Tinha-lhe sido prometida uma recompensa significativa, ainda que nos últimos instantes de execução do seu plano Viriato tivesse notado em Carolina aquilo que talvez pudesse ser definido como uma espécie de satisfação de vingadora. Isso o deixou pensando se aquele não seria um trabalho que a caçadora de prêmios teria porventura querido cumprir mesmo sem prêmio. Ou talvez houvesse para ela, naquela execução, algum outro prêmio que Viriato não podia compreender.

Agora, enquanto olhava para Alma assim tão viva e segura, Viriato, que tinha deixado de ser quem era antes, sentia o seu desassossego atenuado. Acompanhou-a até a mesa e viu-a servir-se de uma fatia de torta de beterraba e encher um copo de limonada e depois perguntou-lhe se não queria sentar-se com ele num banco comprido coberto de sombra e que naquele exato momento, como que por milagre, tinha ficado vazio de mais clientela. Ela queria. Notava-o diferente, com mais segredos e menos sorrisos. Parecia-lhe mais magro e mais rude, mais nervoso e impaciente, esforçando-se por aparentar a sua antiga gentileza e suavidade, mas com menos sucesso do que desejaria.

Dessa vez foi sobretudo ela quem falou. Tinha muito que contar, entre o trabalho diário e as aulas noturnas. Era funcionária de um lar para idosos onde as pessoas não eram tratadas como coisas e começava a trabalhar muito cedo, os velhinhos dormiam pouco e a forma como iniciavam o dia era decisiva, achava Alma, porque naquela idade deve levar-se ainda mais a sério o imperativo de viver cada dia como se fosse a vida toda. Cantarolava e contava-lhes histórias enquanto os levava ao banheiro, os ajudava a se lavar e a se pentear, sugeria-lhes as roupas que os deixavam mais bonitos e confirmava que tomavam com gosto o café da manhã. Não era a primeira vez que o ouvia, porque na realidade se tratava de um trocadilho fácil, mas se alegrava sempre que algum deles afirmava, tão orgulhoso como se a ideia fosse absolutamente original, que ela era a alma da casa. Também se sentia bem nas aulas, apesar de alguns professores lhe parecerem tão exaustos e de uma das janelas da sala estar estragada havia meses sem que ninguém a consertasse, por isso não podiam despir os casacos e nos dias mais frios do inverno tinham aprendido a escrever sem tirar as luvas de lã. Tinha descoberto na escola que as vidas de alguns dos seus companheiros eram quase tão difíceis como a sua e sentia-se encorajada pelas experiências de resiliência das colegas que trabalhavam como funcionárias domésticas de dia e estudavam à noite e pelo rapaz que era servente de pedreiro e que chegava na escola ainda com restos de cimento presos à roupa, as mãos calejadas e os músculos doloridos, cabeceando na mesinha de madeira que ficava pequena para ele enquanto se esforçava por manter-se acordado. Os mais jovens estavam quase todos desempregados e nem sempre tinham dinheiro para comprar no bar o sanduíche que os manteria alimentados até ao final da noite, partilhavam cigarros quase até o filtro e havia uns quantos que pareciam ter desistido de tudo, até de procurar, e estavam ali só para fazer de conta.

Alma estava muito longe de acabar o compartilhamento das histórias daqueles meses que tinha passado sem ele, mas interrompeu o discurso quando percebeu que a chamavam para ir à casa grande. Viriato não estava incluído no pedido. Mariana e as amigas tinham preparado uma surpresa para Alma e para Asali e precisavam da companhia delas durante uns minutos. Ou durante mais do que só uns minutos. Ele a deixou ir, com a esperança de que algum dia voltasse a sério.

No fundo, tratava-se de um presente. Para cada uma, mas só se o quisessem. Alma e Asali não compreenderam do que se tratava logo que viram a desconhecida com os braços cobertos de desenhos coloridos e uma maleta aberta onde se anteviam pincéis, frasquinhos de muitas cores, *sprays*, algodão, desinfetantes, uma máquina que era uma espécie de caneta elétrica sofisticada e... agulhas. Precisaram de alguns segundos até entenderem que Rosália era uma tatuadora e que Mariana tinha descoberto por acaso o seu trabalho notável. Felizmente a reportagem que tinha lido numa revista incluía um contato e por isso pudera perguntar-lhe se havia alguma possibilidade de deslocar-se até ali naquele dia especial. Uma explicação breve sobre quem eram Alma e Asali tinha sido suficiente para convencê-la a vir.

O trabalho de fada de Rosália consistia em fazer desaparecer da pele das pessoas as marcas do sofrimento, substituindo-as pelas imagens daquilo que cada um escolhesse ser. Tinha desenhado sobre os corpos de antigos consumidores de drogas injetáveis, de amantes desiludidos, de homens que tinham abandonado as gangues em que a fidelidade e a pertença se provavam por meio de inscrições na pele. Desenhara pássaros e peixes, corpos sinuosos de mulher, palmeiras e pores do sol, luas e nuvens, flores e árvores. E também já tinha ajudado outras pessoas forçadas a prostituírem-se a se livrarem dos seus sinais de escravidão. A solução mais fácil para fazer desaparecer a inscrição "*C d R*" que Alma e Asali tinham marcada no interior dos pulsos era convertê-la numa borboleta, o *d* minúsculo seria o pequeno corpo, cada uma das letras maiúsculas se transformaria numa asa. Mas nenhuma das duas o desejava. Para Asali e para Alma, a imagem de uma mariposa nunca seria um símbolo de liberdade.

Enquanto Alma e Asali exercem a escolha do que querem inscrever nos seus corpos, Viriato despede-se e parte. Irá nessa noite para a casa cinzenta que agora está pintada de azul-claro e que Cármen dirige com mão de ferro sem punhos de renda. Chegará, se sentará na mesa que será para sempre só sua e de Alma, talvez acompanhado por uma mulher cujo nome nunca decorará. E, como tantas vezes lhe sucede, a imaginará, a sua Alma, atravessando a sala e caminhando na sua direção, com um sorriso que é dirigido só a ele.

22

CAPÍTULO VINTE E DOIS

OS BÚZIOS, AS CARTAS E OS DADOS

Se Viriato tivesse encontrado uma cigana na saída do hospital depois de visitar sua avó Alice, se tivesse deixado que a mulher lhe lesse a palma da mão e se ela lhe tivesse dito que iria apaixonar-se por uma mulher brasileira sem estudos, que se prostituía numa casa cinzenta, teria rido para dentro e teria de imediato apagado o episódio, sem esforço, do espaço que reservava às suas recordações. Não havia lugar para Alma no seu futuro.

O mesmo ceticismo teria sentido, vinte anos antes, Mariana, a mãe de Viriato, se um astrólogo ocupado com a análise de linhas retas e curvas num mapa estrelado tivesse visto, inscrita no seu destino, uma estranha coabitação com as suas amigas mais próximas em *tipis* de madeira soprados na planície alentejana. Nos seus sonhos, à época, só cabia um outro conceito de família, gerada pelo sangue ou pelos contratos, mas nunca nascida apenas da afeição.

Destino semelhante teriam tido as profecias feitas a uma Carolina ainda criança por uma bruxa da mata do Bussaco que, depois de olhar para a menina com severidade, se limitaria a franzir a sobrancelha e a assegurar que aquela carregava com ela uma maldição: *seria amada por muitos homens, mas nunca amaria nenhum; daria cabo da vida de muitos homens, mas mataria apenas um.* A criança teria retribuído o olhar sem pestanejar, trocista e provocadora, para depois correr veloz, com os cabelos muito lisos e ainda pretos a baterem-lhe nas costas como uma manta de seda, até a casa do avô, que a esperaria com os bolsos do casaco, como sempre, cheios de gomas e balas.

Também Alberto, o empresário bem-sucedido habituado a que a sorte lhe sorrisse e sempre crente na eficácia das suas escolhas, estranharia e depois desvalorizaria uma reviravolta dos dados, a brusca substituição da meia dúzia plena que até aí sempre lhe calhava pela solidão da bolinha preta que é a unidade e que, no caso dele, simbolizava aquela filha única mimada e sempre tão ávida de coisas, a filha que a vida lhe reservara para amargar-lhe os dias.

Idêntico encolher de ombros desdenhoso teria o azar dos dados merecido de Renato, porque o bandido estava habituado a torcer o destino no sentido que lhe era mais favorável, à força de balas ou de subornos, por isso nunca veria nos pontinhos pretos, incrustados no marfim branco, as grades escuras da cela clara, que muito mais tarde talvez lhe coubesse ocupar.

É razoável pensar que apenas Alma, Asali e Cármen teriam levado a sério os presságios agourentos das cartas ou dos búzios manuseados por mulheres mais velhas, de carnes abundantes, blusas amplas e saias compridas de bainhas sempre puídas pelas arestas dos caminhos. Sim, talvez nem Luba tivesse acreditado naquilo que se anunciaria que as esperava, apenas as outras três, apesar de as quatro terem nascido em lugares onde a sorte não era conhecida por sorrir com demasiada frequência às mulheres. Para nenhuma delas seria surpreendente o anúncio de que, de uma forma ou de outra, viriam a ser tratadas como escravas, porque esse era o papel que a história ao longo de séculos lhes reservara, e nos lugares de onde vinham a tradição ainda pesava mais do que a transgressão. Mas havia, apesar de tudo, outras formas de escravidão que teriam preferido àquela. Por isso, pelo menos até certo ponto, nenhuma delas teria acreditado *naquilo*.

Seja como for, o certo é que, antes de as respectivas vidas terem se cruzado, nenhum deles teria razão alguma para supor nem que iriam encontrar-se nem os efeitos que daí resultariam. Porque esse talvez seja, afinal, um dos muitos mistérios da humanidade. Vivemos num mundo habitado por mais de sete bilhões e meio de pessoas, mas dificilmente mais do que duas mãos cheias delas se tornarão essenciais à nossa história. Nesse sentido, é como se todas as outras não existissem. E torna-se legítima, por isso, a interrogação sobre o porquê de serem *aquelas* as pessoas que cabem em cada vida. No passado, a limitação geográfica encolhia o universo e a dúvida parecia menos atroz. As pessoas eram aquelas *porque eram*. Mas também isso mudou e, ao mudar, tornou a questão mais premente e angustiante.

Num dia que não se escolhe e que nasce aparentemente igual a todos os outros, dá-se a revolução da chegada do outro imprevisível, que até então andava pelo mundo perdido na multidão. Esse outro desconhecido que surge e muda tudo, tornando-se vital ou letal, fonte de alegria ou de desgraça, flor ou espinho, sorriso ou lágrima. Ou, muitas vezes, tudo ao mesmo tempo. Depende. E nunca se sabe.

É possível que Viriato, Alma, Mariana, Alberto ou Carolina já tivessem se questionado sobre por onde andaria esse outro que um dia deixaria de lhes ser indiferente. Mas, antes daquele momento em que o telefone tocou e uma sucessão de acasos os levou a se encontrarem, nenhum teria imaginado que as coisas poderiam desenrolar-se do modo como vieram a acontecer. No princípio, as suas histórias corriam soltas, à exceção das de Mariana e Viriato, que estavam desde o início ligadas pelo cordão umbilical. Depois, cruzaram-se, misturaram-se, tornaram-se inseparáveis. E, caso algum ou alguns deles venham um dia a perguntar-se por que ou como, não haverá respostas únicas ou coincidentes. Talvez a alguém ocorra uma resposta que convoque o destino. Outros cogitarão o acaso. Haverá ainda quem se lembre da sorte ou do azar. E apenas a mulher cigana, no estacionamento do hospital, quer chova, quer faça sol, a mão esquerda a segurar a saia para evitar que fique ainda mais suja de lama ou pó, enquanto a mão direita agarra o braço do cliente a quem quer desvendar o destino, sorri de leve e exibe um dente que brilha como se fosse de ouro.

SOBRE A AUTORA

CLÁUDIA CRUZ SANTOS

Nasceu em Aveiro, Portugal, em 1971. Doutorou-se em Ciências Jurídico-Criminais pela Faculdade de Direito de Coimbra, onde é professora.

Foi a primeira mulher a presidir um Órgão Disciplinar das competições profissionais de futebol em Portugal. Foi assessora do Ministro da Justiça entre 2000 e 2002 e foi uma das representantes portuguesas no Grupo de Estados contra a Corrupção do Conselho da Europa. É autora de várias obras jurídicas já publicadas. Em 2019 foi eleita deputada à Assembleia da República e coordenadora do Grupo Parlamentar do Partido Socialista na Comissão de Assuntos Constitucionais, Direitos, Liberdades e Garantias. O seu primeiro romance, *Nenhuma Verdade se Escreve no Singular*, foi publicado em Portugal em 2017.